물의 가족

MIZU NO KAZOKU
by MARUYAMA Kenji
Copyright ⓒ 1989 MARUYAMA Kenji
All rights reserved.
Originally published in Japan by Bungeishunju Ltd., Japan.
Korean translation rights arranged with MARUYAMA Kenji, Japan
through THE SAKAI AGENCY and BOOKPOST AGENCY.

이 책의 한국어판 저작권은 북포스트 에이전시를 통해
저작권자와 독점 계약한 사과나무에 있습니다.
저작권법에 의해 한국 내에서 보호를 받는 저작물이므로
무단전재와 무단복제를 금합니다.

마루야마 겐지 장편소설 · 김춘미 옮김

水の 家族

물의 가족

사과나무

물의 가족

1판 1쇄 인쇄 2012년 06월 15일
1판 1쇄 발행 2012년 06월 19일

지은이 마루야마 겐지
옮긴이 김춘미
펴낸곳 도서출판 사과나무
펴낸이 권정자
등록 1996년 9월 30일(제11-123)
주소 경기도 고양시 행신동 샘터마을 301-1208

전화 (031) 978-3436
팩스 (031) 978-2835
이메일 bookpd@hanmail.net
값 12,000원

ISBN 978-89-87162-47-8 03830

못 다한 일이 많은 나의 일생이었다.
이럭저럭 삼십 년 간이나 살았는데도 나는,
제대로 사랑도 못해보았고, 결혼도 못해보았고,
아이를 낳아보지도 못했고, 쿠사바 마을의 물에 대해서
문장으로 묘사하는 일도 끝내지 못했고,
그리고, 쿠사바 마을에 살아 돌아오지도 못했다…

*

　물기척이 심상치 않다.

　꽃샘추위가 에이는 이런 한밤중에, 누군가가 강을 헤엄쳐 건너려 하고 있다. 팽팽하게 긴장된 그 기척은, 건너편 기슭에 있는 세 바퀴 큰 물레방아가 쉬지 않고 내는 물소리 밑을 빠져나와, 정확하게 이쪽으로 다가오고 있다. 나는 숨을 죽이며 가만히 펜을 놓고, 그리고 여전히 마음의 귀를 기울인다. 아무래도 짐승 류는 아닌 것 같다.
　사람이다. 직접 본 것도 아닌데, 사람이 틀림없다는 확신이 나를 꿰뚫고 지나간다.

　야에코가 아닌가.

　세차게 떠밀리면서도, 지칠 줄 모르는 멋진 솜씨로, 폭 일 킬로미터나 되는 물망천忽忘川을 쓱쓱 건너오는 야에코의 모습이, 뚜렷하게 눈앞에 떠오른다. 이상한 일이기도 하다. 한밤중만큼 깊은 대나무숲 속의 황폐해질 대로 황폐해진 오두막, 덧문도 유리창도 꼭 닫혀진 방 안에 있으면서, 어떻게 밖의 광경이 하나부터 열까지 손에 잡힐 듯 느껴지게 되는 것일까?

그것은, 사춘기 시절 밤마다 꾸었던 그 하얀 꿈보다도, 고열이 났을 때 사로잡혔던 그 검은 환영보다도, 훨씬 더 생생하게, 강을 건너는 사람의 가슴속까지 뚜렷하게 읽을 수 있게 한다.

스물아홉 해와 열한 달 그리고 이십 수일 동안 살아온 나지만, 이런 경험은 처음이다.

야에코는 나를 만나고 싶어하고 있다.

드디어 내 거처를 알아낸 그녀는 지금, 오 년이라는 세월의 끔찍한 거리를 단숨에 줄이기 위해, 열심히 물과 싸우고 있다. 야에코라고 하는 여자는 아직도, 나라는 사나이가 제일 먼저 원할 것을 잊지 않고 있다. 그러니까, 알몸이다.

강 수면을 잇달아 꿰뚫는, 힘차면서 나긋나긋한 팔도, 맑은 물속의 수초처럼 매끄럽게 나부끼는 긴 머리칼도, 아주 조금이긴 하지만 머리가 약간 모자란다는 사실을 남들은 결코 생각하지 못할 넓고 아름다운 이마도, 물을 한번 휘저을 때마다 드러나는 모양새 좋은 유방도, 모든 것이 파랗게 달빛에 물들어 있다.

그때부터 이미 봄은 다섯 번이나 되풀이되었다고 하는데도, 야에코의 젊음은 점점 더 빛나는 것 같다.

나는 아주 늙어버렸다.

이게 이제 며칠 있으면 서른 번째 생일을 맞이하려는 사나이일까. 집을 뛰쳐나온 순간, 가자키리風切 다리를 건너 쿠사바草葉 마을을 떠남과 동시에, 내 시간은 갑자기 빨리 흐르기 시작했었다. 이 신통치 않았던 오 년 사이에, 어쩌면 나 혼자만이 한꺼번에 오십 년 세월을 헤쳐나온 것인지도 모른다. 이렇게까지 초췌해진 모습을, 적어도 야에코 앞에서만은 드러내 보이고 싶지 않았다.

나는 고향의 그 누구한테서도 실망당하고 싶지 않다.

또, 누구한테서도 동정받고 싶지 않고, 누구한테서도 경멸당하고 싶지 않다. 가까웠던 사람들하고의 재회라든가, 옛날대로의 생활, 내가 추구하는 것은 그런 것이 아니다. 지금의 나에게 필요한 것은 고독과 정양靜養과 정적, 그리고 물망천 건너 기슭에서 바람이 가끔 실어오는 쿠사바 마을에 막 생겨난 하얀 안개이지, 그 밖의 어떤 것도 아니다. 야에코는 물론, 야에코의 자취조차도 필요치 않다.

그러나, 야에코는 쓱쓱 다가오고 있다.

아귀산餓鬼岳의 눈 녹은 물도 개의치 않아 하는 그녀의 정열을 지탱하고 있는 것은, 아직 쿠사바 마을 주민이었던 시절의, 아직 쿠사바 마을의 물밖에 몰랐던 시절의 나임에 틀림없다. 사람을 사람으로 여기지 않는, 그 터무니없는 대도시는, 사 년 하고도 반 년 사이에 나를 넝마조각같이 만들고, 마치 음식찌꺼기나 가래처럼 나를 뱉어냈다.

그리고, 나는 디스템퍼를 앓는 들개처럼, 혹은 비열한 좀도둑처럼 이런 곳에 남몰래 몸을 숨기고 있다.

쿠사바 마을에는 한 발짝도 발을 들여놓지 않았을 뿐 아니라, 가자키리 다리에 가까이 다가가는 것도 극력 피하고 있다. 강가에서 주운 자전거를 타고 이웃마을—이 대나무숲도 그 일부분이지만—에 물건을 사러 가거나 목욕하러 가거나 빨래하러 가는 것도 대개 해가 저물고 나서이고, 게다가 모자를 깊숙이 쓰고 간다. 설혹 가족이나 가까운 친척이나 예전의 친구하고 길거리에서 우연히 맞닥뜨린다 하더라도, 정면으로 시선이 맞부딪힌다 하더라도, 상대방은 나를 알아보지 못할 것이다. 볼의 살이 움푹 들어간 데다가, 얼굴의 반은 수염에 뒤덮여 있으니까.

수면에 비친 나를, 나 자신이 분명하게 나라고 인정할 수 있게 될 때까지는, 아직 긴 시간이 필요할 것임에 틀림없다.

그래도 나는 조금씩 회복해가고 있다.

적어도, 밤낮없이 사람의 목숨과 영혼을 게걸스럽게 먹고 피둥피둥 살쪄가는, 저 언어도단의 도시 한구석에 누워 있을 때보다는, 적어도, 작년 늦가을이 끝날 무렵 휘청거리며 여기에 도착했을 때보다는, 훨씬 컨디션이 좋다. 일일이 의사한테 진찰받지 않아도, 내 몸은 내가 제일 잘 알고 있다. 나한테 필요한 것은, 강력한 항생제도 아니고, 영양분이 풍부한 음식도 아니고, 또, 가족의 극진한 간호도 아니다.

나에게 절대적으로 필요한 것은, 쿠사바 마을의 물이다.

비틀린 형태의 이 반도半島 일대에 내리는 비와 눈, 아귀산이 산허리 어디서나 토해내고 있는 물, 훨씬 더 먼 산들로부터 물망천이 실어오는 담수淡水, 그것을 한꺼번에 수용하는 아마노나다天の灘의 바닷물, 그러한 여러 종류의 물이 밤낮없이 내뿜는, 육안으로도 계기計器로도 포착되지 않는 에너지가, 쇠약해질 대로 쇠약해진 나에게 활력을 주고, 잃어버린 피와 살과 긍지를 되찾게 해주고 있다. 짜증스러운 미열은 여전히 지속되고 있지만, 그러나, 좀더 봄이 깊어져서 기온과 수온이 올라가면, 자연히 평상 체온까지 떨어지리라. 그리고, 여름이 되면 완쾌하여, 초가을에는 물망천을 헤엄쳐 건널 만큼의 체력을 되찾게 될 것이다. 그렇게 되면 장난감 불꽃놀이라도 태워 자축하고, 이곳을 떠나 어딘가 먼 낯선 고장으로 흘러가, 내가 감당할 수 있을 만한 작은 마을에서, 이때까지의 모든 일을 잊어버리고 새롭게 다시 시작할 작정이다.

그러니까, 비록 상대가 누구이든 만나고 싶지 않다. 설혹 만난다 하더라도, 지금의 나에게는 야에코를 껴안아줄 힘 따위, 어느 구석에도 없다. 그리고, 나는, 그때의 그런 풍파를 두 번 다시 일으키고 싶지 않은 것이다.

야에코는 이제 나 따위를 상관해서는 안 된다.

야에코는 그렇게 언제까지고 나 같은 사나이를 쫓아다녀서는 안 된다. 내 그림자조차도 쫓아서는 안 된다. 지금껏 주인을 알 수 없는 노송나무 지붕의 오두막, 아마 지금쯤은 나와 야에코 둘밖에 그 존재를 모를 이 폐가는 오 년 사이에 더 낡아, 이제는 밀회에 어울리는 장소라고도 말할 수 없게 되어버렸다. 집울림이 심하고, 이제는 방의 반쪽밖에 쓸 수 없는 오두막의 내구력은, 나 혼자 앞으로 몇 달 지낼 수 있을 정도밖에 남아 있지 않을 것이다.

나는 여기에서 규칙적인 나날을 보내고, 영양과 휴양을 충분히 취해서 육신의 병을 고치고, 떠오르는 대로 쿠사바 마을의 물 이야기를 물빛 노트에 써나가면서 마음의 병을 고치지 않으면 안 된다. 이런 참에 야에코가 들이닥치기라도 한다면, 모든 것이 원점으로 돌아가, 도대체 무엇 때문에 쿠사바 마을을 떠났는지 전혀 의미가 없어져버리게 된다.

헤엄치는 자의 기척이 한층 짙어져 오고 있다.

벌써 본류를 헤엄쳐 건넌 야에코는, 단숨에 맹종죽孟宗竹으로 뒤덮인 이쪽 기슭에 도달하려 하고 있다. 그녀의 무릎은 이제 곧 강바닥의 거친 모랫바닥에 문대어질 것이다. 그 당시 우리 둘의 팔꿈치나 무르팍이 항상 까져 있었던 것은, 석영 성분이 풍부한 강모래 탓만은 아니었다. 폐가의 삐죽삐죽 일어난 마루판자, 인동 뿌리가 제멋대로 뻗어 있는 딱딱하고 울퉁불퉁한 땅바닥, 갈대숲 가운데의 낡은 잔교桟橋, 여름 내내 차도 사람도 다니지 않는 아스팔트길— 그 당시 우리들은 아무데서나 끌어안고, 위에 올라탔다 밑에 깔렸다 하면서, 서로 몸을 강하게 비벼대곤 했었다.

야에코는 지금도 여전히 발랄하다.

예전과 조금도 다름없이 생기가 팽팽하게 넘치는 그녀의 몸은, 틀림없이 주변의 수온을 1도 내지 2도 정도 높였을 것이다. 미열과 얼음처럼 차가운 땀에 연일 시달려 수명이 얼마간 깎인 나의 가냘픈 몸으로는, 이제는 무르팍에 피가 배일 정도의 기세로 야에코한테 덤벼드는 짓은, 도저히 할 수가 없다.
무슨 일이 있어도, 야에코와의 재회만은 절대로 피해야만 한다.
나는 이럴 때를 대비해서 미리 정해두었던 수순대로 움직인다. 책상, 침구, 취사도구, 석유 스토브, 그러한 전재산을 재빨리 옷장 속에 숨기고, 두 번 다시 돌아오지 못할 사태를 생각해서, 파란 노트와 지갑을 들고 나온다. 지갑에는 사 년 반 동안 죽기살기로 일해서 모은 돈이 들어 있다.

그것은 모을 생각으로 모은 것이 아니다.

쿠사바 마을이라든가 야에코를 잊으려고, 살아 있다는 사실마저 잊으려고, 매일매일을 거의 쉬지 않고 구덩이파기를 계속한 결과 모인 돈이다. 무거운 다리[橋]를 지탱하기 위한 커다란 구덩이, 기계로는 절대로 팔 수 없는 좁고 깊은 구덩이, 내가 무작정 덤벼든 불결하고 위험한 구덩이, 그 구덩이들은 파도 파도 나를 묻어주지 않았다.

하루의 일을 마치고 구덩이에서 기어올라온 나를 기다리고 있었던 것은, 도시가 끊임없이 내뿜고 있는 소음과 악취, 한계를 초월한 피로와 이유를 알 수 없는 노여움과 슬픔, 그리고 적다고도 많다고도 할 수 없는 일당이었다.

돈을 어디에 쓸 것인가에 대해서는 이미 정해두었다. 상당 부분은 내 건강을 회복하는 데 쓰고, 다시 시작하기 위한 밑천으로 삼고, 그래도 남으면 어딘가의 우체국에서 야에코한테 보내줄 생각이다.

내 자전거는 녹楠나무 고목에 기대어져 있다.

넓은 대나무숲 속에 단 한 그루 자라 있는 훌륭한 녹나무, 그 고목이 내뿜는 향기는, 스스로를 해충으로부터 지킬 뿐 아니라, 폐가의 부패를 늦추고, 또, 내 폐에 둥지를 틀고 있는 병균을 쫓아내 준다. 그러나 예전에 이 나무는, 나와 야에코를 끌어당겼었다. 녹나무와 나 사이에 꼭 끼인 야에코는 내 손을 유방으로 이끌어 갔다.

나는 자전거를 달린다.

오늘밤 유난히 몸이 가볍게 느껴지는 것은, 도대체 어째서일까. 기분도 여느 때와 달리 좋다. 게다가 왠지 주위는 밝고, 한겨울 보름달 뜬 밤보다도 모든 것이 잘 보이고, 지면을 꿰뚫고 나온 작은 죽순까지도 셀 수 있을 정도이고, 게다가 바람도 없고, 아주 조용하다. 들려오는 것은 아마노나다의 파도소리도 아니고, 아마노나다를 향해서 도도히 흐르는 물망천의 중후한 물소리도 아니고, 또, 물망천의 물을 스물네 시간 퍼올리고 있는 세 바퀴의 큰 물레방아의, 듣기 좋은 그 삐거덕 소리도 아니다.

갈대밭을 둥지로 삼고 있는 수많은 물새들은, 오늘밤만큼은 잠에 취하거나 어두움을 두려워하거나 하지 않고, 쭉 침묵을 지키고 있다.

내가 느낄 수 있는 것은, 이쪽 기슭으로 똑바로 헤엄쳐 오는 알몸인 여자의 거칠면서도 요염한 숨소리뿐이다. 틀림없이 야에코가 다가오고 있다. 유감스럽지만, 여기를 떠나지 않으면 안 된다. 하다못해 나머지 한 권 분량만이라도 노트에 쿠사바 마을의 물 이야기를 쓰고 싶었다. 하다못해 여름까지만이라도 여기에 머물면서, 완만한 바람이 건너편 강가에서 실어오는 인동꽃 향기를, 마음껏 만끽하고 싶었다. 하다못해 떠나기 전에 원기왕성한 야에코의 모습을 한번이라도 좋으니까 봐두자. 그리고, 강가 눈에 띄기 쉬운 곳에 지갑 알맹이를 반만 두고 가기로 하자.

나의 온몸은 점점 가벼워져 간다.

미열에 의한 나른함이 사라지고, 더불어 만성적인 피로도 없어지고, 숨참이나 헛기침이 거짓말처럼 가라앉고, 페달에 힘을 거의 가하지 않아도 아주 가볍게 자전거를 달릴 수가 있다. 그렇게 해서 대나무숲을 빠져나오자, 나는 자전거를 내던지고, 급경사면을 미끄러지듯 기어올라간다. 제방 위에 올라선 순간, 내 생각은 백팔십도 변해 있다.

즉, 도망치지도 숨지도 말자고 결심을 하고, 오 년의 세월과 폭이 일 킬로미터나 되는 강을 건너서 만나러 와주는 자를 꼭 끌어안아주기 위해서, 나는 가슴을 활짝 열고 기다린다. 분명히 나는, 쿠사바 마을에 몸담고 있었던 시절의 고양高揚을 향해, 굉장한 속도로 되돌아가고 있다. 소생한 느낌이란 바로 이런 것일 것이다. 그리고 헤엄치는 자는, 바로 거기까지, 내 바로 아래의 여울까지 다가왔다.

그런데, 그것은 야에코가 아니다.

또, 다른 그 누구도 아니다. 사람이 아니다. 다리에서 내던져진 들개도 아니다. 거북이다. 신기한 일도 있다. 이런 큰 바다거북이 물망천을, 이런 데까지 거슬러 올라왔다는 이야기 같은 건 지금껏 들어본 적이 없다. 나는 좀더 자세히 보려고 둑을 미끄러져 내려가, 물가에서 기다린다.

역시 거북이다. 이제는 의심의 여지가 없다. 거북은 배가 강바닥을 문대는 데까지 오자 헤엄치기를 그만두고, 네 다리를 꽉 딛고, 노송뿌리를 닮은 목을 쑥 빼들어, 나를 똑바로 쳐다본다. 혼탁한 그 눈에서 눈물이 끝도 없이 넘쳐흐르고 있다.

우리는 오랫동안 서로 바라보고 있다.

현무암을 연상시키는 딱딱한 등껍질로 보호받고 있는 폐쇄적인 생물, 그 녀석은 이윽고 머리를 한번 흔들더니, 천천히 방향을 바꾸어, 꼬리 근처에 나 있는, 야에코의 머리카락이나 수초를 닮은 긴 털을 하늘하늘 나부끼면서 헤엄치기 시작하고, 눈깜짝할 사이에 잠수하여 사라져버린다.
나는 망연히 우뚝 서서, 그 녀석이 수면 어딘가에 다시 한번 불쑥 떠오르기를 기다리고 있다.
그러나, 거북은 두 번 다시 나타나지 않는다. 그리고, 물망천은 흐르는 시간과 함께 천천히 흘러 봄밤을 깊게 하고, 건너 기슭에 누워 있는 쿠사바 마을은 달빛을 남김없이 흡수하고, 이상하게도 아귀산이 이중으로 보여온다.

나는 쿠사바 마을의 야경에 매혹당해 있다.

그것은 이때까지 본 중에서 가장 감미로운 쿠사바 마을의 원경일지도 모른다. 만개한 꽃에 뒤덮인 복숭아나무들, 복숭아밭 여기저기에 점재해 있는 농가의 지붕, 지금은 헤엄치기를 그만두고 조용하게 잠들어 있는 잉어기치(단오날 사내아이들이 잉어처럼 기운차게 자라라는 뜻으로 종이나 헝겊에 그려 장대에 매달아두는 잉어 모양의 휘장_옮긴이), 갈대숲 가에서 흔들리는 아버지의 돛단배, 둑길에 새로 설치된 방범등의 바늘처럼 날카로운 빛, 그런 석양 노을의 광경을 나는 언제까지고 황홀해져 바라본다.

거기에는 그리운 내 집이 있고, 거기에는 내 가족이 살고 있다. 할아버지와 부모, 형과 형수, 나하고는 세 살 터울인 동생, 그리고 다섯 살 아래인 여동생 야에코가, 이 강 저편에서 지금도 여전히 확실하게 살고 있는 것이다.

가족은 나를 포기한 것일까.

나는 가족과 쿠사바 마을을 잊으려고 무척 애썼지만, 그러나 잊을 수가 없었다. 잊을 수 없었기 때문에, 영락해진 신세로 면목 없이 돌아와버린 것이다. 그렇다고 해서, 다시 가자키리 다리를 건너 저 집으로 뻔뻔스럽게 돌아갈 생각은 꿈에도 없다. 돌아가 보았자 환영받지 못할 것은 뻔하다.

내가 없는 사이에, 가족은 모두 평온함과 안정을 되찾았을 것이다. 내가 없기 때문에 생긴 빈자리 따위, 훨씬 전에 흔적도 없이 채워졌을 것이다.

야에코조차도 나를 잊었을까?

나는 가볍게 자전거를 달려, 다시 대나무숲 속으로 돌아간다. 온갖 것이 빙산처럼 파랗고 깊은 빛으로 차 있고, 그것은 내 가슴속에도 스며들어, 영혼 그 자체를 기분 좋게 진동시킨다. 나는 생각한다. 비록 가족 중 누군가에게 들키지 않았다 하더라도, 오늘밤 안에 여기를 떠나는 게 좋을지도 모르겠다,고 생각한다. 그렇게 하자. 병은 이미 완쾌되었다. 오늘 하룻밤과, 내일 하루 종일 걸려 갈 수 있는 데까지 가, 좋든 싫든 상관없이, 겨우살이처럼 거기에 뿌리를 내려버리자.

그리고 이번에야말로 쿠사바 마을의 일은 깨끗이 잊고, 가족도 잊고, 어쩌다 길에서 만난, 그러나 건전한 여자와 어느 날엔가 살림을 차리고, 나를 조금밖에 닮지 않은 아이를 만들고, 두 번 다시 길을 잘못 밟는 일이 없는 나날을 되풀이하여, 조금씩 조금씩 세상의 표면 쪽으로 녹아 들어가도록 하자. 쿠사바 마을의 물에 대해 쓰는 것은, 그 이후라도 결코 늦지 않는다.

세상은 아주 조용하고 정적에 싸여 있다.

아무 소리도 들리지 않는다. 괴이할 정도의 정적이 대나무숲을 뒤덮고 있다. 낡아빠진 자전거의 녹투성이 체인이 맞닿는 소리조차도 들리지 않는다. 그러나 나는 충만해 있다. 이렇게까지 상쾌한 기분은 오랜만이다. 가슴속에 달라붙어 있던 얼룩이라든가 응어리가, 거의 매초마다 사라져가고 있는 것을 느낄 수 있다.

더 봐달라고 달라붙는 야에코를 밀어내치고 나서, 들짐승처럼 황폐한 마음으로 잠들었던 나날의 기억과, 더럽혀질 대로 더럽혀진 강바닥에서 구덩이를 계속 파면서, 기진맥진해졌을 때의, 납보다도 무거운 기억이, 여울의 물처럼 내 등뒤로 졸졸 흘러간다. 모든 것이 술술, 다만 술술 흘러간다.

이상한 일은 그뿐만이 아니다.

녹나무 고목이 바람도 없는데 부들부들 떨고 있고, 내가 사는 그 오두막에서 희미한 불빛이 새어나오고 있다. 램프를 끈 게 아니었던가? 이해할 수 없는 일은 또 있다. 내가 지금 이렇게 걸터앉아 있는 것과 꼭 같은 자전거가, 녹나무 줄기에 걸쳐져 있다.
그리고, 좀더 가까이 가서 비교해보려고 한 순간, 이미 나는 오두막에 되돌아와 있다. 현관문을 열고 들어간 기억도 없고, 먼지 투성이인 마루를 걸은 기억도 없는데, 정신을 차렸을 때에는 방 한가운데에 있다. 반짝반짝 빛나는 불빛을 앞에 두고 나는 멍하니 서 있다.

램프에서 나오는 빛이 여느 때보다 눈부시다.

바야흐로 나는, 중력조차 느낄 수 없을 만큼 가벼워지고, 속내의 한 장, 살 한 조각, 작은 뼈 한 개, 피 한 방울의 무게까지 완전히 상실되어 있다. 그리고, 아까 물망천 기슭에서 분명히 목격한 바다거북이 자꾸 생각난다. 조금 지나자, 램프로부터 먼 곳에 있는 물건부터 차례로 보이기 시작한다. 옷장에 집어넣었다고 생각했던 살림도구, 침구, 식기, 석유 스토브, 옷가지 따위가, 언제나의 위치에 돌아와 있다.

베개가 조금 높은 것은, 그 아래 지갑이 숨겨져 있기 때문이다. 그리고, 책상과 램프, 램프 앞에 펼쳐진 채 있는 푸른 노트, 노트를 꽉 채우고 있는 글씨 또 글씨, 도중에서 끊긴 마지막 문장, 움직임을 완전히 멈춰버린 수성펜, 그러한 것들이 차례차례 보인다.

펜을 쥔 오른손이 보인다.

그 손가락, 그 팔, 그 어깨, 그 목, 그 머리, 전부가 내 것이다. 책상에 엎드린 채 미동조차 하지 않는 사나이, 그것은 틀림없는 나다. '내' 얼굴은 백지장보다도 하얗고, 반쯤 열린 입술은 푸르스름하고, 앞이빨은 마르고, 크게 치떠진, 결코 감기지 않는 눈은, 이 세상에서 빨아들인 빛을 한꺼번에 내뿜으면서도, 광채를 급속히 잃어가고 있다.

*

아무래도 나는 죽어버렸는가 보다.

그것도 지금 방금 말이다. 서른 살의 생일도 맞이하지 못하게 된 내 모습은, 그다지 무참한 것도 아니고, 또 그다지 가엾은 것도 아니다. 그리고 나로 말하면, 아주 조금밖에는 낭패스러워하지 않고, '내' 곁에서 몇 시간을 얌전하게, 그러나 담백하게 보낸다.

　몇 년을 살았어도 사는 것에는 익숙하지 못했던 나였지만, 그러나 죽은 일에 대해서는 램프 기름이 다 타는 사이에 익숙해져 버렸다. 그 증거로 "이건 너무해."라고 중얼거린 것은 겨우 세 번뿐이고, 지금은 어떻게 해서든지 '내' 속으로 다시 들어가 보려고 하는 따위의 천박한 생각은 포기했다. '내' 속으로 되돌아간다고 하는 것은, 즉, 뱉어낸 오물을 다시 집어먹는 것과 같은 짓이다. 나는 '나'라고 하는 오물을 뱉어냄으로써, 드디어 해방된 것이다. 해방되었다는 생각에 가득찬 내가, 지금 여기에 있다. 다소 동요는 했지만, 후회는 없다. 멍청한 '나'한테 감사의 말과 수고했다는 말이라도 한마디 던져주고 싶을 지경이다.

　죽으면 끝이라는 생각은 잘못된 것이었다.

　하늘이 밝아지기 시작한다. 덧문에 뚫린 옹이구멍으로 새어 들어오는 봄날 새벽의 따뜻한 빛이, 책상 위의 파란 노트를 비추고 있다. 가장 마지막 문장, 야에코가 강을 헤엄쳐 나를 만나러 오고 있다, 라고 씌어진 글자 하나하나에, 엷고, 싱싱한 한 줄기 빛이 비춰지고 있다.

　그 바다거북은 나를 마중하러 왔었음에 틀림없다.

삶과 죽음 사이를 자유자재로 오간다고 하는 거북의 전설, 지금은 쿠사바 마을의 한움큼의 주민밖에 모르는 옛날이야기, 그것은 사실이었던 것이다. 그 녀석은 틀림없이 나를 어딘가 먼 곳으로, 어떤 형태로라도 살아 있는 편이 훨씬 더 낫다고 생각될 만큼, 그런 지독한 곳으로 데려갈 생각이었음에 틀림없다. 그러나, 나는 여기 머물러 있다.

나를 붙잡아 둔 것은, 아마도 야에코의 애절한 얼굴과 쿠사바 마을의 맑은 물일 것이다. 나는 아직 야에코한테 돈을 주지 못했고, 나는 아직 쿠사바 마을의 물에 대해서 반쯤밖에 쓰지 못했다. 살아 있었을 때에도, 사는 일이 갑자기 끝나고 나서도, 나한테 어울리는 장소는 쿠사바 마을 단지 한 군데뿐이다.

또, 쿠사바 마을 이외에 갈 곳 따윈 있을 턱이 없고, 설사 쿠사바 마을에 미래영겁未來永劫토록 갇힌다 하더라도, 그것은 오히려 내가 바라는 바이다.

'내' 등에 고달픔이 달라붙어 있다.

과중한 피로가, 죽은 지 얼마 안 되는 고독한 청년을 가차없이 괴롭히고, 여전히 압박을 가하고 있다. 그것은 이 세상에 태어난 그 순간에 시작된 심로心勞였고, 매일, 매년, 때처럼 고이고, 혹은 암세포처럼 퍼져, 각오할 시간도 주지 않고, 이제부터 반 세기는 더 살지도 모르는 사나이의 숨을 멈추게 해버렸다.

야에코는 도대체 피곤이라는 것을 모른다.

야에코는 살아갈수록 정기가 넘치고, 쿠사바 마을의 물에 융합해 간다. 그런 여자다. 오 년 전 양자택일을 해야만 했던 여름날 밤, 나는 명쾌한 결론을 내리고, 야에코한테 전했다. 같이 집을 나가자, 그렇게 말했던 것이다. 그러나 그녀의 머리로는 쿠사바 마을이 너무 좁다든가, 가자키리 다리 저쪽에 크고 작은 수많은 마을이 있다는 사실은 충분히 알지만, 낯선 고장에서 자기가 정말로 살아갈 수 있다는 사실은 도무지 이해하지 못했다.

"다른 데서 살자."라고 나는 세 번 말했다.

그러나 야에코는, "가을이 되면 자동차 면허를 따지 않으면 안 돼."라고 세 번 말했다. 그것이 누이와 나눈 마지막 대화가 되었다. 그날 밤, 나는 혼자 집을 뛰쳐나와, 가자키리 다리를 걸어서 건넜다. 물망천의 건너편 기슭 이웃 마을에 도착할 때까지 세 번 되돌아 본 것을 기억한다. 그렇지만, 내 뒤를 쫓아오는 사람의 모습은 아무데에도 없었고, 세 바퀴 큰 물레방아가 훨씬 먼 곳에서 여느 때의 여름의, 여느 때와 같은 밤을, 덜컹덜컹 뒤흔들고 있었을 뿐, 그밖에 이렇다할 일은 없었다.

그리고 나서 나는 이방인이 되었다.

그리고 나서 나는 천수백만 명 중의 하나에 지나지 않는 쓰레기 같은 존재가 되었다. 그리고 나서 나는 육체 이외에는 아무것도 필요로 하지 않는, 착취당하는 존재의 견본과도 같은 일용노무자가 되었다. 인력이 아니고는 할 수 없는 그 일은, 나처럼 젊고 모든 것을 잊어버리고 싶어하는 자에게는 안성맞춤이었다. 만일 그럴 수 있다면, 지구의 심지, 아니면 지옥의 밑바닥까지 파고들어가고 싶었다.

사 년 하고도 반 년 동안 함께 일하던, 돈 벌러 집을 떠나온 연배자—그들은 결코 내 동료는 아니었지만—두 사람이 목숨을 잃었다. 한 사람은 산소 결핍 때문에, 또 한 사람은 갑자기 무너진 흙더미에 깔려서, 개미만큼의 가치도 없이, 슬픔의 파편조차 남기지 않고 죽어갔다. 그들에 비한다면, 나는 훨씬 더 운이 좋았다고 해야 할 것이다. 둘은 똑같이, 가족이 있는 북쪽 고향에서 멀리 떨어진, 가족의 기척조차 도달하지 않는, 성공한 사람만이 큰소리치고 있는, 그런 시시한 고장에서 숨을 거두었다.

그러나, 나는 다르다. 어쨌건 나는, 바람이 없는, 강의 물살이 늘지 않는 조용한 밤에 큰 소리로 소리치면 확실하게 가족의 귀에 들릴 수 있는 곳까지 돌아올 수가 있었고, 6개월 간이나 여기에서 지낼 수 있었던 것이다.

그리고, 지금도 나는 여기에 머물고 있다.

들개조차 가까이 오지 않는 깊은 대나무숲 속에, 녹나무 고목에 기댈 듯이 서 있는 오두막에 있으면서, 나는, 건너편 기슭 주민의, 때에 따라서는 가족의 목소리와 생활하는 소리를 들을 수가 있다. 출어하기 위해서 돛을 올리는 아버지의 늠름한 구호소리, 둑길을 갈짓자로 걷는 술 취한 남동생의 탁한 소리, 출근하러 나가는 형의 스쿠터 배기음, 형수가 널어놓은 이불을 대나무 막대기로 탁탁 두들기는 소리, 아귀산 산록에서 할아버지가 맡아 돌보고 있는 경주마의 웃음소리 같은 울음소리.

어머나 누이동생이 내는 소리나 목소리는 아직 못 들었지만, 분간을 못했을 뿐, 실은 이미 몇 번이고, 하루에도 몇 번이고 듣고 있었는지도 모른다.

이제 나는 아무도 괴롭히지 않는다.

가족은 이제는 내 그림자를 두려워하지 않아도 된다. 언제까지고 행방이 묘연한 쪽이 훨씬 나은 파렴치한 둘째아들이 갑자기 나타나서, 다시 기분 나쁜 꼴을 당할, 그런 걱정을 이제는 할 필요가 없다. 모두 마음을 놓아도 된다. 안심해도 된다는 사실을, 귀찮은 놈이 사라졌다는 사실을, 무슨 수를 써서라도 가족에게 전해주고 싶다. 두 번 다시 움직이지 않을, 두 번 다시 잘못을 저지르지 않는 '나'를, 가족 전원한테, 각자의 눈으로 납득이 갈 때까지 보게 하고 싶다. 지갑 알맹이는 '나'를 치우는 비용으로 쓰고, 남은 것은 야에코에게 전부 주면 된다. 그것이 가족의 질서라고 하는 것을 깨뜨려버린 장본인의 세심하고, 생각할 수 있는 한의 사과의 표시라는 거다.

우선 현금이 제일 필요한 것은, 야에코일 것이다. 다른 사람들은 자기 힘으로 어떻게든 살아갈 수가 있다. 그러나 야에코한테는 무리다. 믿을 줄밖에 모르는 야에코 같은 여자를, 웅큼한 마음 없이 고용해줄 그런 엉뚱한 사람은 없을 것이다, 라고 다른 고장에 산 적이 있는 나는 생각한다. 그렇지 않다면, 그 돈을 나 때문에 앓아 누워버린 어머니의 치료비로 충당해도 상관없다. 그러나 어머니는, 내가 가출하고 나서 얼마 안 되어, 내가 도회지의 강바닥에 첫 번째 구덩이를 파기 시작한 그때쯤에는 다시 건강해져, 불단을 모셔놓은 별채에서 나왔는지도 모른다, 그런 생각이 든다.

내가 선택을 잘못했다고 하는 이야기는 아니다.

내가 집을 떠난 것은 옳았고, 집에 되돌아가지 않았던 것 또한 옳았고, 내가 이런 곳에서 아무도 모르게 죽어버린 것은, 더더욱 옳은 일이다.

'나'는 벌써 경직되어 가고 있다.

그에 따라 덧문의 옹이구멍으로 비쳐 들어오는 하얀 빛이, '나'의 텁수룩한 머리 위에 묻어 있는 기름때라든가, 얼굴을 메우고 있는 수염이라든가, 목에 달라붙어 있는 때를, 선명하게, 무슨 뜻이라도 있는 것처럼 비춰주고 있다. 이럴 줄 알았더라면, 어제 이발소와 목욕탕에 다녀왔을 것을.

참새 지저귐이 한층 더 바깥 광선을 강하게 한다.

그러자 대나무숲은, 어제하고 조금도 다르지 않은, 아니, 딱 하루치만큼 확실하게 봄이 깊어진 온화한 아침을 맞이하고, 그리고는 언제나처럼, 참새의 후드득 하는 날개소리와 금속성에 가까운 지저귐 소리가, 밤의 잔재를 깨끗이 몰아낸다. 이윽고 장미색으로 변한 빛이, 정말 갑자기, '내' 곁에서 미련이 남아서 떨어지려고 하지 않는 나를, 억지로 오두막 밖으로 끌어내려고 한다.

저항할 수 없게 된 나는, 끝내 옹이구멍에서 빨려나와, 그대로 녹나무 고목을 따라 상승하기 시작한다. 내가 살았던 집의 노송나무 지붕이, 금방 맹종죽 잎사귀 바다 안으로 갇혀져버린다.

남겨진 '내'가 걱정스러웠던 것은, 잠시뿐이다. 그리고 빛은 장미색에서 황금빛으로 변하고, 쿠사바 마을의 대기를 조성하고 있는 무색 투명한 원소와, 쿠사바 마을을 구성하고 있는 생생한 기운 또한 황금빛으로 변한다. 그 한가운데를 날아가는 나는 아주 빠르고, 예를 들자면 쿠사바 마을에 막 건너온 바위제비보다 훨씬 더 빠르다.

해방된 내가 여기에 있다.

대나무숲 속에서의 어두운 나날, 끊임없이 나를 대지에 눌어붙게 하고, 구속해온 중력, 예상했던 대로 여의치 않았던 별볼일 없는 운명, 일체의 법률이나 관습, 인습이나 불문율 등등, 성기를 포함한 귀찮기 짝이 없는 육체, 한없이 질질 이어지는 번민, 시간의 파도가 끊임없이 실어오던 불안과 공포, 그런 쐐기에서 완전히 해방된 내가, 여기 있다.

나는 끝난 것이 아니라, 시작된 것이다.

그렇게밖에 생각할 수가 없다. 그렇게밖에 생각할 수 없는 광경이 지금, 내 바로 아래 평온하게 펼쳐져 빛나고 있다. 용을 연상시키는 물망천, 그 상류에서 쉬지 않고 분화구에서 수증기를 피어오르게 하고 있는 아귀산, 하류에서 대량의 담수를 계속 들이마시고 있는 아마노나다, 강 저쪽을 빈틈없이 메우고 있는 복숭아밭, 시로야마城山 공원을 중심으로 사방팔방으로 뻗어 있는 크고 작은 많은 길들, 초록빛 보리밭, 물색의 논, 황금색의 유채꽃밭, 주택가와 번화가─ 쿠사바 마을의 모든 것이, 내 삼천 미터 밑에 드러누워 있다.

강가에 서식하는 물새들은, 노리는 먹이 종류에 따라서 형태가 다른 부리를 교묘하게 사용하며, 혹은, 좋아하는 먹이 터를 향해 힘차게 날갯짓하고, 혹은 또, 자기 관할을 둘러싼 소소한 싸움에 대비하여 조용히 투지를 불태우고 있다.

그 두루미 말인데, 오월이 되어도 아직 남아 있다 해서, 결코 인조품도 아니고, 박제 따위도 아니다. 낙엽수림에 둘러싸인 늪에 한쪽 다리를 박은 채 꼼짝하지 않는 한 마리의 학, 그놈은 대륙으로 건너가는 것을 잊은 지 오래고, 내가 집을 나왔던 오 년 전에도 거기에 있었고, 야에코가 단순히 내 동생에 지나지 않았던 훨씬 전부터도, 그 녀석은 사계절 내내 쿠사바 마을의 하늘만을 날고 있었다.

쿠사바 마을의, 물이라고 하는 물은 온통 빛나고 있다.

인가人家의 유리창이랑 잉어기치의 눈동자랑 바람개비, 빈터에 세워져 있는 승용차랑 트럭의 프런트 글라스, 온갖 곳에 흩어져 있는 커브 미러curve mirror, 여기저기에 차 있는 아주 조촐한 희망이랑 기대, 그런 것들이 하늘을 향해서 나를 향해서, 날카로운 빛을 튕겨내고 있다. 물망천은 빛을 꾸불꾸불하게 만들며 흐르고, 아마 노나다는 빛의 바다가 되고, 저수지랑 샛강이랑 아주 작은 물구덩이 수면도 또한 마음껏 빛나고, 거기에서 피어오르는 수증기도 봄빛에 싸여, 반짝이는 먼지 같은 미립자를 부지런히 걷어들여 구름으로 변해간다.

지금의 나는, 그 구름이 비구름으로까지 자랄지 어떨지를 확실하게 예측할 수 있고, 게다가 또, 이제 곧, 아마도 삼십 초 후에, 내 자신이 한조각 구름이 되어서 쿠사바 마을의 상공을 떠돌아다니게 될 것이다, 라는 것도 잘 안다.

나는 드디어 쿠사바 마을에 돌아왔다.

복숭아꽃으로 둘러싸인 이엉지붕의 농가로, 내가 태어나서 자라고, 내가 스물다섯 살 되던 여름에 가출한 집— 나는 지금, 우리집 상공에 와 있다. 앞마당에 놓아진 색색가지 암탉들은, 바지런히 땅바닥을 쪼고, 계란을 낳고, 목을 한껏 뻗어 자랑스러운 듯이 째지는 소리를 내지르고 있다. 이웃집에서 기르고 있는 개가 기쁜 듯이 짖고 있고, 아이들은 아침부터 신나서 떠들고 있다.

그리고, 우리집 불단이 있는 별채 앞의 작은 연못에, 둥실 떠 있는 붉은 점은, 금붕어다. 어릴 적, 여름 축제가 있던 밤, 야에코가 용돈을 전부 털어서 겨우 건진 단 한 마리의 금붕어, 그후로 야에코의 유일한 이야기 상대가 되었던 그 금붕어가, 내가 없는 동안에 통통하게 살찌고, 구름과 함께 물 위를 느긋하게 떠돌고 있다. 그러나, 가족의 모습은 아무데에도 보이지 않는다.

무엇 하나 변하지 않은 오 년 후의 모습이다.

지붕의 텔레비전 안테나는 여전히 같은 각도로 기울어져 있고, 복숭아나무 수도 완전히 똑같다. 이런 식이라면, 우리 가족도 아마 그다지 변하지 않았을 것이다. 완전히 변해버린 내 주위에서는, 태양과 구름의 치열한 투쟁이 조용하게 펼쳐지고 있다. 수증기는 차례차례 구름으로 변하고, 이윽고 비구름으로 발전하려고 하지만, 그러나 이제 막 떠오른 기세 좋은 태양은, 그렇게는 안 된다고 쨍쨍 빛을 내리쬔다.

이윽고 구름은 열세劣勢로 몰리고, 쿠사바 마을 상공은 더욱 더 빛나고, 때마침 아귀산 부근에서 생긴 변덕스러운 바람에 의해 모든 구름이 일제히 바다 쪽으로 밀려간다. 못 당하겠다고 생각한 구름은 남은 힘의 태반을 이 나에게 쏟아부어, 무거운 한 방울의 빗방울로 만들고, 그것을 겨우 떨어지게 하자, 도망치듯이 훨씬 더 먼 바다 위로 사라져버린다.

나는 비가 되어 쿠사바 마을에 떨어진다.

이렇게 큰 빗방울을 본 사람은, 새 이외에는 아마도 없을 것이다. 대지의 힘에, 고향의 힘에, 가족의 힘에 이끌린 나는, 점차 속도를 올려 대기층에 떠밀려 볼록렌즈, 혹은 둥근 형태를 유지하면서, 도중, 무지개색으로 빛나며 날아오는 딱정벌레에 부딪쳐 부서지는 일도 없이, 입을 딱 벌린 채 활공하는 바위제비에게 하루살이와 함께 먹히는 일도 없이, 아귀산이 내뿜는 열에 의해 다시 수증기로 환원되는 일도 없이, 멋진 낙하를 계속한다.

겨우 한 방울의 비는 물망천을 향한다.

나를 가둔 채, 은색으로 빛나면서 떨어져가는 빗방울 표면에는, 물망천 유역뿐만 아니라, 또, 쿠사바 마을뿐만 아니라, 이 세상 전체가 남김없이 되는 대로 비춰지고 있다. 백 분의 일 초마다 확대되는 대지가 나를 향해 한꺼번에 솟구쳐오는가 생각되자, 드디어 낙하지점이 좁혀져, 깊은 대나무숲과, 숲속에 있는 녹나무 가지와, 그 나무 뿌리께에 있는 오두막의 일부가 보이고, 책상 앞에 엎드려 있는 '내'가 힐끗 보이고, 그러나 나는 다행히도 쿠사바 마을 기슭으로 다가간다.

수면을 스치듯이 나는 하얀 물새의 등이 다가오고, 담수와 바닷물이 호쾌하게 섞이는 강어귀 부근의 소용돌이가 밀려오고, 거기에 모인 풍부한 플랑크톤을 노리는 드물게 많은 물고기떼의 모습이 선명해지고, 일순, 주위는 터무니없이 눈부신 빛에 지배된다.

그렇게 해서 빗방울은 부서지고, 사방으로 흩어진다.

이렇게 해서 나는 쿠사바 마을에 직접 닿을 수가 있었고, 이렇게 해서 쿠사바 마을은 나를 용서하고, 나를 받아주었다. 그렇지만 거기가 쿠사바 마을의 중심이라는 얘기는 아니고, 또, 거기가 우리 집 현관 앞이라는 얘기도 아니다. 여기는 마을에서 떨어진, 좀처럼 사람이 가까이 오지 않는, 갈대가 무성하게 자라고 있는 물망천의 한쪽 귀퉁이다. 그렇다고 해서, 전혀 무의미한, 나하고는 아무 상관없는 것 위에 떨어져버렸다는 이야기는 아니다.

*

나는 살아 있는 사람 위에 떨어졌다.

그것도, 단지 살아 있다는 것 말고는, 쿠사바 마을의 주민이라는 것 말고는 아무 가치도 없는, 평범한 사람 등속이 아니다. 이미 실컷 살아서, 안구가 탁해질 대로 탁해지고, 피부도 영혼도 낡은 종이처럼 꺼칠해진, 그런 녀석 위에 떨어진 것이 아니다. 이 세상의 따뜻한 빛을 처음으로 쬐고, 쿠사바 마을의 맑은 공기를 겨우 한 입 내지 두 입 빨아들인, 아직 어머니의 자궁 냄새에 싸여 있는 신생아 위에, 그 아이의 보기에도 총명스러운 이마에, 꼭 그 미간 부근에, 나는 탄환처럼 명중한 것이다.

그러자, 봐라.

그러자, 그때까지 축 늘어져 있던 갓난아이의 입이 활짝 열리고, 기운찬 고고한 울음소리가 튀어나온다. 그 아이의 제 일성은 물망천 구석구석으로 퍼지고, 찬란한 봄바람을 타고 쿠사바 마을 전체에 남김없이 도달하고, 아귀산 꼭대기까지 도달하여, 바닥을 알 수 없는 깊은 사발 모양의 분화구에서 증폭되어 하늘을 꿰뚫고, 시간의 흐름을 잠시 동안 멈추게 하고, 살아 있는 것 모두와, 그리고 이 나에게까지, 측량할 수 없는 긍정의 힘을 준 것이다.

창백한 젊은 어머니의 얼굴 가득 웃음이 퍼진다.

아무의 도움도 받지 않고, 아무도 지켜보지 않고, 그러나 아무한테도 방해받지 않고, 신음소리 하나 내지 않고, 깊은 갈대숲 속에서 출산을 마친 여자는, 배꼽줄과, 그것을 선뜩 끊어버린 칼을 발밑에 밀려오는 잔물결로 씻고, 물기를 꼼꼼히 닦고 나서, 노란색 헝겊 가방에 집어넣는다. 그리고 나서 그녀는 자기 아이를 조심스럽게 품어 안아, 조금 주저한 뒤 마음을 굳혀, 따뜻해지기 시작했다고는 해도 아직도 여전히 차가운 강에 풍덩 담근다.

그러나, 그 아이의 심장은 끄떡도 하지 않는다.

고동도 맥박도 실로 안정되어 있고, 부드러운 살결은 정상 체온을 제대로 유지한다. 그리고, 연어가 부화한 장소였던 강물을 기억하듯, 만조 탓에 약간 염분을 머금은 물이, 평생 잊지 못할 기억으로, 아이의 아주 새로운 대뇌에 새겨졌다.

한편 물망천은, 그 아이의 몸에 달라붙어 있는 양수와, 약간의 피와, 출생의 비밀을 영원히 새겨둔다. 어린아이는 한층 더 힘찬, 이 세상을 향한 선전포고라고나 할 대담한 소리를 내지르고, 자기의 존재를 드높이 과시하고, 엄마의 고막을 쩌렁쩌렁 울리게 하고, 그녀 얼굴에 복숭아꽃빛 혈기를 되찾게 한다.

야에코는 낳을 작정으로 낳은 것이다.

강에 흘려보내 생선 뱃속에 집어넣는다, 강가에 묻어서 갈대의 양분으로 만들어버린다, 그런 생각은 처음부터 갖고 있지 않았다. 그것을 증명하듯, 야에코는 아기를 데리고 돌아가기 위한 모든 것을 미리 준비해 왔다. 깨끗하고, 아주 고급스러운 목욕타월이

넉 장, 한 장은 어린아이의 물기를 닦기 위해서, 두 장은 어린 목숨의 보온을 위해서, 예비의 한 장은 어머니 자신의 감격의 눈물을 닦는 데 쓰였다.

야에코는 마음껏 울었다.

울 만큼 울고 나서 야에코는 정신을 차리고, 자기 아이를 힘껏, 팔 안에서 뭉개져버릴 만큼 꼭 끌어안고 싶은 충동을 억누르고, 똑바로 일어선다. 그때 기분 좋은 현기증에 휩싸이지만, 그러나 어머니로서의 강한 자각이 그녀를 지탱하여, 겨우 넘어지는 것을 면한다. 그리고, 이날을 위해 마을 도서관과 책방에서 주워 읽은, 책에서 얻은 지식을 남김없이 활용하여, 순서대로 해낸 내 누이는, 원시적이어서 아름다운 빛과 물과 바람의 산실産室을, 고요하게, 그러나 씩씩하게 떠난다.

야에코는 정말 잘해냈다.

아기를 한쪽 겨드랑이에 안고, 헝겊가방을 든 또 한쪽 손으로 갈대를 헤치며 나아가는 여자의 발걸음은 짐승처럼 헌걸차, 이제는 불쌍하게만 여길 누이가 아니다. 올 때는 혼자 왔고, 갈 때는 둘이서 돌아가는 야에코의 얼굴에, 고독의 그림자는 티끌만큼도 없다. 요란한 울음소리를 내면서 갑자기 발밑에서 날아오르는 물새에도, 변덕스러운 회오리바람의 습격에도, 막연한 우울의 되풀이에도,

그녀는 결코 흔들리지 않는다.

이십오 년을 헛 산 것이 아니다.

내가 강바닥의 깊은 구덩이랑 대나무숲 속의 쓰러져가는 폐가에서 몸과 마음을 갉아먹던 오 년 사이에, 야에코는 점점 더 이 세상에 순응해나갈 양陽의 힘을 북돋웠다. 흐름을 거스를 줄 모르고, 의심할 줄 모르는 그녀의 눈은, 되돌아보기 위해서가 아니라, 앞날을 보기 위해서만 있다. 반농반어半農半漁 집의 딸치고는 쭉 뻗은 곧은 다리도, 결코 되돌아가기 위해서 사용된 적이 없고, 또, 가족 모두가 일 년에 몇 번인가 남몰래 걱정하고, 주위 사람들이 한 달에 몇 번씩 비웃는 머리도, 평범하게 살아가기 위해서라면 아무런 문제가 없다. 실제로 자동차 운전면허도 땄던 것이다.

야에코는 지금, 무당벌레를 연상시키는 노란색 경자동차 운전석에 느긋하게 앉아, 핸들이라든가 페달이라든가를 마음대로 조작하고 있다. 그리고 아기는, 조수석에 꼭 묶인 둥근 대나무 광주리 안 타월에 싸인 채 푹 뉘어져, 듣는 사람에게 용기를 내게 하는, 생명 그 자체인 소리를 지르고 있다. 아이의 큰 목소리는, 경쾌하게 달리는 차의 삼각창에서 인심 좋게 뿌려지고, 쿠사바 마을의 여기저기에 기분 좋은 자극을 주고, 하얀 나비의 수를 배가시키고, 대기의 온도를 3도 정도 높이고 있다.

또 주민이 아무도 모른다 해도, 이미 쿠사바 마을의 바람과, 쿠사바 마을의 빛과, 쿠사바 마을의 물이, 그 아이의 탄생을 성대하게 축하해주고 있다.

모자母子를 태운 차는 길을 따라 달린다.

하얀 자갈이 깔린 둑 위의 길은, 쿠사바 마을 서쪽으로 향해 뻗어 있다. 운전하는 야에코 쪽은, 만개한 복숭아꽃으로 가득 메워져 있고, 아이가 있는 조수석 쪽에서는, 물망천이 황금색으로 빛나고 있다. 세 바퀴의 큰 물레방아를 가볍게 회전시키는 주된 힘은 물론 물임에 틀림없지만, 그러나 지금은 거기에 신생아의 소리가 덧붙여져 있다. 그리고, 물레방아의 물보라가 만든 작은 무지개를 빠져나온 그 순간에, 엄마와 아이는 쿠사바 마을에서 흔들림 없는 지위를 획득한 것이다.

야에코는 콧노래를 흥얼거린다.

이윽고 그것은 작은 소리로 흥얼거리는 노래로 변하고, 곧 제대로 된 독창이 되어, 몇 번이고 몇 번이고 반복된다. 그러자, 새 대나무 광주리 안에서 기세 좋게 튀어나오던 울음소리가 점차 가라앉고, 타이어를 통해서 트랜스미션을 통해서, 차 안으로 전달되는 대지로부터의 진동은, 야에코의 분신에게 벌써 물망천을 헤엄쳐서 건너는 데 없어서는 안 될, 혹은, 작은 조각배로 아마노나다의 거친 파도를 이겨내는 데 필요한, 기초적인 체력을 주려 하고 있다. 야에코는 오월의 바람처럼 경쾌하게 차를 달리며, 그리운 옛노래를 계속 노래한다. 만일 친정으로 돌아가려는 것이라면, 바로 거기에서 오른쪽으로 꺾어, 복숭아밭을 가로지르는 논길로 가지 않으면 안 되는데, 그녀는 그렇게 하지 않는다.

야에코는 노래하면서 웃고 있다.

안도감에서 자기도 모르게 흥얼거린 옛 유행가가, 뜻밖에도 자장가 노릇을 한 것을 알아차리고, 야에코는 웃는다. 그러나, 자랑스러운 듯한 그 웃음소리가 쿠사바 마을의 무게와 면적을 인간 한 사람 몫만큼 넓힌 것에 대해서는, 그녀 자신도 전혀 깨닫지 못하고 있다.

그리고 그녀 곁의 신생아는, 이 세상 전체와 똑같이, 시시각각 팽창을 계속하고 있다. 온통 다 부드럽고, 온통 다 뜨겁고, 온통 다 싱싱한 세포 덩어리, 향긋한 냄새가 나는 대나무 광주리에 담겨 있는 3천 수백 그램의 대우주, 거기를 종횡무진으로 돌아다니는 혈액과 임파액은 증가에 증가를 거듭하고, 충분한 근육과 튼튼하고 단단한 뼈로 확고하게 지켜진 영혼은, 풍선처럼 팽창하면서, 성능과 더불어 순도純度를 높여가고 있다.

어머니도 지지 않는다.

이십오 년 동안에, 야에코 체내에 자기도 모르게 축적된 불순물들은, 양수와 함께 남김없이 배출되고, 이미 물망천의 물과 아마노나다의 해수에 의해 정화되었다. 이제 그녀의 표정이나 몸짓 그 어느 구석에도 고뇌와 비탄의 흔적을 찾아볼 수 없다. 전형적인 오월의 바람에 나부끼는 머리카락 하나하나에도, 액셀러레이터 페달을 계속 밟는 잘 빠진 오른쪽 다리에도, 연두색 스웨터 아래에서 떨고 있는 팽팽한 유방에도, 웃고 노래하는 투명한 목소리에도, 서기 1988년의 봄날 아침의 생생한 기운이 넘쳐흐르고 있다.

야에코는 내가 가르쳐준 노래를 부르고 있다.

가르쳐준 내가 훨씬 전에 가사를 잊어버리고, 야에코는 야에코대로 내가 가르쳐주었다는 사실을 깨끗이 잊어버렸다. 전에 우리 오누이는, 그 짧은 노래를 백번도 이백 번도 함께 노래하곤 했었다.

잊었다,라고는 말하지 못하게 하리라.

날아다니는 반딧불과 습기 찬 뜨거운 대기가 격렬하게 정염을 부추기는 여름밤, 물망천의 차디차고 기분 좋은 흐름을 헤엄쳐 건널 때, 야에코는 언제나 그 노래를 흥얼거렸다. 그리고 기슭에 기어올라 한숨 돌리는 사이에도 노래하고, 실오라기 하나 걸치지 않은 채 달빛에 물든 몸에서, 적당한 양의 털로 감춰진 사타구니에서, 뚝뚝 물방울을 흘리면서 대나무숲 속의 오두막을 향해 갈 때에도 노래하고, 내 위에 배를 깔고 엎드려서 움직일 만큼 움직이고, 소리칠 만큼 소리치고, 눅진해진 뒤에도 노래했다.

그러나, 내가 잊으려고 해도 잊을 수 없는 당시의 기억은, 야에코 가슴속 아무데에도 남아 있지 않다.

그래도 여전히 야에코는 노래를 계속한다.

그래도 야에코는, 어떠한 풍설風雪에도 견뎌낼 절벽 끝의 침엽수와 같은 강인함을 손가락 끝까지 팽팽하게 담고, 노래한다. 손을 뻗으면 닿을 곳에 있는 자기 자식의 숨소리와 맥박에 맞추어 노래하고, 지금도 여전히 자궁에 남아 있는 태아의 심장박동 소리에 맞추어 노래하고, 드디어 살아갈 이유를 찾아낸 기쁨에 넘쳐서, 노래한다.

야에코는 자기 자신과 자기 아이를 위해서 노래한다.

이 아이는 어머니의 모든 것을 계승했고, 나아가서, 어디의 누구인지 내가 아직 모르는, 자기 아버지가 지니고 있는 유익한 조건을 남김없이 지니고 있다. 이 아이는, 온갖 시련을 이겨낼 수 있는 남다른 능력과, 순박하고, 천의무봉한 성격을 향유하고, 거기에 적당한 야성과, 천박해지지 않는 품성도 겸비하고 있다.

그리고 물망천을 흐르는 물의 감촉과 똑같이, 가락은 맞지 않지만 아름다운 엄마의 노랫소리도, 무당벌레의 모습과 똑같은 노란 중고차가 차례차례 통과하는 햇빛이나 우주선宇宙線이나 지자기地磁氣도 모두 똑같이 은회색의 깨끗한 뇌 속에 깊이깊이 새겨져,

아기 자신의 좌표축座標軸을 만들기 위한 기반을 이룬다. 즉, 이 아이는 이미 쿠사바 마을의 당당한 주민이 된 것이다.

이것은 마음을 설레게 하는 봄바람이다.

기운찬 산 자[生者]의 폐와 피부와 머리카락에 잘 어울리는 바람이, 쿠사바 마을의 구석구석까지 남김없이 불고 있고, 존재가 불확실한, 예를 들자면 나처럼 애매모호한 자가 비집고 들어갈 틈은 아무데에도 없다. 산들바람은 곳곳에서 잉어기치를 헤엄치게 하여 바람개비를 돌리고, 들꽃을 흔들고, 나아가서는 죽음의 기척을 쫓아내려고 하지만, 그러나 나는 그렇게는 못하게 꽉 버틴다. 나는 이제 쿠사바 마을 밖에 나가고 싶지 않다. 가자키리 다리를 건너서, 낯선 사람들이 살고 있는 낯선 고장으로 흘러흘러 가는 일 따위는, 정말이지 말도 안 되는 일이다.

쿠사바 마을은 전혀 변하지 않았다.

반도 밖에서는 바다가 변화무쌍한 빛을 내뿜고 있고, 구릉지는 복숭아꽃으로 빽빽이 차고, 그 분홍 띠는 마을의 삼면을 둘러싸서, 가끔 수평선 저쪽에서 밀려오는 우수와 고뇌에 찬 바람을 막는다. 시로야마 공원에 있는 작은 동산은, 서툴게 만들어진 아귀산의 모형처럼 보이고, 그 훨씬 저쪽에 우뚝 솟아 있는 진짜 아귀산의 눈[雪]은, 최근 3주 동안에 상당히 물러나 있다. 그런 나의 쿠사바 마을에는, 사람들의 나날의 삶에 필요한 물건과 여건이 전부 갖춰져 있어서, 부족한 것은 아무것도 없다.

　잡목과 잡초, 과수와 가로수, 정원수와 꽃, 논밭과 공터, 곤충과 생선, 새와 짐승, 가축과 인간, 일자리와 병원, 양로원과 묘지, 먹을 수 있는 것과 먹을 수 없는 것, 인구에 상응하는 수의 버스와 너무 적은 수의 택시, 약간의 모순과 사소한 혼란, 건실하지 못한 사람들과 그들을 노리는 인상이 나쁜 공무원, 전입자와 전출자, 천애고아인 자와 매일 밤 가족들과 단란을 즐길 수 있는 자, 귀찮은 일과 애절한 일, 온갖 곳에 떠도는 상쾌한 기운과 넘치는 아름다운 기분— 여기에는 모든 것이 과부족 없이 다 갖추어져 있다.

　그러나, 죽은 뒤에도 여전히 머물고 싶어하는 어중간한 패는, 현재로서는 나밖에는 없는 것 같다.

　야에코는 신중하게 브레이크 페달을 밟는다.

　야에코는 차에서 내려서 둑을 뛰어 내려가, 농가를 상대로 해서 아침 일찍부터 장사를 하고 있는, 햇살 속의 작은 식료품가게로 뛰어 들어간다. 그리고 다시 나타났을 때에는, 양손 가득히 빵이랑 음료수를 안고 있다. 차를 다시 달리기 전에 야에코는, 아기한테서 잠시도 눈을 떼지 않은 채 게걸스럽게 먹고, 벌컥벌컥 마시고, 심하게 목이 메어서 숨이 막혀도 먹기를 그만두지 않는다. 그런 그녀의 모습을, 투실투실하게 살찐 늙은 개가 양지에 드러누운 채 멍하니 바라보고 있다.

마지막으로 과즙이 든 주스를 마시고, 이와 잇몸에 낀 빵을 새끼 손가락 손톱으로 파내면서, 야에코는 또 차를 달린다. 행선지가 친정이 아닌 것만은 이것으로 분명해졌다. 그렇다고 해서, 병원이 있는 마을 중심부나, 다른 고장으로 통하는 유일한 다리인 가자키리 다리 쪽으로 향하고 있는 것도 아니다.

야에코는 또 먹기 시작한다.

맑은 날이 계속되어 마를 대로 마른 하얀 길 앞쪽을 노려본 채, 무서운 식욕을 발휘하면서, 건포도 빵을, 옛날부터 좋아하던 그 빵을 삼키듯이 게걸스럽게 먹는다. 그것은 위에 도달하기도 전에 소화되고, 우선 당분부터 흡수되어 반은 야에코의 십 개월 간의 피곤을 치유하고, 나머지 반은 엄마의 역할을 잘 깨닫고 있는 유방으로 모여간다.

*

야에코는 아귀산으로 향하고 있다.

복숭아밭을 뒤덮고 있는 꿀벌들의 날개소리가 멀어지고, 들새의 지저귐이 다가온다. 하루에 삼천 번 정도 지저귀어서 자기 영역을 사수하는 꾀꼬리가, 덤불 여기저기에 숨어 있다. 꾸불꾸불한 산길에 들어서자, 어린아이가 또 울기 시작한다. 그렇지만 그것은 무사히 자라고 있다는 증거인 포효이지, 쇠약을 초래하고, 죽음을 불러들이는 전조前兆의 신호는 결코 아니다. 바야흐로 쿠사바 마을의 봄을 지배하는 것은, 야에코 아이의 목소리와, 그리고 넘쳐흐르는 빛이다.

위대한 그 운행을 확실히 알 수 있을 만큼의 속도로 솟아오르는 태양은, 끊임없이 수소를 헬륨으로 바꾸어 쿠사바 마을을 비추고, 화산에 강렬한 빛과 짙은 음영을 주고, 잔설과 오래된 용암에 황금색과 검은색의 두 가지 색을 스며들게 하고, 높은 산 살갗에 달라붙어 있는 말라비틀어진 한 마리 도깨비를, 외부 사람은 결코 알아차릴 수 없는 아귀 형상의 눈[雪]덩어리를, 이 봄에도 또다시 뚜렷하게 떠오르게 하고 있다. 그러나, 도깨비가 휘두르고 있는 큰 낫의 날은 여러 차례의 눈사태 때문에 여기저기 이가 빠져 있고, 엄동에 보이던 무시무시함은 찾아볼 길 없고, 바야흐로, 황야를 헛되이 경작하는 늙어빠진 농부의 모습을 닮아가고 있다.

할아버지한테 들은 이야기는 진짜였다.

분명히 아귀산은 두 개 있었다. 살아 있을 때에는 절대로 보이지 않았던 또 하나의 아귀산이, 바로 거기에 있다. 그것은 아귀산 앞에 있는 것도 아니고 뒤에 있는 것도 아니고, 흔들려서 찍힌 사진처럼, 거의 동일한 공간을 차지하며 겹쳐 있다. 또, 두 개의 아귀산 형태는 완전히 같고, 색의 농도도 똑같아서, 어느 것이 실상이고, 어느 것이 허상이라고 할 것도 없다.

야에코는 아귀산의 가파른 언덕을 올라가고 있다.

노란 경자동차는 진짜 무당벌레처럼, 계곡 사이의 협로를 느릿느릿 나아간다. 꼬불꼬불한 그 길은 이윽고 너도밤나무 원시림 속으로 빨려들어가, 엄마와 아이 머리 위에 내리붓는 어린 잎사귀의 방향芳香과 봄 참새의 폭발적인 지저귐이, 야에코의 모유와 아기의 감성을 증가시킨다. 행방을 이젠 알겠다. 야에코가 자기 아이를 도대체 누구한테 보이려고 하는지, 이제 알았다.

야에코는 노래하고, 아기는 울음을 그친다.

한 아름도 두 아름도 되는 너도밤나무는, 그 어느 것이나 인간의 수명을 초월한 세월을 보내왔고, 뿌연 줄기는 이끼류에 뒤덮여 멋진 반점을 만들고 있고, 가지 부근에는 담록색 꽃을 잔뜩 피우고, 잎사귀 하나하나가 각기 광합성에 의해서 수백 킬로칼로리의 열량을 비축하고 있다. 그리고, 거친 줄기를 지탱하는 데 어울리는 굵은 뿌리는, 낙엽이라든가 들새의 똥, 짐승의 시체나 쓰러진 나무들이 미생물에 의해서 분해되고, 가끔 화산재가 섞여, 삼천 년 동안 퇴적되어서 만들어진 부엽토를 확실하게 포착하여, 삼 주일 전에 내린 비와 초속 삼십 센티미터로 흐르는 여울물을 쉬지 않고 빨아들이고 있다.

이 숲에 차 있는 것은 새싹과 증식의 충만함일 뿐, 빈사 상태의 생물의 기척은 전혀 없다고 할 수 있다.

살아남는 힘은 원시림 밖에도 넘치고 있다.

오래된 전신주를 대지에 정연하게 박아서 만들어진 광대한 방목지와 목초지 또한, 팽창과 확대라고 하는 현세의 숙명적인 힘에 점하여져 있다. 거기에는, 맛좋고, 먹기 쉽고, 영양가 높은 풀이 온통 자라고 있고, 그것을 스물아홉 마리의 준마가 침착하게 먹고 있다. 스물아홉 마리가 뱃속에 잉태하고 있는 스물아홉 마리의 새끼들은, 무사한 탄생이나 순조로운 성장은 말할 것도 없고, 우승의 가능성조차도 충분히 간직한 영광의 길을 벌써부터 달리기 시작하고 있다.

그리고, 서른 번째의 말, 경주마로서 천부적 재능을 남김없이 발휘하고, 종마로서의 역할도 오래 전에 마친 백마는, 지금, 혼자 조용히 너무 그늘에서 쉬고 있다. 그러나, 늙은 수말의 몸에 넘쳐흐르는 힘에는 아직 심상치 않은 것이 있고, 다만 거기에 그렇게 있는 것만으로도, 암말들의 암놈이기 때문인 불안감을 깨끗이 씻어줄 수가 있는 것이다.

백마를 안심하게 만드는 것은, 조부다.

조부 또한 변하지 않았다. 오 년 전도, 십 년 전도, 지금과 전혀 변함없는 조부는, 여전히 세상에 등을 돌리고, 그 부근의 돌과 나무를 사용해서 세운 탄탄한 작은 산장 앞에 있는 바위 꼭대기에서, 삼만 평인 전세계를 내려다보고, 침묵한 채 만장의 기염을 토해내고 있다.

 조부의 마른 몸을 푹 감싸고 있는 것은, 내가 아직 어렸을 때, 농사꾼이나 고리대금업자가 잘 입던, 까맣고 무거운 망토이다. 망토가 조부의 몸을 산의 사기邪氣로부터 지켜주고, 안감을 빈틈없이 메운 경문經文이 조부의 영혼을 지켜주고 있다. 겨울 동안 집에 돌아와서 가족과 함께 지내는 조부는, 그저 죽지 못해 사는 쓸모없는 존재일지 모르지만, 그러나 아귀산 산록에서 말과 함께 지내는 조부는, 결코 무의미하게 오래 살기만 한 노인이 아니다.

 조부의 눈은 세 가지 것을 동시에 포착하고 있다.

 달리기 위해서 태어난 크고 아름다운 포유동물, 방목지 한쪽 구석의, 호사스러운 사료가 가득 채워진 저장탱크 앞에서 끊임없이 솟구쳐 오르는 작은 샘, 그 물이 샛강이 되어서 흘러가는 너도밤나무숲에서 나타난 노란 경자동차, 그러한 것을 조부는 한꺼번에 시야에 담고 있다.
 스물아홉 마리의 암말이 일제히 그쪽을 돌아보고, 반쯤 잠들어 있던 백마도 천천히 목을 비틀어, 산장 쪽으로 향하는 야에코의 자동차를 맑은 눈으로 쫓는다. 그러나, 이미 어느 말도 무당벌레와 같은 괴물과, 그것을 조종하고 있는 인간 암놈을 받아들이고 있다. 즉, 멍청한 엔진소리에도, 배기가스 냄새에도, 운전수의 가락을 벗어난 노랫소리에도 익숙해져 있는 것이다.

그런데, 백마는 경계 신호를 발한다.

그러자 스물아홉 마리의 암말이 민첩하게 반응하고, 곧이어 조부가 팽팽하게 긴장된 공기를 예민하게 알아차리고 일어선다. 조수석의, 대나무 광주리의, 목욕타월 속의 신참자의 농후한 기척이, 말들의 신경을 날카롭게 한다. 아귀산 산록 옆구리에 푹 꽂힌 창끝 같은 거대한 바위를 미끄러지듯이 내려온 조부는, 재빠른 걸음으로 손자 쪽을 향해 걸어간다. 서른 마리의 말은 그동안 어떤 근육도 움직이지 않고, 가만히 일이 되어가는 꼴을 지켜보고 있다.

야에코는 대나무 광주리를 끌어안고 조부를 기다린다.

조부는 벌써 이 이변의 정체를, 대나무 광주리 속의 내용물이 무엇인지를 깨닫고 있다. 말들 또한 똑같이, 오월의 바람 가운데에서 갓난아이의 어렴풋하게 달콤한 향기를 맡고, 서서히 경계심을 풀어간다. 나는 말들의 마음도 야에코의 생각도 손에 잡힐 듯이 알지만, 그러나, 조부의 마음속은 도저히 알 수 없다. 조부는 도대체 증손자를 어떻게 맞이하고, 어떻게 다룰 생각일까. 아무 거리낌없이, 엄한 얼굴을 풀고 싱글벙글 아기를 끌어안을 것인지, 아니면, 손가락 하나 대지 않고 엄마와 함께 쫓아버릴 것인지, 그것을 전혀 읽을 수가 없다.

조부의 마음을 은폐시키고 있는 것은, 망토 안감에 먹으로 씌어진 저 괘씸한 경문이다. 조부는 그 경문을 저 전쟁에서 돌아온 그날 밤을 새워 하룻밤 만에 썼다고 하는데, 그 이유는 여전히 알 수가 없다. 아마, 자기를 남한테서 지키기 위해서이거나, 남을 자기한테서 지키기 위해서이거나 그 어느 쪽일 것이다.

야에코는 거리낌이 없고, 자랑스러운 듯이 지껄인다.

대나무 광주리를 들여다보는 조부의 얼굴은 결코 고루한 늙은이의 얼굴이 아니다. 눈 속에 노여움이나 슬픔이나 증오나, 그리고 살기가 번개처럼 스쳐가는 일도 없고, 그 눈초리는 망아지에게 쏟아질 때하고 똑같다. 일자로, 꽉 닫힌 여든세 살의 입가에 떠오르는 순수한 웃음이, 타월째 증손자를 들어올림과 동시에, 만면에 퍼져간다. 조부의 목소리만은 아무리 애써도 알아들을 수가 없지만, 야에코하고 조부 사이에 밝은 어조의 대화가 오가고 있는 것만은 사실이다.

셋은 햇빛과 함께 집 안으로 들어간다.

가파른 계단으로 연결되어 있는 지붕 밑 작은 방에는, 이미 아기를 위해 청결하고 따뜻한 침대가 준비되어 있다. 엄마의 이불과 어린아이의 이불은, 똑같이 복숭아꽃 무늬다. 야에코는 거기에 자기 아이를 부드럽게 누인다. 천장에 매달린 선명한 색깔의 오르골이 달린 모빌이, 빙글빙글 돌면서, 상큼하고 그리운 소리를 낸다.

야에코는, 먹고, 마시고, 떠든다.

조부는 아주 만족한 모습으로, 그러한 손녀와 자고 있는 증손자를 교대로 보고 있다. 그것은 힘이 없는 자를 지켜주지 않고는 못 배기는 사나이의 눈이고, 아무런 구애 없이, 이성과 감정의 상극도 없이, 이 세상에 있는 모든 것을 있는 그대로, 눈 깜짝하지 않고 바라볼 수 있는 눈이다.

야에코는 계속 마시고 먹으면서, 빠른 말투로 떠들어댄다. 애 낳는 것을 아무한테도 보이고 싶지 않았다는 이야기, 말처럼 야외에서 낳아보고 싶었다는 이야기, 무슨 일이 있어도 물망천 강가에서 낳고 싶었다는 이야기, 막상 출산할 때가 되자 몇 번인가 기절할 뻔했다는 이야기. 조부는 손녀가 자세하게 얘기하는 초산 이야기에 귀를 기울이고, 뭔가 짧은 말로 받으면서, 일일이 고개를 끄덕인다.

그리고 야에코는 자기 이부자리로 들어가, 후— 하고 한숨을 쉬고, 곁에서 자고 있는 자기 아이의, 자연의 법칙에 따른 정연한 숨소리에 황홀하게 귀를 기울이고, 누구에게라고도 할 것 없이 "나중에 목욕을 시켜줘야지."라고 중얼거리고, 다시 한번 후— 하고 긴 숨을 쉬고, 피로 때문에 움푹 꺼졌기는 했지만 샘물처럼 맑은 눈을 감는다. 조부는 잠시 동안, 숨소리가 꼭 맞는 모자 곁에 붙어 있다.

본심은 어떤지 망토를 벗겨보지 않으면 알 수 없지만, 초연한 조부의 표정에는 한점 그늘이 없다. 이윽고 조부는 아래층으로 내려가, 목욕물을 데우기 위해, 은빛의 양동이를 양손에 들고 샘

쪽으로 걸어간다.

아귀산은 그 아이를 인정했다.

스물아홉 마리의 용마龍馬도, 암말의 과민한 신경을 진정시키는 역할을 맡은 늙은 백마도, 목초지를 굽이돌아 너도밤나무숲으로 흘러 들어가는 샛강의 물도 또한, 야에코의 아이를 인정하고, 받아들였다. 우리집 신생아를 고집스럽게 거부하고, 싫어하고, 혹은 일말의 불안을 느끼는 자는, 적어도 아귀산 주변에는 없을 터였다. 산기슭에 펼쳐져 있는 쿠사바 마을의 누가 어떻게 생각하든, 형이나 동생이 어떻게 생각하든, 아버지나 어머니가 어떻게 생각하든, 야에코가 엄마가 되었다는 사실은 절대적으로 흔들릴 수 없다. 그 아이는 이미, 물망천의 물로 정화되었고, 쿠사바 마을의 시간의 흐름을 타버린 것이다.

아무도 그 사실을 막지 못한다.

노송나무 욕조에 길어진, 넘쳐흐를 정도의 물은, 아궁이에서 오는 열을 확실하게 모으고, 같이 잠들어 있는 야에코의 유방은 부풀 대로 부풀어 생명의 하얀 젖을 스며내고 있다. 오두막집 연통에서 똑바로 피어오르는 푸른 연기는, 아귀산 꼭대기 부근에서 상서로운 구름이 되고, 무사히 엄마가 될 수 있었던 야에코의 기쁨은, 깊은 잠 속까지 침투하고, 그녀 곁에서 함께 잠든 영아는 벌써 긴 일생에 있어서의 최초의 꿈을 꾸고 있다. 그리고 할아버지는 여전히 의연하게 동요나 긴장과는 인연이 없이, 예를 들자면 오 년 전과 똑같이, 해치울 이를 재빨리 해치우고 그 뒤에는 유유하게 가만히 있는다.

모두를 침착하게 만드는 것은 조부다.

야에코나 아기나 말들이 마음놓고 있을 수 있는 것도, 숲의 새가 지저귐이나 교미나 둥지 틀기에 전념할 수 있는 것도, 산의 개미 행렬이 전혀 흐트러지지 않는 것도, 오로지, 아귀산에 필적할 만한 조부의 태연자약한 태도에서 나오는 힘에 의한다. 그렇다고 해서, 조부가 남들보다 뛰어난 인물이라는 얘기는 아니다. 단지 살아나가 는 기술을 확고하게 몸에 익힌 사나이라는 얘기일 뿐이지, 결코 그 이상은 아니다.

태양의 빛도 운행도 또한 안정되어 가고 있다.

살아 있는 자의 모두를 지배하고, 그 중심을 이루는 빛과 열의 항성恒星은 이미 새벽 직후와 같은 색깔도 속도도 보이지 않고, 봄의 뿌연 하늘 속에 가라앉아, 너무 가라앉아서, 지금은 존재가 상당히 흐려졌다. 물망천을 따라 불어오는 아마노나다의 바닷바람, 경쾌한 미풍, 그것이 마을을 통과할 때 약간 섞이는 악의惡意의 태반은, 산에 넘치는 생생한 기운과 너도밤나무숲에 여과되고,

혹은 배척되지만, 그러나 일부는 오두막집까지 도달하여 오늘 아침 막 텅 비게 된 야에코의 아랫배를 살짝 스쳐 지나간다.

야에코는 앗 하고 소리를 지르고 눈을 뜬다.

벌떡 일어난 야에코는 얼마간 당황하면서 자기 아이를 끌어안고, 열어젖힌 가슴에 조심스럽게 아기의 얼굴을 갖다댄다. 그러자 엄마는, 갑자기 믿을 수 없는 자기 아이의 악력握力과 젖꼭지를 빠는 힘의 강함에 놀라고, 그 놀람은 떨림을 수반하는 감각이 되어 젖과 함께 쏟아져나오고, 혹은 눈물이 되어서 넘쳐흐른다. 야에코의 눈에서 나온 몇 방울의 물은, 젖먹이 아이의 목구멍으로 빨려 들어가 뜨거운 체내를 통과하여, 마룻바닥에 스며들고, 그리고 나서는 대지에 스며들어서 아귀산의 지하수에 도달하여, 샘물이 되어서 다시 지표에 나타나, 푸릇푸릇한 초목의 뿌리를 누비면서, 졸졸 흘러간다.

그 물을 백마가 한 입 마신다.

그러자, 늙어빠졌을 터인 말이 갑자기 뒷발로 서서, 젊고, 씩씩한 울음소리를 두 번, 세 번 발했는가 생각되자, 갑자기 전력으로 달리기 시작한다. 백마를 좇아 스물아홉 마리의 암말도 차례차례 달리기 시작하여, 한 무리가 되어 울타리 안쪽을 빙글빙글 돈다. 뱃속에 들어 있는 새끼 말의 무게까지 더해져 땅울림은 무시무시한 것이 되고, 그것은 충분히 백 마리를 넘는 야생마의 폭주를 연상시켜, 너도밤나무의 작은 가지와 새싹이 일제히 떨리고, 아귀산을 조성하고 있는 화성암火成岩이 떨리고, 또 하나의 아귀산이 떨리고, 푸른 풀끝과 샘물이 떨린다.

그러나 어느 말의 눈에도 전율은 보이지 않는다.

야에코의 어린아이의 탄생은 무엇보다도 임신한 자의 기쁨이고, 오두막에서 흘러나오는 신선한 생명의 향내가 암말들을 뛰지 않고는 못 배기게 하는 것이다. 환희의 정을 나타내는 축복의 질주는, 이윽고 평상적인 걸음으로 변하고, 그리고 얼마 있다 완전무결한 삼십 마리의 말은 평정을 되찾아, 3만 평 여기저기에 흩어진다.

조부는 또 바위 위에 걸터앉아 느긋하게 자세를 취하고 있다.

조부는 긴 담뱃대를 써서 담배를 피우면서, 시시각각 충일되어가는 사물의 가지가지를, 니코틴과 함께, 이제는 더 이상 늙지 않을 몸 구석구석으로 빨아들인다. 이런 조부가 감지하고 있는 것은, 아마도 탄생의 기척에 한정되어 있고, 적멸寂滅의 어두운 발소리 따위는 아닐 것이다. 이상할 정도로 밝은 조부의 눈은 지금, 쿠사바 마을이라고 하는 촌을 축으로 해서, 이승의 전경과 인간의 전체상을 바라보고 있음에 틀림없다. 그리고, 조부의 망막의 어느 구석엔가는, 주인이 버린 지 오래된, 남자와 여자의 밀회 장소로도 쓰이지 않게 된 지 오 년이 지난, 그 오두막집을 삼킨 맹족죽숲이 비춰져 있을 것이다. 좀더 정신을 집중시켜 초점을 좁히면, 노송나무 껍질 지붕의 오두막집에 뒹굴고 있는, 지쳐빠진 손자의 시체도 보이지 않으리라는 법은 없을 것이다.

그러나, 조부한테는 그럴 마음이 없는 것 같아, 유리구슬을 연상시키는 눈은 시종일관 삶을 위한 삶에 쏟아져 있고, 소리도 없이 다가오는 죽음을 위한 죽음은 닥치는 대로 까만 망토에 의해 뿌리쳐진다.

조부는 항상 생生이 발하는 광채를 지켜보고 있다.

조부는 증손의 출생을 새끼 말의 출생과 똑같이, 길가에 떨어진 이름도 없는 풀씨의 발아發芽와 똑같이, 물망천의 야생 잉어의 거친 산란과 똑같이, 아마노나다의 조수 경계에 모이는 동물성 플랑크톤의 폭발적인 번식과 똑같이 받아들이고 있음에 틀림없다. 혹은, 되풀이된 분화가 만든 산이나 섬처럼, 혹은 또, 긁어 모아진 가스에서 태어난 별들처럼 그렇게 받아들이고 있는지도 모른다.

아마, 그렇게 받아들임으로써 또는 그렇게 해석함으로써 조부는 오래 살아남을 수 있는 것이다.

조부라고 하는 사내는, 난산 때문에 죽어간 암말의 일도, 뇌 속을 흐르는 혈관이 터져서 죽은 자기 아내의 일도, 먹을 것이 없어 길바닥에서 쓰러져 죽은 수많은 사람들의 일도, 전우가 한칼에 죽여버린 대륙의 민간인의 일도, 몽둥이에 맞아 죽은 쿠사바 마을의 변태성욕자의 일도, 그 모든 것을 전혀 기억 속에 남겨두지 않는지도 모른다.

예전에, 조부는 나한테 이렇게 말했다.

"어쩌면, 너는 요절할지도 몰라." 예전에, 조부는 나한테 이렇게 말했다. "너를 닮은 녀석을 세 명 알고 있는데, 세 명 다 서른이 되기 전에 죽어버렸지." 예전에, 조부는 나한테 이렇게 말했다. "그렇다고 해서 뭐가 어쨌다는 것은 아니야. 백 살까지 사는 녀석들하고 비교해서 낙심할 필요는 없지." 예전에, 조부는 나한테 이렇게 말했다. "비록 네가 죽는다 해도, 금방 누군가가 아이를 낳을 테니까, 식구 수는 언제나 같지." 조부의 말은 모두 옳았다.
　적어도 나는, 제 수명을 못 채우고 죽은 자 축에 끼어버린 그런 자들과 한 통속은 아니다.

*

쿠사바 마을의 물이 따뜻해져간다.

쿠사바 마을에서 피어오르는 수증기가 기분 좋은 봄바람이 되어, 살아 있는 사람들의 피부와 영혼을 부드럽게 쓰다듬고 지나간다. 그 미풍은 또, 산 계곡을 지나 시로야마 공원으로 나아가서, 동산 꼭대기에 딱 한 그루 자라 있는 오오야마벚꽃의 봉오리를 차례차례

열리게 하고, 북쪽 나라로 돌아갈 것을 잊어버린 두루미에게 한 조각 희망을 주고, 아에코의 아이를 포함한 마을 주민 전원의 폐에, 신선한 산소와 오존과 끈기를 계속 공급한다.

  그것은 또, 죽은 이를 썩게 하여 분해시키고, 마지막에는 흙으로 환원시켜 주는 바람이기도 하다. 깊은 대나무숲 폐가에 있으면서도 '나'는, 쿠사바 마을의 바람의 영향을 정면으로 받고, 폐가의 똑바로 밑, 지하 삼십 미터 지점에 웅크리고 있는 고대 소년의 모습을 조금씩 닮아간다. 뼈가 되어버린 소년이 품에 안고 있는 것은 새끼 학이지만, 여기서 순백의 근사한 뼈로 변해 있다. 쿠사바 마을 주변에서 내가 지각할 수 있는 죽은 자라고는, 현재로는 이 소년과 '나' 둘뿐이다.

  조부는 어떤 바람에도 동요하지 않는다.

  잎담배를 의연하게 태우는 조부는, 시야에 들어오는 만물과, 시야 밖에 있는 만유萬有를 있는 그대로 인정하고, 형이상적形而上的 문제도 형이하적形而下的 현상도 똑같이 긍정하고, 사방을 빈틈없이 메우고 있는 살아 있는 자들로부터 연명할 힘을 얻는다. 그런 조부의 머리 위에서 눈부시게 빛나는 태양은, 오늘도 또 아귀산 훨씬 위쪽 산기슭에 달라붙어 있는 도깨비 형상의 눈을 대담하게 녹이고, 무너뜨리고 있다.

  쿠사바 마을에 일몰이 다가오고 있다.

오늘 하루 봄을 지탱한 태양은, 나를 이 세상에 남겨둔 채, 이중으로 보이는 아귀산의 바로 뒤, 저세상의 경계 끝을 향해 뭉글뭉글 떨어져간다.

나는, 잉태한 말과 함께, 장의 유동운동을 본격적으로 시작한 신생아와 함께, 삼백 년 후의 대분화에 대비하여 마그마 덩어리에 차곡차곡 에너지를 비축하고 있는 화산과 함께, 누구의 손도 빌리지 않았던 출산으로 지쳐버려, 정신없이 잠들어 있는 누이와 함께, 쿠사바 마을을 사계절 내내 점하고 있는 진리와 도취를 직감으로 아는 조부와 함께, 너도밤나무숲을 서식처로 하고 있는 백 종류가 넘는 곤충이라든가 열 종류는 될 들새와 함께, 또, 들에 길에 뻗쳐 있는 봄아지랑이와 함께, 오월의 어느 날을, 뜻있게, 법열法悅에 잠겨, 꽉 채우며 보냈던 것이다. 그리고 지금도 여전히 나는, 빤쩍빤쩍 빛나는 여러 미크론의 꽃가루와 물고기 비늘가루와 함께, 더할 나위 없이 자유스럽게, 바닥 없는 즐거움에 휩싸여, 떠다님을 계속한다.

그러나 황혼의 평온함도 그리 오래 지속되지는 않는다.

기울었기 때문에 태양의 힘은 현저하게 약화되고, 빛이 닿지 않는 면적이 급속히 늘어남으로써 대기는 혼란해지기 시작하고, 이윽고 돌풍이 일어나고, 나무들이 한꺼번에 파도치며 잎사귀가 뒤집힌다. 그러자 그 순간, 살아 있는 자는 식별할 수 없는 또 하나의 아귀산이 선명해지고, 순식간에 진짜 아귀산을 압도해간다.

말은 긴장해서 풀 뜯기를 그만둔다.

늙은 백마 주위에 모인 스물아홉 마리의 암말은, 엉덩이와 허리 근육을 심하게 경련시키며 두려워하고 있다. 그 동안에도 삼만 평 되는 방목지를 찾아온 황혼이, 파문처럼 반도 전체로 퍼져나간다. 조부는 좁고 발디딤이 안 좋은 바위 꼭대기에 똑바로 서서 팔짱을 끼고, 이쪽을 무섭게 노려본다. 돌풍에 날려 망토가 탁탁 소리를 내고, 자락이 휘날릴 때마다, 안감에 씌어진 경문이 살짝살짝 보인다. 그렇게 해서 조부는 밤과 어둠의 영역에 둥지를 튼 죽은 영들을 쫓으려 하고 있음에 틀림없다.

물러가지 않으면 안 된다.

나는 더 이상 조부의 망토가 펄럭이는 소리를 견딜 수 없다. 또, 이 이상 누이를 걱정할 필요가 없다. 아에코는 안전하다. 아에코는 고독 따위에 시달리지 않는다. 아에코한테는 아기가 있고, 게다가 조부와 서른 마리의 말들이 둘의 방패가 되고 있다. 나는 가지 않으면 안 된다.
나는 아귀산의 거친 산자락 따라 상승해간다. 조부도, 아기와 엄마가 편안하게 쉴 수 있는 튼튼한 오두막도, 새끼를 배어 충만해진 말도, 그리고 늙은 백마도 금세 점의 존재로 변하고, 가까이에서 박쥐가 내는 높은 주파수 소리라든가 거친 날갯짓 소리가 들렸는가 생각하자, 나는 눈 깜짝할 사이에 분화구를 뛰어넘어, 저물기를 주저하고 있는 서쪽 하늘을 구석구석 바라볼 수 있는 높이로 단번에 끌려 올라갔다.

그러나, 거기까지다.

나 같은 자가 도달할 수 있는 고도는, 기껏해야 거기까지다. 나는 나에게 남겨진 약간의 의지력으로, 혹은, 빛조차도 굴절시켜 버리는 강한 중력에 의해서, 혹은 또, 끊을 수 없는 가족의 유대라는 힘에 이끌려서, 미련한 낙하를 시작한다.
그러나, 쿠사바 마을의 무엇인가가 나를 거부하고, 나를 되돌려 보내려고 한다. 그렇게 못하게 하려고 나는, 벌써 달빛을 흘려보내기 시작한 물망천을 겨냥해서, 유성에 지지 않는 기세로 무턱대고 떨어져간다.
그런데 겨냥이 아주 약간 빗나가, 쿠사바 마을에는 돌아가지 못하고, 이웃 마을 변두리로, 건너편 기슭의 깊은 대나무숲으로, 폐가가 된 오두막 안으로, 마치 안개나 연기처럼 빨려 들어가, 자리잡을 곳에 자리잡는다.

밤은 물소리와 함께 깊어간다.

들리는 소리라고는, 물망천을 흐르는 물소리와, 그 물을 부지런히 뿜어 올리는 세 바퀴의 큰 물레방아의 삐거덕거림과, 아마노나다에서 들려오는 먼 바다소리뿐이다. 여전히 '나'는, 너무나도 간단한 죽음을 죽어 있고, 수성펜을 쥐고 책상에 엎드린 채, 너무나도 어리석은 죽음을 심화시키고 있다. 그리고 달리 갈 곳이 없는 나로 말하면, 그러한 '나'에게 꼭 달라붙어 있을 뿐이다. 서 있는 채 썩어가는 오두막은, 죽은 이의 그림자와 밤안개를 흡수하여 더 황폐해지고, 점점 더 '나' 같은 자에게 어울리는 관棺으로 변해가고 있다.

망자로서의 나는 운이 좋았다.

생각해보면 나는 행운아였다. 혈담血痰을 보고도 못 본체한 것은 사실이지만, 그러나, 다가오는 죽음은 전혀 알아차리지 못하였다. '나'의 똑바로 아래 지점, 녹나무 뿌리도 도달하지 않는 지하 삼십 미터 되는 지점에 죽어 있는, 새끼 학을 가슴에 품은 고대 소년, 그 또한 나 이상으로 운이 좋았다. 그는 이미 삼천 년 동안 잠들어 있고, 나는 지금 겨우 삼천 년 중의 처음 하루를 마쳤을 뿐이다.
 어느 날엔가 '내' 위에도 삼십 미터 두께로 토사가 쌓이고, 그 뒤에도 여전히 물망천은, 훨씬 더 먼 상류로부터, 가늘고 고운 생생한 모래와 흙을 삼천 년간 실어 나르리라.

내가 죽은 것이 정말로 어젯밤일까?

어쩌면 나는, 오 년 전, 가자키리 다리를 건너서 쿠사바 마을을 떠난 그날 죽었는지도 모른다. 물 그 자체의 냄새도, 땅 그 자체의 냄새도 전혀 느낄 수 없는, 저 말도 안 되는 도시에 몸을 담았을 때, 나는, 거기에서 꿈틀거리는 일천만이 넘는 사람들을 살아 있는 자들로 여긴 적이 한 번도 없었다. 단 한 번도.

흐르는 물소리가 희미하게 흐트러진다.

그러나 그것은, 여자가 사내를 격렬하게 원하면서 강을 헤엄쳐 건너려고 하는 소리 따위가 아니다. 혹은, 아마노나다의 밑바닥의 또 그 밑바닥으로 데려가려고 나를 노리는 바다거북이 내는 소리도 아니다. 혹은 또, 얻어맞아 죽은 사람과 함께 돌아가는 세 바퀴 큰 물레방아 소리도 아니다.

물망천 물을 휘젓고 있는 것은, 배의 스크루이다. 그러나, 회전수는 억제할 수 있는 데까지 억제되어 있고, 강화플라스틱으로 만들어진 날씬한 형태의 배에 타고 있는 사내들의 말소리도 극도로 억눌려 있다. 그렇지만 벌써 나는, 세 사나이 중의 하나가 동생이라는 사실을 알아차렸다. 그리고, 그들의 관계가 대등한 것이 아니고, 명령하는 자와 명령받는 자로 분명하게 나뉘어져 있는 사실도 안다. 셋이 입고 있는 셔츠나 바지는 똑같이 어둠의 색이지만, 동생 입장은 다른 둘을, 연상의 사내들을 압도하고 있다.

배는 온통 어둠의 색으로 칠해져 있다.

그들의 배는 깊은 갈대숲 속에서 불쑥 나타나, 유목流木처럼 조용히 강을 내려간다. 그것은, 선체의 크기에 비해 어울리지 않는 고출력 추진기를 두 대나 달고 있다. 그러나, 지금 움직이고 있는 것은 한 대뿐이고, 게다가 지닌 힘의 십 분의 일도 발휘하지 않고 있다. 셋은 빈틈없는 얼굴로, 끊임없이 주위에 신경을 쓴다. 특히 도마뱀을 연상시키는 자세로 뱃전에 달라붙어 있는 동생은, 지금껏 일하기 싫어하고, 나태하게 지내온 것도 이날을 위해서가 아닐까 생각될 정도로, 온 신경을 팽팽히 당기고 있다. 나 또한 똑같은 긴장을 강요받으면서, 동생과 함께 물망천을 흘러내려간다.

오 년 사이에 동생은 변했다.

타고난 악당들이 시키는 대로 촐랑촐랑 움직이고, 움직이면 움직일수록 남들에게 미움받는 그런 졸때기, 그는 이제 그런 송사리가 아니다. 말투, 눈초리, 몸짓, 그 어느 것 하나에도 악惡이 한층 더 연마되었다는 사실이 여실히 나타나 있다. 동생은 분명히 변했다. 잘 때 외에는 끊임없이 입가에 띠고 있던, 가면을 닮은 엷은 웃음에도, 예전과 같은 허세의 빛은 전혀 보이지 않는다.

어쨌든 그는, 배 이름을 시커멓게 지운 까만 배를 지휘하고 있고, 서쪽 사투리가 강한, 크고 무서운 용모의, 무슨 일을 저지를지 모르는 외지인을 둘이나 턱으로 부리고 있다. 파친코 할 돈도 없고, 담뱃값도 넉넉지 않아, 집에서 돈을 빼내거나, 수확 전의 복숭아를 밤에 몰래 따서 다음날 아침 이웃 마을에서 되는 대로 싸게 팔아넘기던 그 시절의 동생은, 이제 아무데에도 없다.

동생의 성장은 현저하다.

방탕한 나날을 보내는 것에는 변함이 없다 하더라도, 이제는 강한 자에게 빌붙어 살아가려는 사나이는 아니다. 동생 머릿속에 있는 것은, 부당한 이자와, 변제하지 못할 경우 어떻게 될지 뻔히 알면서 빌린 돈 생각뿐이다. 그는 목숨을 담보로 해서 빌린 돈으로 중고 배와 신품인 추진모터를 구입하였고, 주인이 여러 차례 바뀐 셈치고는 제법 괜찮은 잠수 도구 한 벌을 손에 넣고, 그리고 반 년 간에 이르는 정식 훈련을 받아 바닷속에서 살아 돌아오는 기술을 습득했다.

인간으로서는 어떨지 모르지만, 사나이로서의 동생은 현격한 진보를 이룩했다. 오 년 전과 비교한다면 하늘과 땅의 차이다.

나에게 동생을 탓할 자격 따위는 없다.

그날 밤, 동생은 나에게 이렇게 힐문했다. "이런 나지만 거기까지 타락하진 않았어."라고 했다. 돌려줄 말이 없었다. 나라고 하는 인간은 틀림없이 타락할 데까지 타락한 것이다. 동생이 집 밖을 향해서 타락해갔다면, 나는 집 안을 향해서 타락해간 셈이 된다.

우리들의 가장 큰 차이는, 동생이 집 밖에서 저지른 죄는 그 어느 것이나 밤잠을 설칠 만한 것이 아니었고, 쿠사바 마을을 떠나지 않으면 안 될 만한 것은 아니었다는 사실이다.

무엇보다 동생은 살아 있다.

동생 같은 사내가 아버지 같은 제대로 된 어부가 되지 못할 것은, 처음부터 뻔한 일이었다. 그것은, 아버지가 동생처럼은 절대로 살지 못하는 것이나 같다. 동생은 아직 죽지 않았고, 죽어가고 있지도 않다. 밤어둠을 타서 까만 배를 조용히 나아가게 하는 동생의 영육靈肉은, 실로 잘 조화되어 있고, 오체五體는 원기왕성하다. 적어도 동생이 고용한 꼬마와 뚱보, 그 둘 인간쓰레기보다는, 살아나갈 힘이 훨씬 위인 것만은 확실하다.

그러나, 장차 어떻게 될지는 모를 일이다. 예를 들어 나와 같은 햇수만큼 살 수 있을지조차도 확실하지 않다. 간단히 말해, 오늘밤 무사히 바닷속에서 돌아올 수 있다는 보장도 없는 것이다. 남의 눈을 꺼리는 한밤의 잠수, 그것만으로도 위험하기 짝이 없는 작업인데다가, 아마노나다 밑바닥에는 격렬하고 복잡한 저류가 사방에 있다고 한다. 형제 가운데서 수영을 익힌 것이 제일 늦었고, 저보다 나이가 어린 아이들한테조차 뒤지고, 익사할 뻔해서 내가 살려준 적이 있는 동생이, 오늘밤 거친 바닷속으로 잠수하려고 하고 있다.

동생 배는 어느 틈엔지 물망천을 빠져나왔다.

담수 냄새는 사라지고, 선체의 흔들림이 차차 커지고, 세 사내는 더욱 눈길을 날카롭게 하고 사방을 경계한다. 어협의 감시선이 등불을 끄고 숨어 있지나 않은지 신중히 확인하면서, 그들 어부들의 적敵은 바깥 바다로 나아간다.

동생은 자기에게 어울리는 길을 걸어가고 있다.

조부도 누이동생도, 아버지도 어머니도, 형도 형수도, 또한 같다. 우리 가족은, 제각기 자기에게 가장 어울리는 선택을 계속하고 있다. 어머니가 아이를 넷 낳은 것은, 농가집 여자의 변덕 따위는 아니었는지 모른다. 넷 정도 낳아두지 않고는, 대를 잇기에 적합한 자가 나오지 않는다는, 예를 들면 그런 속셈이 있었는지도 모른다. 만일 그렇다면, 어머니는 다시 보지 않으면 안 될 만큼 대단한 여자다. 만일 그렇지 않다면, 어머니는 가축 수준밖에 안 되는 바보다.

나는 말할 것도 없고, 동생도 여동생도 집을 이을 자로서는 실격이다. 혹은, 잇지 않아도 좋은 입장이었기 때문에, 혹은 또, 장남다운 장남이 있어주었기 때문에, 우리들 동생과 여동생은 셋 다 시원찮은 인간이 되어버렸는지도 모른다. 그 저변의 정확한 사정은 사실 나로서도 잘 모르겠다.

어머니라는 여자는, 아마 대부분의 여자와 똑같이, 별 생각도 없이, 되는 대로 네 아이를 낳아버린 것이겠지. 그리고 정신 차렸을 때에는, 아래 셋은 손쓸 수도 없게 되어 있었고, 어머니는 세 사람분의 불행도 겸해서 짊어지지 않으면 안 될 처지에 빠져 있었던 것이다.

형만은 어머니 기대를 저버리지 않았다.

철이 들까말까 할 때부터 가장으로서 행동하도록 훈련받은 형은, 중학교를 졸업할 때에는 이미 가족 전원의 장래를 걱정하고, 장례식 순서를 몽땅 알고 있었다. 그리고 예정된 길을 정해진 대로 걸어, 즉, 대학에는 가지 않고, 고등학교를 나오자 지방은행 근무를 시작하고, 가정을 갖고, 끊임없이 가족 하나하나에게 신경을 쓰면서, 무슨 일이 있어도 결코 포기하거나 하지 않고, 지금도 여전히 뼛골이 빠지게 애쓰고 있다.

조부든 아버지든, 형만큼 집안을 생각하지 않았던 것이 아닐까? 조부의 안중에는, 옛날부터 말과 연鳶과 아귀산밖에 없고, 또 아버지의 가슴속에는, 머리 위에서 파란 바람을 가득 품은, 기운 자국투성이인 돛과, 물망천 하구에 모였다가는 흩어지고, 흩어졌다가는 모이는 물고기 생각밖에 없다. 이제 새삼스럽게 어쩔 수는 없는 일이지만, 어머니는 형 하나만을 낳고, 나머지는 낳지 않았어야 했다.

나는 형을 계속 괴롭혀왔다.

형은 나에게 대학에 가도록 권유했고, 권해지는 대로 나는, 학비가 우리집 가계의 사 분의 일을 점한다는 사실도 모르고, 당시 쿠사바 마을에 막 개교한 삼류대학의 분교에 사 년간이나 다녔다. 내가 거기서 배운 것은 문학이었지만, 사 년 만에 얻은 답은, 물에 대해서 좀더 약동적으로, 좀더 관능적으로 묘사한 소설이나 시가 없다는 사실과, 취직해서 생판 모르는 남한테 혹사당하면서, 일생을 바쳐야 할 대의명분이라는 것을 끝내 찾아내지 못했다는 사실, 이 두 가지다.

선생이라도 할 생각이야.

코너에 몰린 내가 그렇게 대답하자, 형은 아주 기뻐했고, 그리고 반 년 뒤, 집안일을 거들면서 당분간 세상 돌아가는 꼴을 관찰할 생각이야, 라고 털어놓자, 형은 화가 너무 나서 한참을 말을 할 수 없을 정도로 열을 냈다. 사실은 쿠사바 마을의 물을 주제로 한 시를 써서 세상에 내볼 생각이야, 라고 했다면, 형은 틀림없이 나를 두들겨 팼을 것이다.

형을 괴롭힌 것은 나만은 아니었다.

동생도, 또, 누이동생도, 적잖이 형을 괴롭혔을 것이다. 마을 경찰의 블랙리스트에 들어 있다는 소문이 난 동생 탓에, 형 출세가 상당히 늦어지고 있는 것은 사실이고, 그리고, 남을 의심하지 않으면 안 될 나이가 되어도 믿을 줄밖에 모르는 여동생은, 해가 갈수록 형에게 짐이 되었을 것이다. 과연 형은 누이의 출산을 알고 있을까? 누이의 상대인 사내를 알고 있을까?
우리들 동생 셋의 당시의 평판이 도대체 어느 정도였는지는 알 길도 없지만, 형의 혼담에 영향을 끼쳤던 것만은 틀림없다. 형은 신통치 않은 우리들을 진심으로 걱정했고, 때로는 부모도 못할 마음 씀씀이를 보였고, 오로지 집안을 위해서 온몸과 온 정신을 바쳐왔던 것이다. 그렇게까지 하면서 지켜야만 할 그런 집안도 아닌데 말이다.

형의 고충을 이해하는 사람은 하나도 없다.

우리들 남동생과 여동생은, 단 한번도 형을 생각해주지 않았다. 조금이라도 형을 생각해주었더라면, 나는 주저하지 않고 초등학교 교사가 되어 집을 나왔을 것이고, 일일이 핏줄 때문에 마음 아파하지 않아도 될 여자와 사귀었을 것이다. 그랬더라면 아마도, 서른 살이 되기도 전에 모든 일이 끝나버리는 그런 바보 같은 꼴은 되지 않았을 것이다.
정말로 얼마 되지 않은 복숭아밭과 논밭을, 어머니와 나와 누이동생과 형수 넷이 덤벼서 주물럭거리는 것을, 동네 사람들이 어떤 눈초리로 보고 있었는지 모르고 있었던 것은 아니었다. 그래도, 나는 집에서 떨어지려고 하지 않고, 밤이 되면 방에 틀어박혀 밤늦게까지 많은 문장을 썼고, 들일이 없어진 겨울에도, 자동차 교습소에 다닌다든가 여자가 올 만한 모임에 얼굴을 내민다든가, 그런 남들이 다하는 평범한 짓도 하지 않고, 온종일 티슈 페이퍼를 감은 수성볼펜을 쥔 채 지냈던 것이다.

내가 쓴 것은 주로 물에 대해서였다.

쿠사바 마을에 내리는 여러 종류의 비, 실컷 구불구불 흐르다 우리 마을에 도달하는 물망천의 물, 삼십 년이라는 세월을 들여서 솟아나오는 아귀산의 맑은 물, 술집만이 쭉 늘어선 여우골목에 고여 있으면서도 선명하게 달을 비추는 시궁창의 오수, 고독하긴 하지만 자유스러운, 저 두루미가 한쪽 다리를 접어넣은 채 잠든 늪의 물, 아마노나다로부터 증발하여 구름이 되는 물, 운수량雲水量이 포화 상태가 된 적란운積亂雲, 그러한 물의 대순환에 대해서 쓰려고 했던 것이지만, 실제로 쓴 것은 극히 일부의 물에 대해서였을 뿐이다.

겨우 쓸 수 있었던 것은, 마당 한쪽 구석에 있는 연못의 물과, 계절에 따라 색이 변하는 그 물을, 빨아들였다가는 토해내고, 토해냈다가는 또 빨아들이는 한 마리의 금붕어와, 통통하게 살찐 그 금붕어를 수심에 찬 듯 바라보는 누이동생의 모습, 기껏해야 그 정도이다.

야에코가 내게서 물을 빼앗아버렸다.

야에코가 내 시야 속에서 날마다 광채를 더해감에 따라, 물에 얽힌 나의 사념은 빛바래갔다. 여분의 복숭아꽃을 따낼 때 쭉 뻗는 하얀 다리, 아직 파랗고 작은 복숭아 열매 하나하나마다 봉투를 씌워줄 때 흔들리는 봉싯한 유방, 다 익은 복숭아를 상하지 않도록 가만히 따는 나긋나긋한 손가락— 어느 틈엔지 나는, 물과 함께 야에코 이야기를 쓰고 있었다.

야에코의 머리카락을 따라 어깨에 스미는 비에 대해서 쓰고, 야에코의 목덜미에서 빛나는 아침이슬에 대해서 쓰고, 야에코의 단단하고 모양새 좋은 발목에 감기는 시냇물에 대해서 쓰고, 그리고 여름밤 물망천을 알몸으로 헤엄쳐 건너는 야에코의 아름다운 등과, 그녀의 허리 부분에서 작은 소용돌이를 만드는 물에 대해서 썼다. 그리고 어느 해의 어느 날 밤, 추석 전날 밤을 경계로 해서, 나는 물에 관한 일체의 묘사를 그만두고, 대신, 야에코의 발랄한 육체와, 야에코의 떨리는 입술에서 새어나오는 한숨에 대해서 쓰게 되어 버렸다. 여름 내내 쭉, 야에코의 몸은 구석구석까지 물망천의 물맛이 났었다.

야에코의 목소리는 대나무숲에 빨려 들어간다.

야에코의 한없이 애절한 목소리는, 엄청난 수의 하루살이와 함께, 혹은, 쿠사바 마을 사람들이 흘려보낸 등롱燈籠과 함께, 물망천 수면에 떴다가는 바다로 흘러내려가, 그 뒤를 마음 무거운 먼 번개가 쫓아가고, 마지막에, 우리들 형제의 풀 길 없는 슬픔이 쫓아갔다.

*

아마노나다의 물이 천천히 넘실거린다.

어둠의 색으로 칠해진 배는 닻을 내리고, 배 위의 세 건장한 젊은이는 한마디도 하지 않고, 해야 할 일을 민첩하게 해치우고 있다. 꼬마와 뚱보의 손을 빌려 잠수복에 완전히 들어앉은 동생은, 다음에 금속제의 무거운 잠수모를 쓰고, 그리고 인간을 초월한 자가 된다. 신선한 공기를 보내주는 컴프레서는, 소리를 죽이기 위해 발포 스티로폼 판으로 이중삼중 감싸놓았다. 어둠보다도 더 어두운 바다 밑으로 조용하게 내려가는 동생의 모습은, 이 세상에서 가장 비장한 부류에 들어갈지도 모른다.

동생은 이제 어떤 마을에서나 볼 수 있는 게으름뱅이도 아니고, 축 늘어진 살집의 건달도 아니고, 또 무지하고 무기력한 자도 아니다. 배에 남아서 그의 목숨줄을 조종하고, 감시선의 급(急)접근을 망보고 있는 두 외지인은, 근성이 비열한, 반성의 마음 따위는 전혀 없는, 구제할 길이 전혀 없는 자들이지만, 그러나 동생은 다르다. 동생이 아무리 악랄한 짓을 한다 해도, 그의 온몸에 흐르고 있는 쿠사바 마을의 물에 의해서, 마지막에는 틀림없이 구원받을 것이고, 구원받지 않으면 안 된다.

잠수복 속의 사나이는 간악한 무리는 아니다.

그는 또, 내가 되고 싶어도 되지 못할, 흉내내고 싶어도 흉내낼 수 없는 인간상을 형상화한 그런 사나이도 아니다. 김이 서리는 것을 방지하기 위해서 풀즙을 바른 강화유리 속에서 빛나는 눈동자에는 사악한 기운은 없고 그 눈은 지금, 라이트가 비춰내는 플랑크톤의 움직임을 진지하게 쫓으며, 복잡한 조류를 읽고 있다. 눈 바로 위에 있는 한움큼의 뇌는, 몸을 어느 방향으로 어느 정도 기울이면 안전할 수 있을까 하는 계산에 여념이 없다. 그러나 그의 가슴속에서는, 깊이가 더해감에 따라 가족의 모습이 짙어져간다.

동생이 필사적으로 싸우고 있는 상대는 공포다.

밤의 아마노나다의 밑바닥은 너무나 어둡다. 비록 사연 많은 망자가 수장되고, 고독한 영혼이 바다거북에 의해 이끌려 들어가는 장소라 하더라도, 너무 어둡다. 수중 라이트가 아무리 강한 빛을 발한다 하더라도, 사방팔방을 막고 있는 어둠의 벽을 깨뜨릴 수는 없다. 동생은 어금니를 꽉 깨물면서 하강을 계속하고, 납 구두[鉛靴]가 해저에 닿자 잠시 쉬고, 한번 눈을 감고, 어울리지 않게 자신의 무사함을 기원한다. 그러나 금방 일에 착수하려고는 하지 않는다. 발밑에 적당한 크기의 전복이 빽빽이 달라붙어 있는데도 아직 손을 대려고 하지 않는다.
동생은 그렇게 해서 배에 돌아갈 의지의 유무를 다시 한번 확인하고 있는 것이다. 즉, 왜 이런 곳에서 이런 시간에 이런 일을 하지 않으면 안 되는가 하는, 당연한 자문을 되풀이하면서, 죽지 않기 위한, 혹은 식물인간이 되지 않기 위한 기본 동작을 하나하나 되새기고 있다.

동생은 아직 숙련의 경지에 달해 있지 않다.

그를 보좌하는 두 사내의 솜씨는 더더욱 미숙하다. 어차피 못된 놈들이 하는 짓이다. 잠수복 표면까지 다가온 죽음이, 아주 사소한 실수의 틈을 비집고 들어오려고, 동생을 호시탐탐 노리고 있다. 절대로 해서는 안 될 실수, 그것은 상체를 너무 앞으로 기울여 다리 쪽에 공기가 고이는 것이다. 천지가 뒤집어지고, 거꾸로 매달려서 목숨을 잃은 사내의 이야기를, 동생은 잠수할 때마다 생생하게 기억해낸다.

그리고 나서 동생은 물욕에 몸을 내맡겨버린다.

숨을 한 번 쉴 동안에 그는 비열하고 치사한 사나이가 되어 뻔뻔하게 마음먹고, 라이트를 전복 쪽으로 비춘다. 그러자 금세 공포는 사라지고, 토해내는 수많은 포말 하나하나마다 악랄한 기운이 담기고, 눈은 충혈되어 시뻘게지고, 갑자기 양손의 움직임이 활발해진다. 이런 게, 바로 나의 동생이다. 이것이야말로, 겨우 삼십 년 살았을 뿐으로 온 정력을 다 써버린 나하고 같은 피를 이어받은, 진짜 동생이다. 나는 이 오 년 동안 쿠사바 마을의 물에서 떨어져 있었지만, 그러나 동생은 그 물에 계속 잠겨왔다.

쿠사바 마을의 물은 삼천 년 전과 똑같이, 지금도 여전히, 주민 전원에게 어떤 일이 있어도 살아나갈 힘을 계속 주고 있다. 동생 머리를 채우고 있는 것은, 전복을 팔아넘겼을 때 들어올 돈 생각뿐이다. 그 한쪽 구석에 가족이 비집고 들어갈 여지가 다소 있다 하더라도, 이미 나는 제외되어 있다.

쿠사바 마을의 물 또한 나를 잊어버렸다.

수영 이외에도, 나는 이것저것 동생에게 가르쳐주었었다. 교양이라는 것이 아무 쓸모가 없다는 것을 가르쳤고, 그리고 아래에는 아래가 있다는 것을 내 몸을 가지고 가르쳤고, 불쌍한 배덕자背德者, 인간쓰레기가 됨으로써 우월감을 충분히 맛보게 해준 것도 바로 나였다. 동생은 내가 쿠사바 마을에서 모습을 감춘 그날 일변했을지도 모른다.
아마노나다가 이대로 동생을 용서하고, 어협의 감시선이 언제까지고 동생 꼬리를 잡지 못하고, 어느 날 어떤 계기에, 예를 들자면 죽순이라도 먹고 싶어져서 대나무숲에 발을 들여놓았을 때, 우연히 내 주검을 발견하면, 동생은 좀더 변해, 나아가서는 대낮에도 당당히 일할 수 있는 어부가 되고, 드디어는 아버지의 뒤를 이어 돛단배를 타게 될지도 모른다.

걱정인 것은 배 위에 있는 쓰레기들이다.

결코 쿠사바 마을의 물에 익숙하지 않고, 결코 쿠사바 마을의 말을 이야기하지 않고, 어찌어찌하다가 근성까지 썩어버린 꼬마와 뚱보는, 필요하다면 언제든지 동생을 배반할 것임에 틀림없다. 둘이 지금, 해저를 향해서 맑은 공기를 보내고, 목숨줄을 서투르게 조종하고, 고압高壓의 세계에서 보내져 오는 작은 신호를 놓치지 않으려고 한시도 마음을 놓지 않고 있는 것은, 동생을 위해서가 아니다. 이 녀석들에게 있어서 동생은, 거위장수에게 있어서의 거위와 같은 존재이다.
 동생은 또, 꼬마가 숨겨 들고 있는 나이프에 대해 모른다. 목숨줄 두 줄이나 세 줄 정도라면 한꺼번에 끊을 수 있을 듯한, 묵직한 그 칼은, 순식간에 거위를 저버릴 수가 있는 것이다.

 동생의 신호에 응해서 뚱보가 줄을 잡아당긴다.

 어망 자루에 가득 담겨진 적당한 크기의 전복이 이끌려 올려지고, 배 밑 수조水槽에 잠겨간다. 그리고 나서 까만 배는, 동생과 닻을 바닷속에 매단 채 미속으로 이동해간다. 꼬마는 들리지 않는다는 것을 알고 맘껏, 동생을 향해서 "이봐, 좀더 열심히 일해."라고 말하고, 뚱보와 함께 낄낄 웃는다.
 도수가 높을 뿐 악취가 나는 양주를 교대로 꿀꺽꿀꺽 들이켜는 둘은, 유랑자의 육감으로, 쿠사바 마을을 떠날 날이 얼마 안 남았다는 사실을 깨닫고 있다. 유랑하는 버릇이 아무래도 없어지지 않는 둘은, 이때까지 지나쳐온 동네와 똑같이, 쿠사바 마을에 대해서도 또한 아무런 애착이 없고, 한 고장에 삼 년 이상 머무는 것이 얼마나 위험한가 하는 사실도 뼈저리게 알고 있다. 그리고 무엇보다, 둘은 이미, 여우골목에 둥우리를 틀고 있는 삼십 명 남짓 되는 별볼일없는 창녀들에게 싫증이 날 대로 나버렸다.

 여우골목의 여자들은 외지인을 위한 여자들이 아니다.

바야흐로 그 한없이 명랑한 여자들은, 물과 똑같이, 쿠사바 마을에는 없어서는 안 될 존재들이다. 그녀들을 단속 기관이 비교적 관대하게 봐주는 것은 농가의 후계자라고 하는, 단지 그 이유만으로 결혼 상대를 찾지 못하는 사내들에게 충분히 도움을 주고 있기 때문이다. 다행히 형은 그녀들 신세를 지지 않아도 되었고, 혹은, 너무 핏줄이 가까운, 가족의 일원인 이성과 일을 저지르는 일도 없이, 혹은 또, 변태성욕자가 되지 않을 수도 있었다.

그 대신이라고 할 수는 없지만, 동생이 형이나 내 몫까지 여우골목에 틀어박혀, 성병이 있는 시원찮은 여자에게, 가진 돈뿐 아니라 빌린 돈까지도 쏟아넣었다. 이제 와서 생각해보면, 나도 동생을 흉내내서 부지런히 여우골목을 다녔어야만 했는지도 모른다. 적어도 한 달에 한 번 정도라도 거기에 다녔더라면, 이런 꼴은 되지 않았을는지도 모른다.

형은 어머니가 애쓴 보람이 있어서 아내를 맞이할 수가 있었고, 겨우 장남으로서의 체면을 세울 수 있었고, 한편 동생은, 돈을 치르지 않아도 상대가 되어줄 여자를 차례차례 알게 되어, 도락인으로서의 체면을 유지할 수가 있게 되었다.

나는 변태성욕자조차도 되지 못했다.

나는 지금도 그 사내의 일을 분명하게 기억하고 있다. 한여름에, 물망천 둑길 한가운데에, 땀투성이가 된 채 우뚝 서 있던 몸집 큰 사내를 결코 잊지 않았다. 그의 처지는 우리 형과 아주 꼭 같았다.

그러나 그는 결혼을 하지 못했다. 아마, 키가 2미터에 달하는 저 물렁물렁한 체구와, 이상하게 붉은 입술과 쌍꺼풀진 눈이 떨릴 때마다 새어나오는 너무 얕은 목소리가, 언제나 혼담이 깨지는 원인이 되었을 것이리라.

그 사나이는 진짜 변태성욕자였을까?

그는 독신인 채로 나이를 먹어가고, 그러는 동안에 부모의 수명이 다하고, 쿠사바 마을을 떠나버린 세 남동생도 찾아오지 않게 되고, 스리랑카 여자를 사서 가정을 이룰 만큼의 돈도 모으지 못하고, 여우골목에 나가도 너무 사람 같지 않은 생김새 때문에 모든 여자가 싫어하고, 이윽고 일할 의욕을 잃고, 복숭아나무는 금방 시들고, 밭은 잡초투성이가 되고, 끝내 그런 꼴이 되어버렸다.

그 녀석한테는 쨍쨍 내리쬐는 강한 햇살이 잘 어울렸다.

도무지 농부로는 보이지 않는 그의 허연 살갗에서 솟구치는 땀방울은, 한여름의 햇빛을 받아 반짝반짝 빛나고, 때가 낀 러닝셔츠를 따라 꾸깃꾸깃한 바지 속으로 스물스물 스며들어가는 것이었다. 그러나 그는 단지 그렇게 서 있었을 뿐, 무성한 풀밭에 몸을 숨기거나, 한밤에 근처 집 목욕탕을 들여다보거나 하는 그런 짓은 일체 하지 않았고, 우리들이 본 것은 언제나 그 큰 몸뚱이를 햇빛 아래 드러내놓고 서 있는 모습뿐이었다. 그리고 그는, 지나가는 여자라면 누구라도, 비록 그것이 땅바닥밖에 보지 못할 만큼 허리가 구부러진 노파라 하더라도, 구멍이 뚫어질 정도로 쳐다보았다. 그러나, 결코 손을 대지 않았고, 말도 안 걸었고, 갑자기 바지 속의 물건을 꺼내 보이거나 하지도 않았다. 그러니까 경찰이 나설 일은 전혀 없었다.

나중에는 여자들 쪽에서도 익숙해져서, 무서운 것을 보고 싶어 일부러 먼 길을 돌아오는 여고생 떼가 나타날 지경이 되었고, 초등학생들 사이에서는, 이 거구의 사내에게 돌멩이를 던지고는 뒤도 돌아보지 않고 줄행랑치는 따위의 질이 안 좋은 놀이가 유행했다. 나는 몇 번인가 그 녀석 곁을 지나간 적이 있다. 해삼을 연상시키는 몸에서 끊임없이 방출되는, 그 끈적한 열기의 정체는, 도대체 무엇이었을까? 그것은 지나치고 나서도 온 등에 느껴졌고, 금방 식은땀이 등줄기를 죽 흐르는 것이었다.

변태성욕자는 여름 소나기 가운데 서 있었다.

그날도 또 그 녀석은, 그렇게 해서 물망천 유역의 빛과 바람을 혼자 더럽히고 있었다. 머리 위에서 번뜩이는 태양을 끈적거리게 하고, 비스듬하게 세운 터무니없이 큰 몸뚱이를 주체하기 어려워하며, 언제 지나갈지도 모르는 여자를 기다리고 있었다. 지나가는 여자를 잠자코 바라보고 있는 것만으로 끝날 리는 없다, 틀림없이 언젠가는 희생자가 나올 거다, 라고 그렇게 생각한 나는 누이에게 충고해두었다. 절대로 가까이 가서도 안 되고, 모습을 보거든 금방 되돌아오라고, 입이 닳도록 말해주었다. 야에코를 어떻게 해보려고 하는 남자를 상상만 해도 살의殺意가 나를 꿰뚫은 것도, 그 즈음이었다.

나는 그 녀석 정면에서 발을 멈추었다.

그리고 나보다 십오 세나 연상인 데다, 아무리 작게 보아도 이십오 센티미터는 더 큰 사내를 향해서, 경고를 했다. 오전 내내 간 반짝반짝 빛나는 풀 베는 낫을, 빙 하고 한바퀴 돌려서, 곁의 갈대를 싹 베어 보이고, 그리고 동생 말투를 흉내내서 말했다. 목소리는 떨리고, 목은 바싹 말라붙어 있었지만, 그러나 말해줄 것은 끝까지 말해주었다. 그런데 그 녀석은 얼굴색 하나 변하지 않고, 누런 이빨을 보이며, 씩 웃었을 뿐이었다.

내 걱정은 쓸데없는 기우로 끝났다.

그날이 살아 있는 그 녀석을 본 마지막 날이었다. 그 녀석은 아마도, 끝내 여자를 알지 못한 채 사십 년의 생애를 마감했을 것이다. 그 녀석은 그해 여름에 죽었다.

살해된 것이다. 그러나 풀 베는 낫으로 목이 베어진 것은 아니다. 맞아 죽은 것이다. 하교하던 초등학생이 발견했을 때에는, 그 녀석은 세 바퀴로 이루어진 물레방아 중 가장 큰 물레방아에 가늘고 튼튼한 끈으로 꽉 묶여 있었고, 물과 빛을 교대로 쏘이고 있었다고 한다. 뇌 반쪽은 갈매기가 쪼아 먹고, 나머지 반은 물고기 먹이가 되어 있었다고 한다.

경찰은 팀을 나누어 부근의 집을 하나 남김 없이 들르고, 당연히 우리집에도 찾아왔다. 옛날 동생이 여우골목에서 벌였던 요란한 싸움 건으로 몇 번인가 찾아온 적이 있는 늙수그레한 순경은 무표정하게 이렇게 말했다. 피해자의 뇌를 수박처럼 으깬 몽둥이가, 우리집 복숭아밭의 말뚝이다, 라고. "그게 어떻다는 것입니까."라고 형은 말했다. 땀을 닦으며 돌아가는 순경의 등을 향해서, 동생은 "나야 나, 어차피 내가 한 짓이라고."라고 독설을 해댔다.

죽어 있는 변태성욕자를 처음 발견한 것은, 사실은 초등학생이 아니라, 아마도 나였을 것이다. 내가 그 일을 발설하지 않았던 것은, 집안의 누군가를, 동생일지도 모르고 아버지일지도 모르는 누군가를 보호하기 위해서가 아니다. 그 당시의 나에게는, 남의 일에 상관할 수 있는 여유 따위는 없었던 것이다. 그보다 훨씬 귀찮은, 그런 일이 문제가 아닌, 급한 문제를 끌어안고 있었던 것이다.

어처구니없는 하루였다.

내가 집을 나갈 결심을 한 것은, 그날 밤의 일이다. 나를 위해서도, 야에코를 위해서도, 또, 가족을 위해서도 그렇게 할 수밖에 없었다. 우리 사이는 이제 끝장이었다. 그렇지만 야에코는, 끝장이라는 말의 의미를 전혀 모른다. 그날 밤 누이동생은 "왜?"라고 나에게 몇 번이고 물었다.

　그날 밤 동생은, 언제나의 엷은 비웃음을 띠지 않고, 심각한 얼굴로, "나라도 거기까지 타락하진 않았어."라고 나에게 말했다. 그게 동생한테서 들은 마지막 말이었고, 그후 오 년 동안 나에게 달라붙어, 나를 괴롭히고, 끝내 나를 객사하게끔 몰아간 것이다.

　동생은 어두운 바다 밑을 기어다니고 있다.

　어망 자루가 몇 번인가 배 위로 끌어올려지고, 끌어올려질 때마다 수조는 값비싼 포획물로 채워져간다. 그만한 양의 전복을 팔아넘긴다면, 건실한 어부에게 경멸당한다 하더라도 여전히 손익 계산이 맞는 장사가 된다. 아버지가 반 년 동안 손이 가는 돛단배를 조종해서 올리는 수입을, 동생은 겨우 몇 시간 동안에 벌어들이고, 상당한 액수가 되는 빚의 20분의 1과 높은 이자를 치르고, 그러고도 아직 넉넉히 남을 돈을 외지에서 온 패거리와 하룻밤이나 이틀 밤에 걸쳐 깨끗이 써버릴 것이다.

　아버지는 옛날, 우리들 세 아들의 얼굴을 물끄러미 비교해보고 나서, 이렇게 말했다. "어부가 될 만한 녀석은 하나도 없는 것 같군." 우리들 형제의 눈이 모두 어머니 눈을 닮았다, 는 것이 그 이유였다. 여자의 눈은 바다를 보게 만들어져 있지는 않아, 라고 아버지는 말했었다.

　아버지 말이 맞았다.

내 눈은 물망천을 흐르는 물에만 쏟아졌고, 형의 눈은 내리는 빗속에서도 천운이라든가 천명이라는 것을 읽어내고, 동생의 눈은 여우골목 개천에 고인 진흙탕 물을 볼 때에만 빛났다. 아마노노나다는 동생과 같은 무뢰한에게도 풍부한 먹이를 아낌없이 주기는 하지만, 그러나, 이 바다의 물은 아직 동생을 아버지와 같은 부류로는 인정해주지 않는다. 형과 동생은 아버지만큼조차도, 그 정도의 삶조차도 아직 따라가지 못했고, 나로 말한다면 이 지경이다.

쿠사바 마을의 모든 물에 잘 동화되는, 아버지라고 하는 사나이는, 십 년 단위로 크게 변동하는 시대에도 그다지 흔들리지 않고, 아들과 딸들이 차례차례 저지르는 불상사에도 전혀 동요하지 않고, 이런 일 저런 일이 있었다고는 해도, 할 일을 하고, 잘못 하나 없이, 지금도 여전히 물처럼 깨끗이 흐르며 살고 있다. 네 사람 중에서는 가장 실수 없이 살아가는 형조차도, 아버지에게는 아직도 필적할 수 없다. 건실한 직장을 갖고, 가정을 꾸리고, 도덕이라든가 이념 같은 것까지 지니고 있는 형이지만, 아직 아이 하나도 못 가졌다.

동생은 여전히 바닷속에 있다.

일을 무사히 끝내도 갑자기 떠오르거나 하지 않고, 해면 가까운 곳에서 거꾸로 매달린 채, 시간을 보낸다. 그렇게 해서, 거품이 인 혈액이 혈관을 막히게 하는 사고를 미연에 방지하고 있는 것이다. 동생은 배 위의 패거리가 집어넣어 준 만화책에 라이트를 비추면서 탐독하고, 읽고 나서는 차례차례 찢어버리고, 잠수모 속에서 큰 웃음을 되풀이한다. 염치를 상실한 자의 웃음소리는 아마노나다 구석구석에 울려퍼져, 빠른 데다가 현기증나게 바뀌는 조류를 타고 끊임없이 밀려오는 죽음의 그림자를, 간단하게 튕겨낸다.

그러는 동안 꼬마와 뚱보는 빈틈없는 얼굴로 사방에 주의를 기울이고, 좀더 어두운 밤이 계속되어, 다른 배가 근처를 지나가지 않기를 기원하며, 가장 애타는 시간을 꼼짝 않고 견디고 있다. 그들 두 외지인은 한마디도 하지 않고, 냄새가 강한 술이 든 병을 주거니받거니 하면서, 여태까지 바람처럼 스쳐 지나온 여러 마을이라든가 몇십 명이나 되는 여자라든가, 헤아릴 수 없을 정도의 궁지나 굴욕 따위의 추억에 잠겨, 때때로 아마노나다의 심연보다 더 깊은 한숨을 쉰다.

나도 이해할 수 있는 한숨이다.

그것은, 대도시를 가로지르는, 이미 강이라고 부를 수도 없는 강 밑바닥의 구덩이에서, 내가 사 년 반 동안 내쉬던 한숨과 똑같은 것이다. 쿠사바 마을을 떠난 그날에, 가자키리 다리를 건너자 금방 시작된 애절한 한숨은, 날마다 횟수가 늘고, 어느 틈엔지 기침으로 변하고, 기침은 각혈을 초래하고, 내 폐는 요즘 세상에서 유행거리가 못 되는 흉부질환이라는 것에 당해서 넝마조각이 되고, 그렇게 해서 나의 수명은 결정된 것이다. 동생의, 고압에도 까딱하지 않는 강건한 폐가 내보내는 공기와, 바보 같은 웃음의 원인인 만화책의 파편이, 차례차례 해면에 떠오른다.

*

새벽이 다가오고 하늘은 비 기운을 띤다.

동생의 배는 무사히 돌아간다. 그리고, 공공연하게 고기잡이를 할 수 있는 다른 배도, 아침 경매시장에 댈 수 있도록 항구로 되돌아간다. 그러나, 나는 아직 사람 하나 없는 아마노나다에 남아서, 만화책 조각이랑, 존재와 무 사이에 자리잡은 평범한 생물, 거대한 해파리와 함께, 흔들흔들 바다 사이를 표류한다.

아마 나는, 저 바다거북이 나타나는 것을 기다리고 있는 것일 거다. 탐스러운 꼬랑지 같은 긴 털을 나부끼면서 헤엄치는 예의 거북의 역할이, 만일 정말로 구원받지 못한 영혼을, 가야 마땅한 곳으로 데려가는 것이라면, 이번에야말로 나는 따라갈 생각이다. 이제는 미련이 없다. 이제 걱정할 일은 하나도 없다. 쿠사바 마을을 뒤덮고, 쿠사바 마을에서 솟아나, 쿠사바 마을에 침투해가는 온갖 물이라는 물은, 우리 가족 전원을 단단하게 지켜주고 있다. 쿠사바 마을을 채우며 흐르는 맑은 물은, 논밭과 사람들의 마음을 윤택하게 하고, 그리고 구제하고 있다.

나 또한 구제받았다.

대나무숲 오두막 속에서 두 번 다시 움직이려고 하지 않는 내 잔해 따위, 이제는 아무래도 상관없다. 아무도 모르는 채 한줌 흙으로 변해가는 '나'는, 자기에게 어울리는 삼십 년을, 근사했는지 아니었는지는 별개로 치더라도, 어쨌건 완수한 것이다. 그렇게 생각한다. 그렇게 생각하니까, 이렇게 거북의 마중을 기다리고 있다.

그러나 해면에 나타나는 것은, 투명하고 탄력 있는 유기화합물인, 미련함과 우주 그 자체까지 끌어안고 있는, 쓸데없이 크기만 한 해파리뿐이다. 떴다가는 가라앉고, 가라앉았다가는 뜨는 그 녀석들은, 자기의 올바른 위치도, 자기가 살아 있다는 사실도, 자기가 누구인지조차도 모르고, 하물며 이 세상의 교묘한 함정에 빠졌다고 하는 자각 따위는 꿈에도 못 지닌 채, 숙명적이고, 비극적이기 때문에 우스꽝스러운 표류를 언제까지고 계속한다. 한천질寒天質의 이 단순한 구조의 생물은, 어쩌면 쿠사바 마을에서 죽어간 사람들의 마지막 모습인지도 모른다.

이미 나는 해파리로 모양이 바뀌어져 버렸는지도 모른다.

따뜻한 봄바람이 아마노나다를 건너간다.

상쾌한 바람이 나를 다시 쿠사바 마을로 되돌려보내려고 한다. 이윽고 나는 하구 쪽으로 이끌려가, 그리고 나서 물망천을 천천히 거슬러 올라간다. 나는 아직 해파리 따위는 되어 있지 않은 것 같다.

오늘이라고 하는 날의 최초의 먹이를 찾아 내 곁을 스쳐 지나가는 물새떼, 작은 물고기를 노리면서 전속력으로 헤엄치는 방추형의 푸른 대어大魚, 물이끼 때문에 미끌미끌한 강바닥의 무수한 돌, 그 돌에 꼭 달라붙어 성장을 계속하는 피라미나 강바닥의 유충, 강변의 복숭아꽃이 내뿜는 희미한 도취의 향내, 대나무숲에 고인 습기 때문에 부패되어 가는 영혼이 빠진 육체, 주변 일대를 점하는 본체本體와 가상假象의 수많은 것들, 그들 모두는 물에 의해서 맺어져 있고, 물의 조화 위에 올바르게 자리잡고 있다.

물망천의 물이 나를 인도하고 있다.

얼마 안 되어 나는 세 바퀴 큰 물레방아의 회전 가운데로 격심하게 휩쓸려 들어가, 갑자기 하늘과 땅이 뒤집혔는가 생각하자, 대량의 물과 함께 둑 위까지 한꺼번에 퍼올려진다. 그때, 아주 일순간이었지만, 물레방아에 거꾸로 매달린 몸집 큰 사내와, 할 일을 남김없이 해치우고 돌아가는 남자의 뒷모습이 잠깐 보이고, 그러나 곧 보이지 않게 되고, 나는 관개용 수로에 던져져, 복숭아밭을 가로지르는 개울물로 옮겨져, 그러고도 자꾸만 흘러간다.

한 그루 한 그루 확실하게 기억이 있는 나무들, 그것은 예전에 나와 누이가 손질을 하던 복숭아나무다. 지금은 아마 아버지 혼자서 돌보고, 가끔 형 내외가 거들겠지. 어느 나무나 오 년 전과 똑같이 잘 관리되어 있고, 트집 잡을 구석은 하나도 없다. 가지라는 가지는 만개한 꽃으로 채색되어 있고, 잘 뻗은 뿌리는 가을 끝날 때쯤 넉넉히 주어진 완숙한 유기 비료를, 물망천의 공해 없는 물과 함께 왕성한 기세로 빨아올리고 있다.

나는 졸졸 흘러간다.

이렇게 해서 나는, 서리 내린 밤의 추위 때문에 시들어버린 어린 풀이라든가, 이 세상에 갓 태어난 애잔한 하루살이떼라든가, 안정되고 가라앉은 대기 가운데를 슬슬 흘러간다. 나와 아에코의 활기찬 대화가 교차되던 때와 똑같이, 모든 것은 변함없고, 세월의 추이도, 세상의 변이도 전혀 보이지 않고, 쿠사바 마을은 오로지 조용하고, 그저 느슨한 시간이 쳇바퀴 돌듯 돌고 있다.
어느 집의 누가 애비 없는 자식을 갈대숲에서 남몰래 낳든, 어느 집의 누가 서른 번째 생일을 눈앞에 두고 아무도 모르게 병사하든, 어느 집의 누가 변태성욕자 머리를 마구 때려 물레방아에 매달든, 어느 집의 누가 전복 밀어密漁로 한탕 하든, 쿠사바 마을에 넘치는 평온함은 미동도 하지 않는다.

나는 흐르고, 여전히 흘러간다.

바짝바짝 눈앞에 다가오는 이엉지붕의 농가, 빨간 함석을 이은 바깥 변소, 풀 뽑기를 막 끝낸 앞마당, 흙벽 군데군데가 무너진 광, 널려 있는 돛단배의 어망, 비를 맞고 있는 세탁기— 나는 돌아와야 할 곳에 분명히 돌아와 있다. 그 가늠할 수도 없는 가치를 떠나버리고 나서야 깨닫게 된 우리집, 그것이 지금, 틀림없이 여기에 있다. 그냥 지나칠 수는 없지 않은가?

샛강에서 벗어난 나는, 마당 한쪽 구석에 있는, 예전에 어린 우리 세 형제가 힘을 합쳐서 누이동생을 위해서 3일 걸려 만든 연못 속으로 흘러들어간다. 네모 반듯한 연못 가장자리에 피어 있는 황매화꽃은, 야에코가 근처 산에서 캐어와 심은 것인데, 지금은 활 모양으로 휜 가지가 수면에 닿을 정도로 자라 있다.

금붕어만이 살아남아 있다.

지금은 백 년 전이라고도 이백 년 전이라고도 그렇게 아득하게 생각되는 마을 축제날 밤에, 야에코가 마을의 수호신을 모신 숲에서 갖고 돌아온 한 마리 금붕어가, 주먹 크기로 자라서 느긋하게 헤엄치고 있다. 우리들 형제는 물망천 여울에서 잡은 크고 작은 여러 종류의 물고기를 잔뜩 풀어놓았지만, 그 어느 것도 일 년이 못 갔고, 또, 아버지가 어디에선가 쭈그러진 주전자에 담아서 들고 왔던 비단잉어의 어린 새끼도, 결국 겨울을 나지를 못했다.

나는 잘 기억하고 있다.

야에코는 일 년에 한 번 내지 두 번 금붕어를 생각해내고는, 연못가에 쭈그리고 앉아서, 오랜 시간, 때로는 한 시간이고 두 시간이고 바라보았었다. 그렇게 해서 야에코가 바라보는 것은,

사실은 금붕어가 아니라, 물에 비친 조각구름이나 자기의 우는 얼굴이었는지도 모른다. 연못물은, 야에코가 결코 표면에 나타내지 않는 깊은 슬픔을 빨아들이고, 그리고 금붕어는, 야에코의 눈물을 먹이로 해서 멋진 성장을 이룩했는지도 모른다.

그렇기는 하지만, 우리 가족이 야에코의 장래를 생각해서 가슴 아파한 적이 단 한번이라도 있었을까? 생판 모르는 남들 말을 일일이 진지하게 받아들이고, 맹신하고, 도대체 의심이라고는 할 줄 모르는 야에코의 앞날에 대해서, 그녀에게 알맞은 최선의 길을 찾아주기 위해서, 우리들이 농담으로라도 이야기를 나눈 적이 단 한번이라고 있었던가? 가족의 누구도 야에코가 우는 모습을 본 적이 없다는 것은, 도대체 어떻게 된 일일까? 왜 도대체 야에코는 가족 앞에서는 울지 않았던 것일까?

물망천은 비탄에 잠길 때도 있다.

어머니는 아마도, 야에코를 낳은 직후에, 아직 눈도 뜨지 않고, 아직 첫 울음소리도 내기 전에, 사내아이가 아니라는 이유만으로, 야에코를 무시해버린 것이겠지. 그리고 아버지는, 아무리 기분이 좋을 때라도, 어부로서의 금기를 핑계로, 여자인 야에코를 결코 자기 배에 태우려고 하지 않았다.

동생으로 말하면, 자기의 형뻘이 되는 이름난 악당의 비위를 맞추려고, 친누이동생을 제물로 바치려고 했었다. 그때 동생 말에 속아 여우골목에 끌려나간 누이동생이 탈 없이 귀가할 수 있었던 것은, 그런 깡패한테도 아직 인간다운 정이라는 게 약간이나마 남아 있었기 때문임에 틀림없다. 누이동생은 아무도 손가락 하나 건드리지 않은 채, 케이크까지 선물로 받아들고 돌아왔지만, 그러나 늦게 귀가한 남동생의 얼굴은, 그 형뻘 되는 깡패한테 흠씬 두들겨 맞아서, 코피와 푸른 멍으로 눈뜨고 볼 수 없을 지경이었다.

그렇기는 하지만, 야에코에게 제일 지독한 짓을 한 것은, 다름 아닌 나다. 내 죽음에는 나 자신을 성찰한다는 뜻도 담겨져 있는 것이다.

우리집은, 지금 아주 조용하다.

우리집은 지금, 마치 빈집 같은 깊은 정적에 싸여 있다. 암탉은 아직 닭장 안에 있고, 박제된 닭 이상의 침묵을 지키고 있다. 텔레비전 소리도, 부엌칼이 도마를 두드리는 소리도, 바쁘게 마루를 오가거나 계단을 오르내리는 소리도, 아버지의 거친 양치질 소리도, 복숭아나무 밑에 자라 있는 퇴비용 풀을 밟아 뭉개는 발소리도 들리지 않는다.

그러나, 사람 기척은 난다. 예를 들자면 연못의 금붕어에 쏟아지는 가냘프긴 하지만, 따뜻한 눈초리, 그것은 바로 어머니의 것이다.

오 년 뒤의 어머니가 바로 거기에 있다.

어머니는 오 년 전과 똑같이, 별채에 있다. 드디어 죽게 된 자가 틀어박히기 위한, 절[寺] 냄새가 나는 네 칸짜리 방에, 어머니는 방바닥에 깔린 다다미보다 더 잘 융화되어 누워 있다. 겉이불의 무늬와 색상이 묘하게 화려하고, 화려한 만큼 어머니의 쇠약함이 더욱 두드러진다. 그렇다고 해서 어머니가, 병자라는 이야기는 아니다.

그 증거로, 몸의 기능은 모든 것이, 새끼발가락에 이르기까지, 정상적이다. 어머니가 완전히 상실해버린 것은, 세상과 보조를 맞추어가려는 기력과, 집을 돌보아 제구실을 하게 하고, 가족을 위해 애달파하는 기력이다.

그때부터 1천하고도 8백여 일이 지났다.

그런데 어머니는 아직도 충격에서 벗어나지를 못했다. 어머니는 드러누운 채, 창문을 자기 마음의 폭만큼만 열어놓고, 그 틈을 통해서 온종일 연못의 금붕어를 바라보며 지내고 있다. 병상에 눕는 신세라고까지 할 처지는 아니라 해도, 이미 들일을 할 수 있는 몸은 아니고, 호미를 쥘 힘도, 사다리를 올라갈 힘도, 익은 복숭아를 딸 힘도 반감되어 있다.

어머니를 이렇게 만든 것은, 형도 동생도 아닌, 나다. 깊이 자책해야 하는 것은, 나 혼자이다. 야에코한테는 아무런 책임이 없다.

양심적이라 할 수 있을지도 모르는 의사는 이렇게 진찰했다.

의사는 어머니 베개맡에서 씩 웃고 나서, 옛날 기질의 농사꾼 집안의 여자들한테 흔히 있는 일이야,라고 말하고, "글쎄, 병이라고 하자면 병이지."라고 말하고는 뒷말을 얼버무리고, 굉장히 빠른 솜씨로 주사를 두 대 정도 놓고, "자 오늘밤은 실컷 술이라도 마셔볼까." 그렇게 중얼거리고 나서 돌아갔다.

내가 집을 나가 쿠사바 마을을 떠난 뒤, 두 번 다시 모습을 보이지 않으리라는 것이 확실해졌을 때쯤, 늦어도 3년째에는, 어머니는 완전히 회복되어, 옛날 그대로의 당당한 '농가집 여자'로 복귀해 있었어야만 한다. 그건 그렇고, 가족은 나를 찾으려고 했었을까. 도대체 호적상에는 나는 어떻게 되어 있을까.

내가 없어진 후에도, 우리집에는 말썽이 잇따라 일어나, 어머니가 불단을 모셔놓은 별채에서 나올 수 있는 기회를 모조리 없애버린 것일까? 동생이 또 못된 짓을 저지르고, 누이동생이 또 엉뚱한 문제를 일으킨 것일까? 당장 동생은 밀어 따위에 발을 들여놓고 있고, 실제로 누이동생은 저런 식으로 아이를 낳았다. 그리고 형 부부한테는 아직 아이가 없고, 생길 전망도 없을 것 같다.

어머니는 졸고 있다.

복숭아와 황매화꽃, 그리고 금붕어가 반사하는 빛에 현혹된 채, 얕은 잠에 빠져 있다. 그런 어머니의 가슴속에는, 이미 집도 가족도 없다. 둘째아들이 강 건너 대나무숲에서 어떻게 되어 있는지 꿈에도 모르는 채, 장녀가 첫손주를 낳은 것도 모르는 채, 네 아이의 어머니라는 자각조차도 오래 전에 없어진 채, 진짜 병자보다 더 병자답게, 볕에 널어서 폭신하게 부풀어진 이불 틈에 끼어, 넋을 놓고 있다.
 어머니 뒤에 있는 불단은 나를 받아들이려고는 하지 않지만, 나를 거부하지도 않는다. 나도 또한 그것을 경원하거나 하지 않는다.

 이윽고 어머니는 그리운 옛날의 꿈을 꾼다.

 눈꺼풀 아래에서 심하게 움직이는 어머니의 안구가 포착하고 있는 것은, 쿠사바 마을의 경치가 아니다. 태어나서 자랐던 마을, 잘 개인 날에 아귀산 중턱에 올라가면 한눈에 볼 수 있는 물망천 상류에 있는 고장, 어머니의 꿈은 그런 사오십 년 전의 광경의 단편을 어린아이처럼 쫓아가고 있다.

 어머니의 백발과 주름, 그리고 낙담이 눈에 띈다.

 그래도, 아침부터 밤까지 계속 일해야만 했던 시절에 비한다면, 오 년이라고 하는 세월은 오히려 어머니를 죽음에서 멀어지게 하고 있다. 내 선택은 어쩌면 정답이었는지도 모른다. 집을 나와버린 것은 잘못된 일이 아니었는지도 모른다. 쿠사바 마을을 떠났던 것은 과오 같은 것이 아니었는지도 모른다. 또, 내가 살아서 돌아오지 않았던 것은 합당한 일인지도 모른다.
 어머니는 하루라도 빨리 대나무숲 오두막에 뒹굴고 있는 차남을 알아차려야 한다. 이렇게 된 이상 가족 중 아무라도 상관이 없으니까, 빨리 '나'를 발견해야만 한다. 그렇게 되면 어머니는 불단이 있는 방에서 나올 힘을 얻을 것이고, 다시 살아갈 힘을 얻을 것이고, 적어도 야에코가 낳은 아이를 안을 만한 팔 힘을 되찾을 것이다.

할머니가 불단을 모신 별채에서 지내신 것은 겨우 삼 일 동안이었다.

할머니는 어느 해, 만개한 복숭아꽃에 숨이 막혀 뜻대로 숨을 쉴 수가 없게 되었고, 삼 일 동안 별채에 누워 있었지만, 삼 일째 되는 저녁, 복숭아나무 쪽으로 눈길을 준 채 숨을 거두었다. 일에 쫓기기만 하던 칠십여 년이었다.

시어머니의 그런 최후를 직접 지켜본 어머니는, 좀더 오랫동안, 성이 찰 때까지 불단을 모신 방에 틀어박혀 지낼 수 있는 기회를 은근히 엿보고 있었는지도 모른다. 그리고 나와 야에코와의 사건은, 남아돌 정도의 휴식을 원하고 있던 어머니에게 적당한 구실을 준 것에 지나지 않을지도 모른다― 그렇다면 얼마나 좋을까.

어머니는 지금, 아름다운 고향의 꿈을 꾸고 있다.

그것은 훨씬 먼 옛날의, 시집갈 때 아직 배를 사용하던 시절의 추억이다. 이윽고 어머니의 꿈은 물망천을 흘러, 쿠사바 마을로 내려온다. 가늘게 내리는 빗속을, 조촐한 혼수와 함께 작은 배로 실려오는 젊은날의 어머니는, 신부가 쓰는 솜모자 아래에서, 슬피 우는 것도 허락되지 않는 슬픔을 봉인해두고 있다. 소용돌이를 그리면서 천천히 흐르는 물망천, 안개비로 흐릿한 아귀산, 수리 중이었기 때문에 모든 움직임을 멈추고, 덜컹 소리도 내지 않는 세 바퀴의 큰 물레방아.

주위에는 나른한 냉기가 차 있고, 가끔 부는 서늘한 바람은, 아름다운 물새의 가슴털을 공허하게 휘날린다. 복숭아꽃은 조화처럼 새하얗고, 강 기슭을 메운 갈대 줄기는 철사보다도 딱딱해 보이고, 들길을 터덜터덜 걸어가는 들개는 늑골을 셀 수 있을 정도로 말라 비틀어졌고, 멀리서 들려오는 군사훈련 소리는 모나기만 하다. 잔교桟橋에 쭉 늘어서서 신부를 맞이하려고 기다리고 있는 사람들은 모두, 석상처럼 꼼짝하지 않고, 그러나 그 눈은 한결같이, 또 다른 한 척의 배에 실린, 혼수품 값을 매기기에 바쁘다.

어머니의 잠든 얼굴은 고통 때문에 일그러져 있다.

어머니의 꿈은 괴로운 것으로 일변하고, 십수 년이라고 하는 세월을 간단히 흘려보내 버린다. 그리고 어머니는 금방 네 아이의 어머니가 되고, 형과 나, 동생과 누이동생은, 강렬한 햇살과 숨막힐 듯한 풀냄새 가운데를 전속력으로 뛰어다니고, 팔을 빙빙 휘두르고, 폭력적이기까지 한 활기에 찬 소리를 신나게 내지르고 있다. 어머니는, 네 명의 원기왕성한 아이들이 내뿜는 천진난만한 소리와, 그들이 땅바닥을 걷어차는 기세 좋은 발소리를 황홀하게 들으면서, 단조로운 들일에 열중하고 있다.

이윽고 바다 쪽에서 검은 구름이 밀려온다.

그것은 쿠사바 마을의 하늘을 사납게 뒤덮고, 개미나 벌이 아직 둥지로 돌아가기도 전에, 갑자기 비를 내리게 한다. 폭우는 미처 도망가지 못한 나비를 차례차례 맞춰 떨어뜨리고, 어린 네 아이는 처마 밑에 뛰어들기도 전에 흠뻑 젖어 물에 빠진 생쥐같이 되고, 그들의 모습도 목소리도, 복숭아나무도 논밭도 집도, 행복도 안정도, 쿠사바 마을의 모든 것이, 칠판닦이로 닦인 분필 글씨처럼 깨끗이 사라져간다.
그러나, 폭우 속에서 하늘을 올려다보며 혼자 서 있는 어머니는 왠지 자족하는 심정에 도달하여, 입가에 소름끼치는 웃음을 띤 채 "모두 사라져라, 사라져 없어져라."라고 주문처럼 되뇌인다. 더욱 심해진 비는, 어머니 모습도 지우고, 어머니가 꾸고 있는 꿈도 지우고, 끝내는 잠 자체를 지워버린다.

어머니는 늙은 야생 원숭이처럼 잠을 깬다.

어머니의 짓무른 눈가에서 비의 잔재가 흘러나오고, 대신 불단을 모신 방에 스며들어온 부드러운 봄바람이 어머니의 거스르미가 낀 영혼을 포근하게 감싼다. 그러나 어머니 마음에는 아무런 변화가 일어나지 않고, 연못의 금붕어에 보내진 시선은 여전히 메마른 채, 오늘 하루를 살아 넘길 만한 패기조차 담겨 있지 않다. 이런 어머니가 아니었다.

  남편과 함께 복숭아나무를 늘려가고, 네 아이를 키워내고, 간신히 입에 풀칠할 수 있는 수입으로 큰 살림을 꾸려나가고, 시어머니의 가시 돋친 말과 가혹한 처사를 견디고, 차남을 대학까지 보내고, 고생해서 장남의 결혼 상대를 찾아내고, 이제는 첫손주의 탄생을 기다리기만 하면 되던, 그때의 어머니는 이제 아무데도 없다. 지금, 여기 이렇게 누워 있는 어머니는, 가정은커녕 자기 자신조차도 포기하고, 모든 운명을 하필이면 연못의 금붕어에게 내맡겨버리고 있다.

  황매화나무 가지 끝에서 청개구리가 떨어져 나간다.

  개구리가 연못에 뛰어드는 소리, 단지 그 소리만으로도, 어머니의 구부러지기 시작한 등뼈가 크게 떨리고, 갑자기 안면이 굳어진다. 눈을 까뒤집고, 입을 거의 절규하는 모양으로 벌린 그 표정은, 분명히 낯이 익다. 아니, 낯이 익다고 하는 그런 단순한 기억이 아니다. 그것은 아무리 애썼어도 결코 잊을 수가 없었던 얼굴이다.
  그날 밤, 인동꽃 냄새와 함께 내 뇌리에 확실하게 새겨져버린 어머니의 얼굴이, 바로 거기에 있다.

*

어머니는 나를 생각해내고 야에코를 생각해낸다.

연못에 뛰어든 개구리의 헤엄은, 분명히 인간의 그것과 닮았고, 물망천을 헤엄쳐 건너는 우리들을 연상시키기에 충분하다. 그날 밤, 우울한 비 내리는 날이 계속되어서 물은 불어나 있었지만, 경계 수위에 도달하기까지는 아직 멀었었고, 흐름도 만조에 밀려서 그다지 빠르지 않았다. 건너편 기슭 대나무숲에서 돌아오는 길이었지만 야에코의 헤엄은 점점 더 정채精彩를 발하고, 그런데 나는 쫓아가는 것도 힘겨웠었고, 둘 사이의 거리는 벌어져 갈 뿐이었다.

아버지가 고기잡이하러 가지 않는 것은, 미리 확인해 두었다. 그러나, 어디에서나 누가 볼지도 모른다는 긴장감과 황폐한 오두막 속에서 촛불에만 의지해서 야에코를 탐하고, 야에코한테 그 배나 되게 탐식당했던 피로감이, 내 손발의 움직임을 한층 더 둔하게 만들고 있었다.

물고기가 몸에 부딪칠 때마다 야에코는 웃었다.

물고기는 내 몸에도 툭툭 부딪쳤다. 야에코의 거침없는 아름다운 웃음소리는 내[川] 가득히 울려퍼져, 나를 아찔하게 만들었다. 치기 넘치는 그녀의 교성은 흐르는 물을 따라 나의 온몸에 스며들고, 이성異性을 어디까지고 쫓아갈 힘을 주고, 개헤엄을 하면서 나를 기다려주고 있는 여자를 꽉 끌어안을 힘을 주었다. 그리고 여울에 도달하자, 발가락 사이를 매끄럽게 흐르는 모래의 감촉과 함께,

나의 원흉인 사타구니에 다시 한번 당치 않는, 참회 따위는 대번에 날려보내는 힘이 되살아났다.

마른 소나무에 감겨서 피는 인동꽃 향기에 거역하기 어려운 자극을 받은 우리는, 덤불에 숨겨둔 옷을 입기 전에, 깊고 부드러운 여름풀 위로 쾅 쓰러졌다. 야에코의 활짝 열어제친 두 다리의 기대에 응하려고, 나는 난폭하게 올라탔다.

그때 야에코 소리가 멈췄다.

그때 야에코의 눈이 나에게서 떨어져갔다. 그때 나는— 그때 나는, 둑 위의 마른 소나무 그늘에서 이쪽을 내려다보고 있는 사람 그림자를 알아보았다. 달빛 따위 없는 것이나 마찬가지였지만, 그러나 어머니의 표정은, 마치 사진이라도 보듯이 세세한 데까지도 분명하게 알아볼 수 있었다.

아주 일순간의 일이었다.

그리고 다음 순간, 거기에는 아무도 없었다. 나는 내 눈을 의심하려고 했다. 잘못 본 것인지도 모른다. 제발 그래주었으면 하고 기원하며, 나는 꽝장한 기세로 비탈을 뛰어올라가, 울타리를 빠져나가 복숭아 과수원 속으로 사라져가는 어머니를, 어머니 이외의 그 누구도 아닌 여자의 뒷모습을 분명하게 알아보았다.

나는 계속해달라고 조르는 야에코를 야단치고, 밀어내고, "이제는 끝장이다."라고 몇 번이고 중얼거리고, 중얼거릴 때마다 엉뚱한 생각을 했다. 지금 당장 쫓아가서 집에 도착하기 전에 어머니를 붙잡고, 무슨 짓을 해서라도 그 입을 막아버린다— 진심은 아니었을지도 모르지만, 나라는 사나이는 그런 일까지도 생각했던 것이다.

집에는 이제 돌아갈 수 없다,고 나는 말했다.

그래도 야에코는 내 말뜻을 이해하지 못했다. 야에코는 "왜?"를 연발했고, 입을 것을 서둘러 입어버리자, 내가 막는 것도 듣지 않고, 어머니와 같은 길을 지나서 돌아갔다. 나는 한참 동안, 큰 물레방아의 재수 없는 삐걱거림에 귀를 기울이면서, 인동꽃 아래 쭈그리고 앉아 있었다.
그리고 알몸으로 그런 곳에 있다는 사실을 겨우 알아차리고 옷을 입었을 때에는, 이미 개구리도 울음을 멈추는 한밤중이 지나 있었다.

나는 어떻게 해야 좋을지 몰랐다.

집에 돌아가서 이때까지의 생활을 시치미를 떼고 계속할 것인지, 혹은, 오늘밤 안에 쿠사바 마을을 떠나버릴 것인지, 주저함은 오래 오래 계속되어 깊어져, 혼란이 지나치다 못해 현기증과 구토증에 휩싸이고, 어느 틈엔지 나는 비틀비틀 걷기 시작하고 있었다. 그러자 내가 하고 있던 짓의 역겨움에 새삼스럽게 심한 가책을 받고,

어떤 시적인 언어를 가지고도 미화시킬 수 없는 행위였다는 사실을 절감하게 되고, 그 순간 온몸의 힘이 빠져 한 발자국도 더 걷지 못하게 되어, 둑길 한가운데에 힘없이 주저앉아버렸다.

이윽고, 떨림이 아무래도 멈추지 않는 내 입이 멋대로 절규하기 시작했다. 나는 학과 똑같은 소리를 내지르며 경사면을 뛰어내려가, 갈대숲을 헤치고, 아버지의 돛단배가 매어져 있는 잔교 끝까지 가서, 흐르는 물을 멍하니 바라보다가 발작적으로 뛰어들고, 그 뒤는 모든 생각을 멈추고, 오로지 기분 좋은 물망천에 몸도 마음도 내맡겼었다.

옷을 입은 채였지만 나는 가라앉지 않았다.

하늘을 향해 붕 뜬 채, 나는 한없이 흘러갔다. 달은 빨갛고, 그리고 일그러져 있었다. 아마노나다까지 흘러가서, 빠른 조수끼리 부딪쳐서 생기는 소용돌이에 빨려들어가, 이윽고 힘이 다해, 삼천 미터 깊이의 바닷속으로 빨려들어간다. 그것이 어리석은 나의 계획이었다. 그러나 물망천의 흐름은 너무나 완만했고, 강어귀에 다가감에 따라 점점 느려져, 예상했던 것의 몇 배의 시간이 걸리고, 그 사이에 내 머리는 물로 충분히 식혀지고, 다른 해답을 낼 만큼 침착함을 되찾고 있었다.

나는 유목流木처럼 표류했다.

103

담수와 해수에 농락당하여, 같은 장소를 왔다갔다하던 끝에, 바위가 없어서 안전한 쿠사바 마을 쪽으로, 설혹 잘못된다고 해도 목숨을 잃을 걱정이 없는 얕은 강기슭으로, 조용히 끌려들어갔다. 얼마 있다 나는 모래 위에 설 수가 있었다. 그러나, 기진맥진해 있어서, 마음먹은 대로 걸을 수는 없었다. 쿠사바 마을을 떠나가기는커녕, 집까지 갈 수 있을지조차도 의심스러운 지경이었다.

나는 쉬기 위해서, 어머니의 처참한 얼굴에서 도망치기 위해서, 소나무숲 깊은 곳으로 비틀거리며 들어갔다. 더 이상 걸을 수 없는 지경이 되자, 셔츠랑 바지랑 내의를 벗어서 나뭇가지에 걸쳐놓고, 고슬고슬 마른 모래땅의 움푹 패인 구덩이에, 마치 병든 들개처럼 비참하게 몸을 뉘었다. 그 순간 모기떼가 달겨들었지만, 이상하게도 내 피를 빨아먹으려고 하는 모기는 한 마리도 없었다. 뭐가 어떻게 되든 상관없다고 느끼게 하는 모래의 온기에 싸였다 싶자, 죽음의 신에게 필적할지도 모르는 힘을 지닌 수마睡魔가 나를 엄습했다.

그 새벽의 일은 결코 잊지 않고 있다.

동쪽 하늘에 나부끼던 아름답게 물든 구름[彩雲]과, 수평선을 일그러뜨릴 만한 기세로 떠오르던 태양과, 남아돌던 여름의 광선과 열선은, 겨우 몇 분 사이에, 쿠사바 마을을 쿠사바 마을 이상의 고장으로 만들었었다. 해안선을 따라 펼쳐지는 소나무숲은 벌써 매미소리와 열풍에 휩싸이고, 스물다섯 살의, 흠잡을 데 없는 내

몸은 와락 하고 땀을 뿜어냈다. 아무도 없는 순백의 모래사장 저편에는 망망한 대해원大海原이 펼쳐지고, 내가 하룻밤 사이에 오염시킨 대기는 강물에 의해서 정화되고, 그리고, 현기증이 나도록 빛나는 상공에는 자기 고향으로 돌아갈 것을 잊어버린 두루미가 있어, 나른하고 되는 대로의 활공을 즐기고 있다.

나는 셔츠랑 바지가 마르기를 기다리고 있었다.

말랐는지 확인하려고 일어선 순간, 갑자기 어젯밤의 일이 가슴속을 스쳐갔다. 그것은 각오하고 있었던 것보다 몇 배나 더 생생하여, 자기도 모르게 온몸이 떨릴 정도였고, 떨릴 때마다 심장이 꽉 조여졌었다.

태양은 쓱쓱 상승하여 시간을 끌어올리고, 대기층은 언제나처럼 암흑의 우주에서 내리쬐는 위험한 광선과 방사선을 튕겨내고, 후텁지근한 햇빛 속에서 몇만 몇십만 마리의 매미가 시끄럽게 울어대고, 내 망상은 깊어만 갈 뿐이었고, 아에코의 나체가, 특히 나를 향해서 내밀어진 둥근 엉덩이 생각이 나기만 해도 전신의 피가 질리지도 않고 여전히 들끓었다.

나는 정오까지 소나무숲에 틀어박혀 있었다.

정신이 들었을 때에는 정오를 알리는 사이렌과 차임벨 소리가 마을 중심부에서 들려왔고, 그럴 필요도 없는데 나는 당황해서 일어섰다. 그리고, 몸에 묻은 모래를 꼼꼼하게 털고, 완전히 마른 셔츠와 바지를 입고, 구두는 손에 들고, 빛과 열의 침묵의 폭풍우 속으로 느릿느릿 나아갔다.

　더위는 물소리를 이겨내고 있었다. 얼마 가기도 전에 나는 남의 집 밭에 숨어 들어가, 채 익지 않은 토마토를 게걸스럽게 먹고, 그리고 역시 남의 과수원에 몰래 들어가 출하 직전의 복숭아를 닥치는 대로 볼이 미어지도록 따 먹었다. 빈 뱃속에 들어간 토마토와 복숭아는 금방 힘으로 변하여 몸 구석구석에 도달하고, 정말 집에 돌아갈 작정이었는지 어쨌는지는 별개의 문제로 치더라도, 어쨌든 나는 그쪽 방향을 향해서 다시 걷기 시작했다.

　나는 태양빛에 녹아버리고 싶었다.

　아니면, 개미가 되어서, 어딘가의 누군가에게 짓밟혀 뭉개져버리고 싶었다. 물망천의 둑길을 땀투성이가 되어 터벅터벅 걷는 내 모습을, 만일 누군가가 목격했다면, 틀림없이 병자나, 혹은 술주정뱅이나, 혹은 변태성욕자 등속으로 생각했을 것이 틀림없다. 그러나 주위에 사람 모습은 없었고, 기척조차 없었고, 사방은 고요하게 맹위를 떨치는 빛과 열에 지배되어, 풀과 나뭇잎은 축 늘어져 있었다.

　태양은 집요하게 나를 따라붙는다.

강 표면은 새 함석판처럼, 그걸 원할 때의 야에코의 눈처럼, 번들거리고 있다. 건너편 기슭에서는, 가끔 부는 열풍에 부추겨져 수만 그루의 맹종죽이 일제히 물결치고, 그때마다 대나무숲 속에 단 한 그루 자라 있는 녹나무 고목의 줄기가 상당히 아래 부분까지 드러나고, 녹나무의 바로 밑에 있는 오두막의 노송나무 지붕이 잠깐 보인다.

이윽고 인동꽃 냄새가 다가온다.

너무 달콤해서 정욕을 불러일으키게까지 하는 향내 밑을 지날 때, 내 깊고 무거워야 할 후회가 아주 간단히 사라져버렸다. 그리고, 인류에 저촉되는 일 따위 이 세상에는 무엇 하나 없다는 생각이 갑자기 강해지고, 이까짓 일로, 기껏해야 남자와 여자 사이의 문제로 일일이 집을 뛰쳐나갈 필요도 없고, 쿠사바 마을을 떠날 필요도 없다, 나는 그렇게 고쳐 생각했다.

즉 어머니가 어떤 눈초리로 우리들을 보든지, 나하고 야에코는 이제부터 쭉, 어머니 사후에도 쭉, 매일 밤 물망천을 헤엄쳐 건너고, 여름이 끝나면 어딘가 다른 장소에서 만나고, 매해 매년 똑같은 수순에 따라 복숭아를 키우고, 옮겨가는 계절과 함께 쿠사바 마을의 여러 가지 물을 만끽하고— 그런데, 인동꽃에서 멀어짐에 따라 나는 다시 마음이 약해지고, 눈앞이 캄캄해지는 순간이 끊어졌다 이어졌다 하다가, 드디어 쿵 쓰러져버렸다. 그러나, 일사병이나 과로 때문이 아니라, 길 한가운데에 굴러 떨어져 있는 통나무에 걸렸기 때문이다.

그것은, 우리집 복숭아밭에 세운 말뚝 가운데 하나였다. 뾰족한 부분에는 비옥한 까만 흙이 묻어 있었고, 또 한쪽 끝에는 끈끈하고 뻘건 것이 들러붙어 있었다. 흙도 피도 아직 얼마간 촉촉했다.

피는 길 위에도 있었다.

무언가 엄청난 것을 끌고 간 자국과 함께, 시커먼 피가 세 바퀴 큰 물레방아 쪽으로 점점이 이어지고 있었다. 이윽고 나는 물레방아 소리가 여느 때와 다르다는 것을 깨닫고, 거의 동시에, 가운데 수차에 붙어 있는 이상한 물체를 알아보았다. 그렇지만 그것이 진짜 사람이고, 게다가 변태성욕자인 그 덩치 큰 사내라는 것을 알아차린 것은 가까이 다가가 보고 나서이다.

녀석은 물레방아와 함께 돌고 있었다.

가늘기는 해도 튼튼해 보이는 하얀 끈으로 칭칭 동여매어져, 얼굴은 하늘을 향해 젖힌 채, 천공天空과 강바닥을 교대로 볼 수 있는 자세로 묶인 그 녀석은, 빛과 물을 규칙적인 간격을 두고 쏘이고 있었다. 박살이 난 머릿속 내용물을 노려 갈매기떼가 맴돌고 있었고, 선지피가 덮이지 않은 또 한쪽의 눈은, 한낮의 달을 무섭게 노려보고 있었다. 죽은 뒤에도 여전히 변태다운 분위기를 잃지 않고, 물레방아 회전에 맞추어 축 늘어졌다 구부러졌다를 되풀이하는 지나치게 긴 손과 발은, 도저히 죽은 사람의 것으로는 보이지 않았다.

얼마 동안 나는, 대략 십 미터의 높이 차이로 천천히 돌아가는 물레방아와 덩치 큰 사내를 멍하니 바라보고 있었지만, 이윽고 제정신이 들어, 만일 이런 광경을 누가 보면 어떤 오해를 받을지 모른다는 사실에 생각이 미치고, 나도 모르게 주위를 돌아보고, 허둥지둥 가시철망 밑으로 빠져나와 복숭아밭에 뛰어들자, 그 뒤는 정신없이 뛰어서, 집으로 도망쳐 갔다.

집에 들어가기 전에 나는 토했다.

토해낸 토마토와 복숭아는 피보다도 붉었다. 나는 쭈뼛쭈뼛 안채로 다가가다, 마당가에 멈춰 서서, 호흡을 가다듬으며 분위기를 살폈다. 어머니와 야에코의 모습은 보이지 않았다. 형수도 없었다. 나무그늘에서는 암탉이 내키지 않는 듯이 땅바닥을 쪼고 있었다. 내 머릿속에서는 물레방아가 빙글빙글 돌고 있었고, 어머니가 무서운 형상으로 노려보고 있었다.

광 앞에서는 아버지가 혼자, 돌부처 같은 고요함으로 어망을 수선하고 있었다. 나는 시치미를 뗀 얼굴로 마당을 가로지르고, 마당에 있는 수도꼭지를 입에 물어 입을 헹구고, 그리고 아버지한테 가서 일을 거들었다. 이십오 년 간 그랬듯이, 그날도 또한 우리들은 쓸데없는 말은 일체 하지 않았다.

가끔 머리가 어지러웠고, 가슴이 메슥거렸다. 참을 수 없게 되면 나는 광 뒤로 돌아가 소리나지 않게 토하고, 토할 것이 없는데도, 더 토하려 하고, 물을 한입 마시고 나서 또 일을 계속했다.

나는 아버지를 의심하고 있었다.

복숭아밭 말뚝을 뽑아서 휘두르고, 쓰러진 몸집 큰 사내를 백 미터나 끌고 가서 물레방아에 매다는 그런 일은, 여자는 절대로 못할 일이었다. 그러나, 아버지는 아주 침착했다. 곁눈질을 해서 내 눈치를 살피거나, 물망천 쪽에 신경쓰거나 하지 않았고, 또, 옷에 붉은 것이 묻어 있거나 하는 그런 일도 없었다.
아버지는 어망 수선을 끝내자, 이번에는 말린 생선을 들여놓기 시작했다. 아버지는 아직 아무것도 모르는 것 같았다. 세 바퀴짜리 큰 물레방아의 참극에 대해서도, 또, 어젯밤의 나와 야에코의 일에 대해서도.

물망천 쪽에서 비명소리가 들려왔다.

어린아이들의 장난 같기도 하고, 진짜 같기도 한 비명소리가, 복숭아밭을 뚫고 나왔다. 그러나, 이내 더위에 휩싸인 정적이 되돌아왔다. 시장에서 갓 돌아온 형수가, 아버지와 내게 보리차가 든 컵을 내밀면서, 얼굴을 찡그리고 강 쪽에서 뭔가 끔찍한 일이 있었던 것 같다고 말했다. 여전히 아버지의 얼굴은 아무런 변화를 보이지 않았다.

나는 상대방의 얼굴에 눈길을 주지 않고, 어머니 일을 슬쩍 형수에게 물어보았다. 그러자 그녀는 여느 때와 달리 차가운 어조로 "뭔가 편찮으신 것 같아."라고 했을 뿐, 말문을 닫아버렸다. 빨래를 걷으러 가는 형수의 발소리에는, 분명 나에 대한 비난이 담겨져 있었다.

경찰서의 차가 온통 다 쫓아왔다.

어머니가 불단을 모신 방에 틀어박혔다는 사실을 안 것은, 둑길 주변이 다시 소란스러워지고 나서였다. 초등학생의 기별을 받고 경관들이 물레방아 있는 곳에 우르르 몰려왔고, 구경꾼도 몰려들었다. 거기에 야에코가 안색이 변해서 나타나, "죽었어, 죽었어."라고 소리치고, 내가 관심을 보이지 않자, 형수를 끌고 살인 현장으로 갔다.

아버지로 말하자면, 언제나처럼 속세의 어수선한 대소사에는 일체 흥미를 보이지 않고, 돛단배 고기잡이에 알맞은 바람이 불어올지 어떨지에만 신경쓰면서 하늘을 바라보고 있다. 그리고, 아귀산 꼭대기에서 실처럼 가느다란 구름이 뻗어오자, 가족 전원의 영혼보다 더 무거울지 모를 어망을 지고 고기잡이하러 나갔다.

나는 마음을 다잡고 집으로 들어갔다.

우선 얼굴을 씻고 이를 닦고, 거울 앞에서 여러 번 한숨을 쉬고 나서, "자."라고 중얼거리며 별채로 갔다. 여름 이부자리에 누운 채 꼼짝하지 않는 어머니의 모습은, 임종시의 할머니와 똑같았다. 그런 어머니의 모습을 한번 본 것만으로도 나는 기가 팍 죽어, 말도 걸지 못하고, 금방 복도로 뛰쳐나왔다.

나는 돌이킬 수 없는 짓을 저지른 것이다. 그것은 근처에 사는 잘 아는 남자가 참혹하게 살해된 사건에 가리어 흐지부지되어 버릴, 일주일 정도 지나면, 없었던 일이 되어버릴, 그런 간단한, 적당히 넘어갈 그런 문제가 아니었다.

나는 집을 나왔다 들어갔다 했다.

나는 막다른 생각을 했다가 다시 뻔뻔스럽게 배짱을 부렸다가 했다. 나는 앉았다 섰다 했다. 그리고 나서 목욕물을 데우고, 목욕을 하고, 그리고 맥주를 마셨다. 이윽고 태양은 크게 기울고, 매미가 울고, 길고 터무니없던 하루도 끝날 때가 다가왔다. 구경꾼들은 흩어지고, 경찰관도 거의 다 돌아가고, 가엾은 피해자도 어디론가 운반되고, 물망천 내의 소동은 일단 가라앉았다.

아버지는 결국 순풍이 불지 않아 되돌아왔고, 그 뒤에 형이 스쿠터를 타고 근무처에서 돌아왔다. 형은 내 얼굴을 보려고 하지 않았다. 어머니를 진찰해준 의사를 배웅하고 나서, 저녁식사를 시작했다. 그것은 이미 가족간의 단란한 식사가 아니었다. 예상했던 대로, 살해당한 변태성욕자 얘기는 내가 기대했던 만큼 화젯거리가 되지 않았고, 형은, "죽어버리는 편이 나은 인간도 있는 법이지."라고 여느 때와 달리 무뚝뚝한 어조로 말하고, 흥분해서 언제까지고 떠드는 것은 야에코뿐이었다. 이상하게 모기가 많은 밤이었다.

아버지는 제일 먼저 식사를 마치고 자리를 떴다.

다른 식구들은 잠자코 먹고, 잠자코 마시고, 잠자코 나를 노려보고 있었다. 좀처럼 술을 마시지 않는 형이, 그날 밤은 맥주를 무작정 마시고, 마시면 마실수록 얼굴이 창백해지고, 눈초리가 가라앉아 갔다. 내기 마작에 져서 빈털터리가 되어, 배를 주리며 집에 돌아온 동생은, 득의만면한 엷은 비웃음을 띠고, 들으라는 듯이 이렇게 말했다. "세상은 참 넓기도 하지, 정말. 나보다 더 형편없는 쓰레기가 있으니 말이야."

그것은 강가에서 사람을 죽인 자에게 던져진 말이 아니라, 어머니를 별채로 내몬 나에 대한 빈정거림에 틀림없었다. 어머니는 어젯밤에 물망천 강가에서 목격한 일을 자기만의 가슴에 담아두지 못했던 것이다. 나는 평소의 반도 먹지 못했고, 야에코는 평소의 배나 먹었다.

저녁식사가 끝날 때쯤, 경찰관이 왔다.

그러나, 나나 가족의 누군가가 혐의가 있다는 것은 아닌 것 같았다. 그들은 단지 그렇게 해서 강기슭에 있는 집을 차례로 방문하여, 형식적인 질문을 되풀이하고 있었던 것이다. 나는 말뚝에 대해

세 번 질문 받았지만, 모르는 것은 모른다고 대답할 수밖에 없었다.
형은 "그것이 뭐 어떻다는 겁니까?"하고 되물었고, 그 뒤로도 이것저것 그럴싸한 강변을 늘어놓아, 희한하게도 경찰관을 상대로 주정을 다 했다. 경찰관이 모르고, 내가 알고 있는 사실이라고는, 초등학생보다 내가 한발 먼저 물레방아의 이변을 알아차린 것 정도였다. 그러나, 얘기해봤자 별로 소용이 되리라 생각되지 않았기 때문에, 잠자코 있었다. 도대체가 그럴 때가 아니었다. 나는 내 자신의 문제만으로도 머리가 꽉 차 있었기 때문이다.
돌아가는 순경을 향해서, 술 취한 동생이 독설을 퍼부었다. 일을 저지른 것은 나야,라든가, 초동수사가 너무 늦지 않는가라는 등, 소리를 치고, 키득키득 웃고, 웃다가 나와 눈이 마주치면 금세 입을 다물어버렸다.

내가 있을 곳은 툇마루의 구석밖에 없었다.

순풍이 불기 시작하자, 아버지는 또 고기잡이하러 나갔다. 어망을 짊어진 아버지는, 복숭아밭 샛길로 들어서기 직전에 뒤돌아서서, 툇마루에 앉아 있는 나를 물끄러미 바라보았다. 그러나 결국 아무 말도 하지 않고, 어둠 저편으로 사라졌다. 이제 와서 생각해보니, 그것이 아버지를 본 마지막이었다. 동생이 나를 발견하고, 이렇게 말했다. "나 같은 놈도 거기까지 타락하지는 않아." 이렇게 말하고는, 비통한 목소리로 웃고, 웃는 도중에 술이 돌아서 쓰러져버렸다. 그러자 이번에는 형이 다가와서, "대학까지 나온 녀석이."라고 하고, "그게 무슨 짓이야."라고 하고, "더 이상 이 집에 있게 해줄 수는 없어."라고 말했다. 나는 잠자코 고개를 숙이고 있었다. 그리고 형은 아내가 기다리고 있는 이층으로 올라갔다.

나는 동생을 위해서 이불을 깔아주고, 모기향에 불을 붙였다. 코를 골면서 자고 있는 동생의 얼굴은 어린 시절, 내가 수영을 가르쳤던 시절과 조금도 다르지 않았다.

"집을 나가자."라고 내가 야에코에게 말했다.

"함께 쿠사바 마을을 떠나서, 다른 곳에서 살자."고 진지하게 말했다. 그러나, 그녀에게는 의미가 통하지 않았다. "왜?"를 연발하면서 키득키득 웃고, 가을에는 자동차 면허를 따야 하니까 아무데도 못 가, 라고 말했다. 그 뒤 여동생은 목욕하러 욕실로 들어가고, 욕조에 잠긴 채 내가 가르쳐준 노래를 매우 기분 좋아하며 불러댔다.

나는 다시 툇마루로 돌아와 마시다 만 맥주를 조금씩 삼키다가, 그럴 생각이 전혀 없었는데도, 손에 들고 있던 유리컵을 갑자기 땅바닥에 내던져 가루로 만들고 말았다. 그러자 개구리 울음소리가 한꺼번에 그치고, 모기의 날개소리가 멀어졌다. 물망천의 물소리가 여느 때보다 크게 들리는 것은, 내일 비가 올 거라는 증거였다.

나는 다시 한번 별채로 가다가 그만두었다.

어머니한테도, 아버지한테도, 형한테도 아우한테도 누이동생한

115

테도, 새삼스레 남겨놓을 말 따위는 아무것도 없었다. 나는 계단 바로 밑에 있는 내 방으로 가서, 이불 속에 먼저 들어가서 나를 기다리고 있던 야에코를 잠자코 끌어내고, 책상에 앉아 펜을 쥐었다. 그러나, 아무것도 쓸 수 없었다. 편지 한 장이라도 적어서 놔둘까 생각했었지만, 한 글자도 쓰지 못한 채 찌는 듯한 밤은 깊어갔다. 밖에서는 벌써 가을벌레가 울고 있었고, 벌레들의 시원한 울음소리를 누비고 들려오는 세 바퀴 큰 물레방아 소리는, 형수의 소곤거리는 소리와 잘 어울렸다.

그 뒤 야에코가 두 번 더 숨어 들어왔다. 나는 두 번 다 내쫓았다. 화가 나서 돌아가는 발소리가 사라지고, 형수의 소곤거림이 그치고 얼마 있다가 어머니의 절규소리가 온 집안에 울려퍼졌다. 아니, 온 마을에 울려퍼졌는지도 모르겠다. 그것은 오래오래 계속되었다. 계단을 쿵쿵 뛰어내려온 것은 형 부부였고, 복도를 잔걸음으로 뛰어간 것은 여동생이었고, "시끄러워."하고 소리를 친 것은 남동생이었고, 불을 끈 작은 방구석에서 웅크리고 숨을 죽인 채, 온 정신을 귀에 모으고 있던 것은 나였다.

견딜 수 없어진 나는 벌떡 일어나, 불을 켰다. 어느 틈엔지 오른손은 펜 대신 문구용 칼을 쥐고 있었다. 나는 그것을 써서, 45도 각도로 기울어져 있는, 천장이라고도 벽이라고도 할 수 없는 판자에다가 급히 글씨를 새겼다.

'나가겠다. 다시는 돌아오지 않겠다.'

그리고 나서 나는 책상서랍을 뒤져서 있는 돈을 몽땅 주워, 동전으로 주머니를 하나 가득히 하고, 입은 채로 집을 뛰쳐나갔다. 어둠과 과일 향기에 싸인 복숭아밭을 가로질러, 울타리를 빠져나와서, 큰 물레방아 앞에 바쳐진 꽃다발을 곁눈질로 보면서 거기를 뛰어 지나고, 그 뒤는 가자키리 다리를 향해서 걷고 또 걸었다.

집에서 자꾸자꾸 멀어져 가면서도 여전히 반신반의였다. 그러니까 나는, 다리 바로 앞에서 "진심이야?"하고 자문했다. 진심으로 집을, 진심으로 아에코를, 진심으로 이십오 년 간 계속해온 생활을 버릴 수 있을까. 진짜로 쿠사바 마을 밖에서 살아갈 수 있을까, 몇 번이고 내 자신에게 물어보았지만, 내 발은 조금도 주저하지 않고 그쪽 방향으로 나아가고 있었다.

가자키리 다리를 다 건넜을 때 나는 떨었다.

그것은 싸움터에 나가는 전사의 떨림이었는지도 모른다. 아니면, 길바닥에서 객사하게 될 길목에 한 발짝 발을 들여놓은 것에 대한 직감적인 떨림이었는지도 모른다. 나는 이웃 마을의 역까지 걸어가, 벤치에 누워, 그리고 눈 한번 붙이지 않고 밤을 새워, 첫열차를 탔다. 전 차량이 플랫폼을 떠난 순간, 어깨에서 등까지 갑자기 가벼워지는 것을 느꼈고, 열차 속도가 빨라짐에 따라 꿈을 꾸고 있는 듯한 그런 마음이 깊어져갔다.

그렇게 쾌적한 여행을 한 일은, 전무후무하다. 텅 빈 객차 한가운데에 자리잡고 앉아, 중간 역에서 산 도시락을 먹으면서, 낯선 마을에 내리는 낯선 비를 바라보고 있는 동안에, 나는 조용히 해방되어 갔다. 겨우 일곱 시간 반 이동했는데, 교태를 부리며 대담하게 육박하는 여동생도, 탁한 목소리로 고래고래 욕지거리만 해대는 남동생도, 찌를 듯한 눈초리로 바라보는 형도, 뭔가 말하려다 말하지 않는 아버지도, 절규함으로써 괴로움에서 도망치려 하는 어머니도, 모두 이십오 년 전의 과거로, 이 세상의 끝으로 멀어져갔던 것이다.

어머니는 지금, 별채에서 연못의 금붕어를 바라보고 있다.

어머니는 벌써 나를 잊어버렸다. 어머니의 환자 노릇은 오 년 동안에 완전히 몸에 배어서, 진짜 환자보다 더 환자다워져 있었다. 어머니를 그렇게 만든 것은 다름 아닌, 나다. 변명의 여지는 없고, 변명할 생각도 없다. 처음부터 쿠사바 마을에 뻔뻔스럽게 살아 돌아올, 그런 처지가 아니었던 것이다.
덩치 큰 사내, 그 변태성욕자에게 그런 죽음이 잘 어울렸던 것처럼, 나한테도 이런 어이없는 죽음이 가장 어울리는 것이다.

*

나는 샛강의 물과 함께 흘러간다.

그리고 얼마 있다가 나는, 바위보다 더 딱딱하고 울퉁불퉁한 삭막함이라는 덩어리에 부딪혀서 흩어지고, 그 다음에는 갑자기 상승기류에 사로잡혀 하늘 높이 날아오른다. 그러나 구름은 되지 못하고, 또, 대류권이나 성층권을 날아다니는 먼지로도, 자기권磁氣圈을 꿰뚫는 전파로도, 암흑 물질로도 되지 못하고, 그렇다고 완전히 소멸하지도 못하고, 이렇다 할 갈 곳도 없이, 쿠사바 마을을 하염없이 방황한다. 지금의 나한테는, 그럴듯한 어려운 이론과 되풀이된 실험에 의해서 그 존재가 부정된, 이 세상에 충만한 에테르ether만큼의 가치도 없다.

나는 또다시, 거기가 마치 진짜 나의 생각이기라도 하듯이, 울창한 대나무숲 바닥에 가라앉은 폐가로 돌아와 있었고, 책상에 엎드려서 여전히 고독한 죽음을 탐닉하고 있는 '나'한테 가까이 다가가 있다. 이미 '나'는 두번 다시 영혼의 그릇이 될 수 없을 정도로 부패가 진행되어 있다. 피부의 변색은 온몸에 퍼져 있고, 이제는 일 센티미터도 흐르지 않는 혈액과, 미동조차 하지 않는 각종 장기는, 잡균을 위한 대우주가 되었고, 탁해질 대로 탁해진 안구, 쿠사바 마을의 물을 봄으로써 잠시 광채를 되찾았던 수정체는, 이제는 푸른 노트에 휘갈겨 쓴 글씨조차도 비추지 못한다.

나날을 무위하게 보내는 망자, 그것이 '나'이다.

녹나무 고목이 밤의 어둠 속으로 끊임없이 뿜어내고 있는 향기는, 이 오두막과 '나'한테도 깊이깊이 침투하여서, 썩어가는 것에 떼지어 모이려 하는 벌레들을 부드럽게, 그러나 분명하게 내쫓는다.

그것은 나아가 땅속으로도 전달되어, 고대인 소년의 끝없는 잠을 지키고 있다. 작은 인골도 그렇지만, 그의 가슴에 안긴 학의 뼈 또한 완벽하게 지켜지고 있다. 요절한 소년의 비운은, 한 마리 새끼 새에 의해서 삼천 년이란 긴 세월 동안 위로받고, 지금도 여전히 변함없는 효과를 발휘하고 있다.

망자는 창 밖의 밤의 폭풍 소리를 듣는다.

격렬한 바람과 비에 집요하게 습격 받아도, 이제 막 봄을 맞이한 싱싱한 대나무숲은, 그 풍부한 탄성을 가지고 전부 튕겨내버린다. 물망천도 다소간 물살을 늘리고, 헤엄쳐서 건너기에는 약간 위험한 흐름이 되어 있다. 그러나, 기슭이 더 이상 깎이는 일은 없고, 강바닥이 더 이상 높아질 걱정도 없다. 쿠사바 마을에 있어서의 물과 흙의 투쟁은, 이미 이십 년 전에 결말이 났다. 이제 범람은 없다.

물망천이 부지런히 실어나르는 대량의 토사는, 훨씬 더 상류의, 여기 주민들이 전혀 모르는 마을이나 고장의 몫이지만, 그것은 물고기밖에 보지 못하는, 강 속에 흐르고 있는 또 하나의 강에 의해서 아마노나다 바다까지 실려 가서, 그 뒤에는 중력에 따라 대지의 갈라진 틈으로 천천히 가라앉아 간다. 그러니 어떤 토사도 결코 쿠사바 마을을 메워버리는 일은 없고, 또, 토사와 함께 밀려 내려오는 애절한 애상도, 결코 쿠사바 마을 사람들의 순수한 마음을 메워버리는 일이 없다.

폭우가 차례차례 대나무숲을 스쳐 지나갔다.

그리고, 눈을 뜸과 동시에 시작되는 슬픔이나 노여움 따위와는 훨씬 전에 인연이 끊어진 나는, 거친 비와 바람을 흘려보내고, 길지도 짧지도 않은 밤을 흘려보내고, 침착할 대로 침착해져, 달관한 도사라면 이럴까라고 생각되는 심경에 달한 즈음, 상쾌하고 신선한 새벽을 맞이한다. 폭풍우가 가라앉고 다시 봄이 기세를 울리고, 세포의 분열과 증식의 기척이 온갖 곳에서 고조되고, 물망천 건너편 기슭에 차 있는 가족의 기척이 다시 한번 나를 유혹하고, 또다시 나를 강렬하게 이끈다.

수면을 두껍게 뒤덮고 있는 것은 안개다.

짙은 강 안개 때문에, 강가에 서식하는 물새들은, 날으려 해도 날 수 없고, 움직이려 해도 움직일 수 없고, 공복을 안은 채, 갈대숲이나 바위 그늘에 가만히 몸을 숨기고, 오로지 빛만을 기다리고 있다. 부화한 지 삼 일 낮밤이 지났을 뿐인 새끼 새는, 목을 갸웃하고 어미 새 날개에 묻은 이슬방울을 마시고 있다. 이렇게 짙은 안개에 싸인 숲 속을 자유자재로 움직일 수 있는 것은, 나밖에 없을 것이다. 부엉이처럼 밤눈이 밝은 아버지라 해도, 지금은 배를 출항시키기를 주저하고 있다.

닻을 내린 배에 묵묵히 앉아 있는 아버지는, 뱃바닥에 고인 빗물을 가끔 퍼내면서, 대기가 맑아지기를 기다리고 있다. 예전에 그렇게도 젊었던 아버지, 오 년 전만 해도 어떤 악천후라도 끝까지 맞서 투쟁하던 그 아버지가, 지금은 단지 백발과 체념과 청빈에 완전히 갇혀져 있다.

그러나, 그런 아버지에게 휘감긴 고뇌는 하나도 없다.

아버지의 가슴속까지 퍼지는 안개는 없다. 좌우 두 개의 폐에 깊이깊이 스며드는 잎담배의 연기도, 아버지의 영혼을 담배 타르로 흐려지게 하는 일은, 절대로 없다.

출어할 준비는 다 끝났다.

발이 고운, 몇십 미터나 되는 폭의 표주박 모양의 어망, 그 어망 윗부분을 떠 있게 하기 위한 석유깡통, 하부를 지탱하는 납추, 솜씨 좋게 말려 매끄럽게 바다에 던져지게 될 몇 개인가의 튼튼한 어망, 어획물을 집어넣을 큰 대나무 광주리, 그리고 뜻밖의 사태에 부딪혔을 때 십분 발휘될 아버지의 저력과, 날씨와 관계없이 금방 바다에 녹아드는 아버지의 마음. 돛단배 고기잡이에 빠뜨릴 수 없는 모든 것이 준비되어 있다.

하구 부근에서 생긴 봄 안개는, 물망천을 끊기는 일 없이 거슬러 올라와 복숭아밭과 대나무숲을 감싸고, 더 흘러가다 두 갈래로 갈라져, 한쪽은 새빨갛게 칠해진 가자키리 다리 밑을 빠져나가고, 다른 한쪽은 아귀산 산기슭을 따라 차분하게 상승한다.

이윽고 아버지는, 바람이라고도 할 수 없는 바람을 감지한다.

그것은 저 먼 해상의 드높은 파도가 보내오는 가냘픈 바람이지만, 그러나 안개를 엷게 만들 만한 힘을 지니고 있다. 아버지는, 내뿜는 담배 연기가 안개를 이길 수 있을 정도가 되자, 훌쩍 일어서서 뱃줄을 풀고, 한쪽 다리를 쭉 뻗어서 잔교 가장자리를 찬다.

그 다음에 아버지는 긴 삿대를 능숙하게 저어, 눈에 의지하는 일 없이, 뇌 안에 세밀화처럼 선명하게 새겨져 있는 맑은 날의 물망천의 모습을 더듬어, 전혀 위험스럽지 않게, 자신만만하게, 낡은 배를 앞으로 몬다.

아직 돛을 올릴 때가 아니다.

이윽고 아버지 배는 어느 쪽 기슭으로도 끌려가지 않을 강 한가운데의 물살을 타고, 변덕스러운 소용돌이에 농락당하는 일도 없이, 물과 거의 같은 속도로 바다를 향해서 천천히 내려간다. 이렇게 아버지가 돛단배와 함께 있는 한, 쿠사바 마을의 물과 빛과 바람은, 항상 아버지의 영혼과 같은 색을 띤다.

아버지를 아버지답게 해주는 것은, 강과 바다이다.

아버지라는 사나이가, 가족의 행복과 불행을 자기 일로 여기는 그런 평범한 부친이 되지 않을 수 있었던 것은, 언제나 곁에 도도하게 흐르는 큰 강과 변화무쌍한 바다가 있기 때문이다. 그리고, 시대에 뒤떨어진 배가 돛을 활짝 올려 바람을 포착한 순간, 아버지라고 하는 사나이는 강물과 바닷물에 손쉽게 동화되고, 어부 중에서 가장 뛰어난 어부가 되고, 변천이나 전이를 초월하는 자가 된다.

아버지는 이때까지 파도나 바람을 상대로 싸운 일은 몇 번 있지만, 그러나 바다 그 자체를 적으로 돌린 일은 없었고, 바다 쪽도 또한 아버지의 간담을 서늘하게 만든 일 따윈 단 한번도 없다. 바다 위에 펼쳐지는 망망한 천공天空, 구름이 생겼다가는 사라지고, 사라졌다가는 다시 생기는 창공도, 소나기나 폭염을 아버지 위에 퍼붓는 일은 자주 있지만, 물을 퍼내는 것보다 빨리 뱃바닥에 물을 고이게 하는 일은 없고, 모처럼 잡은 생선을 썩게 만들 정도는 아니다.

아버지는 안개 속을 누비고 아마노나다 쪽으로 향한다.

아버지는 고기잡이를 눈앞에 두고도 흥분하지 않고, 계속되는 시원찮은 어획에 우울해 하지도 않는다. 또, 허탈한 심신을 끌고, 언제나의 지루한 직장에 나가는 것도 아니다. 아버지는 가야 할 곳에 가고, 돌아와야 할 곳에 돌아오려 하고 있음에 지나지 않는다.

그렇다. 아버지는 지금 바다로 돌아가고 있다.

아버지 같은 사람에게는, 가족이나 집은 말할 것도 없고, 경작지나, 복숭아나무나, 친척들이나, 풀투성이 먼지투성이 벌레투성이의 딱딱한 땅바닥도, 나랏일에 관한 비분강개도, 전혀 어울리지 않는다. 아버지에게 있어서 육지라는 곳은 악취와 악의, 여의치 않음과 불우의 덩어리이지, 돌아갈 곳이 아닌 것이다. 아버지는 가족과 말을 나누기보다, 바다나 바람이나 고기를 상대로 이야기하는 횟수가 훨씬 많고, 가족이 말을 거는 횟수보다도, 바람이나 빛을 가득 안은 돛이나, 가까이 다가오는 갈매기가 말을 거는 일이 훨씬 많다.

오랫동안 적당한 바람과 조수를 기다리다 드디어 배를 움직이기 시작한 아버지는, 부모에게서 막대한 유산을 물려받은 혼잣몸인 건강한 젊은이, 그런 자들보다 몇 배 더 되는 자유를 손에 넣고 있다. 구식인 배 안에도 배 밖에도, 아버지를 귀찮게 할 자는 하나도 없다. 거기에는 자리보전한 채인 아내도 없고, 세 아들도 딸도 없고, 경주마를 마음껏 달리게 하고, 용이 그려진 연을 아귀산 하늘로 드높이 띄우고 껄껄 웃는 고집스런 늙은 부친도 없다.

아버지는 돛단배와 함께 해방되어 있다.

아버지는 이제 비료주기나 소독, 접과나 가지치기가 필요한 과수나무하고도, 가까운 시일 안에 개축해야 할 이엉지붕 집하고도, 어느 정도는 보조를 맞추어야 할 속세하고도, 거론하자면 끝이 없는 후회하고도, 그리고 필멸의 운명하고도, 완전히 분리되고 격리되어 있다.

나는 아버지 뒤를 이었어야만 했다.

펜을 쥐는 손으로 키를 쥐고, 돛을 기민하게 올렸다 내렸다 하고, 어망을 힘차게 잡아당기고, 글씨를 노려보는 눈으로 조수와 구름의 향방을 정확하게 읽고, 주기적으로 선회하는 은빛 나는 비늘떼를 재빨리 발견하고, 밤낮으로 쓸데없는 생각을 하던 머리는, 강과 바다가 가져다주는 요행에 대한 기대로 항상 마비시켰어야 했다. 안개는 아직 여기저기에 남아 있고, 갈대밭에 숨어 있는 물새들의 불안은 점차 고조되고, 하루살이를 먹이로 하는 물고기 류가 참을성을 잃고 무턱대고 날뛴다. 뱃전의 방향이 이탈되었을 때 쓰이는 긴 삿대는 거의 물소리를 내지 않는다.

아버지는 하늘의 계시에 따라 배를 움직이고 있다.

아버지는 누레진 셔츠 위에 방수 가공이 된 윗도리를 입고, 역시 물을 튕겨내는 소재로 된 바지를 입고 있다 그러나, 물망천과 아마 노나다에 가득 차 있는 물의 정기는, 아주 간단하게 그것을 꿰뚫어, 햇볕에 탄 피부와, 어떤 중노동이라도 견뎌낼 뼈와 살에 끈기와 힘을 준다.

아버지에게 가족은 필요 없는 존재였다.

그러나, 우리에게는 아버지는 절대로 필요한 존재이다. 아버지가 그다지 말을 하지 않아도, 아버지 마음이 기댈 것이 집에는 없다 해도, 아버지가 가족 하나하나의 나아갈 길을 분명하게 제시하지 않고, 옳은 것과 그른 것을 명확하게 밝히는 일이 없어도, 아버지라는 사나이가 단지 거기에 있어주는 것만으로도, 우리집은 이때까지 그럭저럭 형태를 유지해왔다. 그렇게 생각하는 것이 옳다. 아버지가 있어주었기 때문에, 그 정도의 말썽으로 끝날 수 있었던 것이다. 그렇게 생각해야만 하는 것이 아닐까. 이제 와서야 나는, 어느 누구보다도 아버지의 눈에 신경 쓰이던 나 자신을 알아차린다. 아버지의 침묵과, 아버지의 온화한 얼굴이야말로, 언제나 나에게 최선책을 시사해주었었다는 사실을, 알아차린다. 즉, 내가 집을 나와, 쿠사바 마을을 떠난 것도, 사실은 아버지의 암시에 의한 것이었음에 틀림없다. 그렇다고 해서 아버지의 눈초리에, 나를 거부하고, 패륜아인 차남을 탓하는, 그런 험악함이 깃들인 빛이 단 한줄기라도 담겨졌던 적은 없었다.

우리집은 제대로 된 방향으로 나아가고 있다.

여동생은, 피가 같다는 사실 따위 걱정할 필요가 없는 남자를 찾아내어, 완전무결한 아이를 낳았다. 동생은, 법이나 도리 같은 것을 좇아 살아간다고 할 수는 없지만, 그 녀석은 그 녀석대로 한몫하는 사나이가 되려고 발버둥치고 있다. 어머니는, 별채에 오 년 동안이나 틀어박혀 쉬고 있지만, 그렇게 할 수 있는 것도, 오로지 아버지라는 남편이 곁에 있어주기 때문이다. 조부가 말에 매달린 채, 연 따위에 정신을 팔 수 있는 것도, 어쨌든 우리집에 가장이라고 부를 수 있는 자가 있기 때문이다. 형이 그렇게 뻔한, 똑같은 생활을 싫증도 내지 않고 되풀이하고, 매일매일 긴장하여 살아갈 수 있는 것도, 그렇게 지내지 않아봤자 별수 없다는 사실을 아버지가 몸으로 가르쳐주고 있기 때문이다.

더 이상 살 수 없고, 살면 살수록 악운에 휩말려 들어간다,고 그렇게 나를 판단한 아버지는, 오 년 뒤의 봄에 갑자기 편해질 길을 암시했고, 나는 어느 틈엔지 그 길을 걸은 것인지도 모른다. 만일 그렇다면, 아버지는 대단한 사나이다.

아버지는 다른 아버지들하고 비교해도 손색이 없다.

신통하지도 않은 네 아이를 키우고, 그 중의 하나를 젊어서 잃은 아버지 따위 이 세상에 얼마든지 널려 있다. 아버지는 아직 차남을 잃은 사실을 모르고 있지만, 그러나 아버지는 이미, 내가 모습을 감춘 그날, 나를 망자 패거리에 집어넣고, 훨씬 전에 체념해버렸는지도 모른다.

아버지라고 하는 사람은 밥에 국을 부어 먹는다.

아버지라고 하는 사람은 어디의 누구에게도, 자기 자신에게도 영합하지 않고, 사납게 요동치는 바다에도 목숨을 구걸하거나 하지 않는다. 그러나, 아버지를 나쁘게 말하거나 경원하는 자는 한 사람도 없다. 아버지는 특히 어부들 사이에서 존경을 받고 있다. 전자기기를 사용하지 않으면 단 한 마리의 고기도 잡지 못하는 근대 고기잡이법에 휘둘리고 있는 사나이들은 모두, 빚을 갚기 위해서 또 가족을 부양하기 위해서가 아니라, 자기자신만을 위해서 돛단배 고기잡이에 열중하는 아버지를, 선망과 안도감을 고루 느끼면서, 언제나 한숨이 섞인 눈초리로 지켜본다.

아버지의 작은 배의, 선체에 비해 이상할 만큼 큰 돛이 아마노나다의 바람을 하나 가득 품고, 마치 임산부나 씨름꾼의 배처럼 부풀어 오를 때, 주변의 해역에서 조업하고 있는 어부들은, 일제히 일손을 멈추고 그쪽을 돌아보고, 각기 자기자신에게 부족한 것이 무엇인가를 절감하는 것이다.

아버지는 바다에 나갔었다는 증거로 생선을 가지고 돌아온다.

아버지가 잡아온 수많은 생선이 오랜 세월에 걸쳐 우리집 가계를 도와온 것은, 사실이다. 또, 그 신선한 생선이 우리들 세 아들과 딸의 골격을 만들어내고, 피가 되고 살이 된 것도, 또한 확실하다. 아버지라는 사람은, 외곬으로 빠지는 일도 없고, 또, 정말로 화내는 일도, 치열한 기개를 지키며 사는 일도 없고, 그렇다고 해서 나태에 빠지는 일도 절대 없다.

*

아버지 혼자만이 여전히 아무 일도 없다.

가족에게는 이런저런 일이 있었던 것 같지만, 그러나 아버지만은 아무런 말썽에도 휘말리지 않았다. 어머니 시중을 들어야 하는 것은 형수이지, 아버지가 아니다. 아버지는 살아 있으면서도 나 이상으로 해방되어 있다. 지금은 조부조차도 귀찮은 문제를 두 개나 안고 있다고 하는데 말이다.

조부라고 하는 사람은, 진짜로는 말[馬]만 상대하고 싶은 것이다. 말과, 연과, 너도밤나무들, 수많은 별과, 마른 적이 없는 샘과, 적막한 나날, 그러한 것에만 둘러싸여 살고 싶은 조부가, 지금은 제대로 나이를 먹어가는 시원찮은 손녀딸의 시중을 들고 있다. 게다가, 그녀가 며칠 전에 들개처럼 낳은 아이까지도 함께.

아버지는 첫손자의 탄생을 알고 있는 것일까.

과연 아버지는, 야에코의 젖에 의지해서 눈부신 성장을 계속하는 삼천 수백 그램의 새 가족에 대해서, 이 세상에 통용될 제대로 된 보고를 받았을까? 아버지는 오늘도 또 아침부터 배를 달리게 하고, 아마노나다를 향해서 마음을 활짝 열어간다.

바다 향기와 바다의 맥박이 아버지를 감싼다.

아버지의 온몸과 오감이 아마노나다에 완전하게 녹아들어가고,

생명의 무진장 보고로 진입한 돛단배는, 안개 가운데를 천천히 전진한다. 저 먼 바다를 항해하는 자갈 운반선이나 목재 운반선은, 끊임없이 고동을 울리고, 그 음파와, 레이더가 발하는 전파는, 여의치 않은 일이 너무 많은 이 세상을 살아가는 인간의 짜증처럼, 혹은, 풀 길 없는 노여움처럼, 장소를 가리지 않고 온갖 곳에서 난무하며, 난잡하게 쏟아부어진다.

여기서는 아버지 혼자만이 별격이다.

아버지는, 여전히 짙은 안개도, 발밑에서 현기증나게 변화하는 조류도, 점차 높아져가는 파도도, 이삼십 년 사이에 삼십 명 어부의 목숨을 간단히 빼앗아간 삼십 개의 암초도, 늙어서 바다에 나갈 수 없게 될 날도, 전혀 개의치 않고, 그 눈은 바람이 잔 날의 아마노 나다처럼 온화하고, 한겨울의 물망천처럼 맑다. 돛단배와 함께 있을 때, 아버지는 천지간의 한가운데에 있다는 사실을, 이 세상의 중심에 몸을 두고 있다는 사실을, 또, 다른 사람도 자기와 똑같은 위치를 점하고 있다는 사실을, 굳게 믿는 데까지 이른 것이다.

아버지는 가슴을 펴고 안개를 마음껏 들이마신다.

들이마실 만큼 들이마신 후, 폐 속에 고여 있던 육지의 우울함과 번뇌를 함께 내뱉는다. 그리고 나서 아버지는 삿대를 놓고, 돛대 쪽으로 다가간다. 그때, 작은 파도가 부딪혀 와 배가 흔들 기울고,

젊을 때처럼 민첩하게 발을 꽉 버티지 못한 아버지는, 넘어질 뻔한다. 그러나 아버지는 조금도 당황하지 않고, 또, 그런 자기자신에게 실망하지도 않고, 언제나의 순서대로 언제나의 고기잡이 준비를 시작한다.

안개는 엷어지고, 아버지와 배 그림자가 짙어진다.

네모난 돛은 작은 바람을 효율 좋게 받아들여 선체에 일정한 힘을 가하고, 되는 대로 던져진 어망을 바닷속에서 적당한 형태로 펼쳐져간다. 어망은 석유깡통 부표浮標와 납추에 의해 상하가 올바로 유지되고, 몇 줄이나 되는 튼튼한 어망—그 중 하나는 돛대 기둥 꼭대기에 묶여 있다—에 끌려 마치 상어처럼 입을 딱 벌린다. 이윽고 어망은 바다색으로 녹아들고, 아버지도 물고기도 식별하지 못하게 된다. 그렇게 거창한 일을 혼자서 힘들이지 않고 해낼 수 있는 사나이는, 아버지밖에 없다. 아버지 배는 비스듬하게 된 채, 달리고, 어망을 끌어가고, 여태까지 사람에게 잡히지 않았던 물고기 그림자를 노리며 소리도 없이 이동한다.

아버지 염두에는 어획의 좋고 나쁨은 없다.

아버지가 풍어나 흉어에 일희일비한 것은, 아주 먼 옛날 얘기다. 이제 아버지는, 바다한테 많은 것을 바라지 않는다. 안개가 깨끗이 걷혀서 해면 바로 아래 숨은 뾰족한 바위가 분명히 보이게 되는 일도, 돛이 탁탁 펄럭일 만큼 강한 바람이 불어서 배의 속도가 빨라지는 일도, 비싸게 팔 수 있는 고기떼를 만나는 일도, 전혀 기대하지 않는다. 아버지는 있는 그대로의 바다를 받아들이고, 있는 그대로의 자기를 바다에 내맡기고 있다.

그런 아버지의 어망에 걸리는 것은, 아욕我欲도 아니고 악의도 아니고, 또 멸사의 정신이라는 것, 그런 것도 아니다. 아버지는 바다에서 사는 자로서의 탁월한 능력을 지니고 있고, 그것은 아마 뭍에 있을 때의 아버지의 행동거지에서 잘 나타난다. 오랜 세월에 걸쳐 아버지가 바다에서 얻은 것은, 플랑크톤을 실컷 먹은 잔챙이나, 잔챙이를 한입에 먹어치우는 대어만은 아니다.

아버지는 결코 바다로 도피하는 자가 아니다.

아버지는, 바다로부터 이 고통에 찬 세상을 살아가는 방법을 남김없이 배운 사나이고, 허둥댐을 억누르는 방법을 배운 것이 아니라, 일일이 당황하는 일의 어리석음을 바다한테서 깨우친 사나이다. 아버지는 지금, 분명히 아무 생각도 하고 있지 않지만, 그렇다고 해서 아무 일도 생각하지 않으려고 하고 있는 것은 아니다. 아버지한테는 가슴속 깊이 숨겨놓은 씁쓰름한 추억도 없고, 그렇다고 해서 다음 한순간, 다음 하루, 다음 일 년에 대한 막연한 불안도 없다.

빛의 증폭이 바람을 조금씩 강하게 한다.

거기에 따라 아버지 이외의 어부의 발을 묶고 있던 안개의 잔재가 사라져가고, 점차 쿠사바 마을의 해안선이 명료해지고, 물새라든가 바위제비의 움직임이 활발해지고, 복숭아꽃은 종달새의 지저귐마저 진홍색으로 물들이고, 물망천 유역을 메우고 있는 나무나 풀이나 대나무가 부지런히 광합성에 힘쓴다. 그리고, 한 사람의 노인, 서른 마리의 말, 한 조의 모자母子, 한 무리의 야생 원숭이, 그 밖에 체내의 때[時]를 아는 물질을 숨긴 수많은 생물을 깊숙한 품에 품은 높은 봉우리이며 동시에, 다음번 대분화에 대비하여 잠자고 있는 화산이, 홀연히 솟은 아귀산이, 떠오른 지 얼마 안 되는 햇빛을 가득 받고 찬란하게 빛난다.

큰 낫을 머리 위로 높이 쳐들고 있는 도깨비 형상의 눈덩어리는 녹을 대로 녹고, 무너질 대로 무너져, 이제는 거의 볼품이 없다.

아버지는 다시 하구로 돌아오고 있다.

아버지의 배가 바람의 도움을 받아 끄는 어망은 아직 물고기를 한 마리도 삼키지 못했고, 토막난 볏짚도, 물망천이 실어온 누군가가 쓰고 버린 피임도구도, 어딘가의 누군가가 내버린 울분도, 포획하지 못했다. 거기에는 크고 작은 여러 종류의, 색색가지의 고기가 무리를 이루고 두터운 층을 형성하고 있지만, 움직임이 둔한 어망이 따라잡을 만큼 멍청한 놈들이 없다.

아직 바람의 힘이 부족한 것이다. 어망과 배를 연결하는 끈이 얼마나 팽팽한가로 어획물의 유무를 알 수 있는 아버지는, 홍어를 흉어라고 생각하지도 않고, 기를 쓰고 다른 어장으로 이동하려고도 하지 않고, 그대로 물망천을 조용하게 거슬러 올라간다.

이윽고 선체와 아버지 몸이 부풀어 오르기 시작한다.

일단 강을 타고 들어간 순간, 배와 아버지는 바다에 있을 때의 몇 배나 크게 부풀어 보인다. 거대한 돛이 포착한 대기의 힘은 약하다 해도 물살의 기세를 상회하고, 정지하는 순간이 가끔 있다고 해도, 결코 도로 밀려가지는 않는다.
한여름의 모래사장보다도 하얀 돛의 접근에 놀라서 난리치는 물새들은, 이 봄에 부화한 새끼나, 이 봄에 다른 고장에서 온 신참내기에 한정되어 있다. 쿠사바 마을은 아버지 배에 이끌리듯이 잠을 깨고, 새로운 하루를, 어제의 연장이 아닌 오늘을 마음껏 살려고 하는 사람들의 끈질긴 기척이 농후해지고, 어른의 그것과 그다지 차이가 나지 않는 크기의 심장을 왼쪽 가슴의, 있어야 할 위치에 제대로 지닌 어린아이들의 드높은 소리가 잇달아, 끊임없이 상쾌한 시간을 불러들인다. 막 찐 떡을 먹으면서, 둑 위의 길을 어깨동무하면서 걷고 있는 것은, 어린 형제이다.

곶의 그늘에 가려졌던 수면에도 햇빛이 비친다.

오월 십 몇일의 장밋빛 광선은, 안정된 바람을 계속 받고 있는 거대한 돛을 구석구석 비추고, 낡은 선체를 새로운 색으로 물들이고, 께름칙함 같은 것하고는 도무지 인연이 없는 아버지의 등을 천천히 덥혀간다.

물 당번 차례가 된 농부가 온다.

정각에 둑 위에 나타난 사내는, 일단 세 바퀴의 큰 물레방아를 멈추게 하고, 붓을 써서 거넣게 빛나는 기름을 요소요소에 듬뿍 칠한다. 금방 기름투성이가 된, 형과 같은 나이의 그 사내는 아버지의 배를 향해서 손을 흔들고, 하얀 이를 내밀고 씩 웃고, 다시 물레방아를 돌리고 휘파람을 불면서 돌아간다.
작은 무지개를 세 개나 만들면서 물레방아가 퍼올린 물망천의 물은, 단숨에 높은 둑을 내려가, 논밭을 적시고, 과거 삼억 년 전과 다름없는 속도로 지금도 여전히 계속되고 있는 광물자원의 농축 집합을 돕고, 그리고 쿠사바 마을 주민 전원을 점점 더 쿠사바 마을 일변도의 사람들로 연마해간다.

아버지는 드디어 끈을 잡아당겨 어망을 걷는다.

어려운 작업도 쉽게 해치우는 아버지의 몸은, 옛날 기질의, 긍지 높은 어부의 근육으로 싸여 있고, 물의 힘과 잘 균형을 이루고 있다. 그것은 이미 가정을 지닌, 가족을 부양하는 사나이의 모습이 아니다. 아버지는 혼신의 힘을 다해서, 어망을 죽죽 잡아당긴다. 그러나 발이 고운 어망이 잡은 것은, 물과, 물을 꿰뚫는 아침의 예각적인 광선뿐이다. 아니, 그렇지만은 않다. 그 밖에도 무언가 들어 있다. 제멋대로 움직일 리가 없다.

터무니없이 큰 물건이 걸린 것이다.

아버지는 그쪽으로 쓱 몸을 내밀고, 그 녀석이 요동치지 않도록 신중함에 신중함을 기하면서 어망을 조이고, 끊임없이 말을 건다. 아버지의 "기다려, 기다려."와, "이제 곧 편하게 해줄게."라는 굵은 목소리는, 그 녀석의 철판같이 딱딱한 등딱지에 스며들어, 마음을 놓이게 해준다. 그러나, 어찌하랴, 그 녀석은 너무 무겁다. 배에 끌어올리기는커녕 어망에서 꺼낼 수 있을지조차도 모르겠다. 아버지의 오른손이 잡은 것은, 유목流木을 배에서 떼밀어낼 때 사용하는 풀 베는 낫이다. 그 다음에 아버지는 비어 있는 손으로 그 녀석의 목 주변의 등딱지를 꽉 잡는다.

그 거북이다.

나를 아마노나다 바닥으로 끌고 가 해파리로 바꿔버리려고 노리고 있었던 그 바다거북이, 아버지의 어망에 걸린 것이다 수초를 닮은 풍성한 긴 털이 아름답게 흔들리고 있다.
그때 아버지의 가슴속을 빛보다 빠른 속도로 스쳐 지나간 것은, 저주스러운 과거의 단편, 전쟁이 초래했던 살육의 광경의 일부인지도 모른다. 아버지는 굉장한 기세로 낫을 내리쳤지만, 노린 것은 거북의 목이 아니라, 어망 쪽이다. 아버지는 결코 싸다고는 할 수 없는 어망을 아낌없이 잘라 나간다. 어망이 조각날 때까지, 거북은 아버지를 믿고 있는지 얌전하게 기다리고 있다.

해방된 거북이 돌아본다.

애절한 바람이 담겨져 있는 듯한 거북의 눈은, 아버지가 아니라, 분명히 나를 바라보고 있다. 그러나, 나는 그런 꼬임에는 응하지 않는다. 이제는 다시는 어디에도 가고 싶지 않기 때문이다. 나는 언제까지고, 적어도 앞으로 삼천 년, 될 수 있다면 영원히, 여기에 머물고 싶다. 이제 나는, 어떤 심리에도, 원리에도, 법칙에도, 또, 인간을 초월하는 그 무언가를 동경하는 인간들이 멋대로 만들어놓은 일방적인 규칙에도 구애받지 않고, 가족의 기적과 함께, 물과 함께, 쿠사바 마을에 혼연히 융화해서 머물러 보여주겠다.

뭐니뭐니해도 못 다한 일이 많은 나의 일생이었다. 이럭저럭 삼십 년 간이나 살았는데도 나는, 제대로 사랑도 못해보았고, 결혼도 못해보았고, 아이를 낳아보지도 못했고, 쿠사바 마을의 물에 대해서 문장으로 묘사하는 일도 끝내지 못했고, 그리고, 쿠사바 마을에 살아 돌아오지도 못했다.

아버지는 돛을 내리고 배를 기슭에 댄다.

아버지는 긴 삿대를 써서 배를 잔교에 대고, 제일 굵은 말뚝에 단단히 맨다. 그리고 나서 아버지는 조각난 어망을 꼼꼼히 접어서 짊어지고, 갈대숲을 헤쳐, 둑을 기어올라간다. 그런 아버지의 모습 어디에도 맺힌 구석은 없고, 흉어였던 사실에 대한 분함도 없고, 어망이 못 쓰게 된 것에 대한 아쉬움도 없다. 아버지에게 있는 것은, 잘도 내 어망에 걸려주었다는, 거북에 대한 감사의 마음과, 그리고, 이 봄, 최고의 범주帆走를 할 수 있었다는 자기만족뿐이다.

확실히 살아 있는 아버지는, 이 또한 틀림없이 살아 있는 가족한 테로 의기양양하게 돌아간다. 아버지가 바다로부터 돌아가는 쿠사바 마을의 어디에도 죽음의 그림자는 없고, 고난과 괴로움의 기척도 없고, 꽃들의 색이 흐려지는 일도 없고, 봄은 다만 바닥없이 깊어져 갈 뿐이다.

*

세월은 죽은 자에게마저도 쫓아온다.

책상에 엎드려 있는 '나'는, 이제는 한 자 한 구절도 쓰지 못하고, 이제는 어디의 누구에게도 영향을 주지 않는다. 집안 식구들의 운을 악화시키는 힘을 상실하고, 어떠한 금기도 범할 수 없게 된 오십 몇 킬로그램의 썩은 고깃덩어리는, 세월의 흐름에 가차없이 쫓기고 있다. 잡균의 폭발적인 증식은, 혈관 안에서도, 내장 안에서도, 안구 안에서도, 뇌 안에서도, 음낭 안에서도 점점 더 활발해지고, 거기에는 기적 따위가 일어날 여지는 전혀 없다. 바야흐로 '나'의 죽음은 결정적인 것이 되어 있고, 움직일 수 없는 사실이 되어서, 대나무숲의 여기저기에서 볼 수 있는 바위처럼, 극히 당연하게 오두막 안에서 뒹굴고 있다.

나는 그러한 '나'를 조용하게 바라볼 수가 있다.

그 요절이 발을 구르며 분해할 만한 일이 아니라는 사실을, 이미 나는 알고 있다. 충분히 살았다고는 물론 말할 수 없겠지만, 또, 최후의 최후까지도 이 세상을 어떻게 살아나가야 할지 깨우치지 못했었지만, 혹은 또, 쿠사바 마을의 물과 가족의 무엇과도 바꾸지 못할 가치를 깨닫는 것이 너무 늦었는지는 모르지만, 그러나 그렇다 해도 나는, 갑작스럽게 찾아온 이 죽음을 겨우 며칠 사이에 용인하고, 감수하고, 엄숙하게 받아들이고, 때로는 비웃기조차 하고 있다.
나는 체념할 수밖에 없는 것을 체념하고 있는 게 아니다.

인간이란 그렇게 간단하게 죽을 수 있는 것이 아니다.

그것이 조부의 말버릇이다. 그러나 나는 간단히 죽어버렸다. 내가 빨리 죽은 몫만큼 조부는 오래 살 것이다. 나의 쿠사바 마을에 대한 이해의 깊이는, 죽음에 의해서 오히려 급속히 심화되었다. 쿠사바 마을을 점하고 있는 유형무형의 모든 것에는, 각기 지극히 지당한 뜻이 있고, 의미 없이 존재하는 것은 단 한 가지도 없다. 살아 있었을 때의 삼십 년 간의 나에게도, 죽고 나서 서른 시간이

지난 나에게도, 그 나름대로의 의미가 있음에 틀림없다.
 만일 내가 얘깃거리도 되지 않는 시시한 인간이고, 어리석은 잉여인간이라면, 이때까지 죽어간 수없는 사람들도, 이제부터 태어날 수없는 사람들도, 하나 남김없이 시시껄렁한 인간이고, 잉여인간이다,라고 그렇게 단언할 수 있다.

 '나'도 또한 이 세상의 뜻있는 일부인 것이다.

 지금은 별의 수를 웃도는 미생물의 온상이 되고, 끊임없이 분해되어가고 있는 '나'이지만, 좀더 때가 지나면, 이번에는 흙으로 환원하여 맹종죽을 키우는 양분이 될 것이다. 그리고, 뼈는, 물망천에서 넘쳐흐르는 유수나 쿠사바 마을의 빗물에 의해서 몇 번이고 씻기고, 화석이 되어, 새끼 학을 품고 잠자는 고대 소년에 이어지는 구원의 존재가 될 것이다.
 아니면, 삼 개월 후 내 뼈는 배를 주린 들개들한테 우드득우드득 깨물리어 튼튼한 위장에 담겨, 잘 소화된 후, 누런 이빨의 하나가 되든가, 이 근처 길바닥에 나 있는 이름도 없는 풀의 비료가 되어, 그것으로 끝이다,라는 일이 될지도 모른다.

 나는 육체가 없는 상태에 피로감을 느낀다.

 나는 지금, 들어앉을 살과 뼈의 따뜻한 그릇을 상실했기 때문에 오는 무거운 피로감에, 푹 잠겨 있다. 그리고 얼마 안 되어 나는,

쿠사바 마을이 내는 온갖 기분 좋은 소리에 싸여, 마치 살아 있는 자처럼, 마치 극히 건강하고 전도유망한 젊은이처럼, 잠자고, 꿈을 꾼다.

나는 천연색 꿈을 꼭 끌어안는다.

'나'라고 하는 망자가 꾸는 꿈 가운데에서는, 지금 막 아버지의 돛단배가 물망천을 비스듬히 횡단하려고 하고 있다. 거기에는 가족 전원이 타고 있다. 그들은 전부, 다름 아닌 나를 위해서, 한 벌밖에 없는 외출복을 차려입고, 명랑하게 행동하고, 쾌활하게 얘기하고 있다.

야에코가 업은 젖먹이는 솟아오르는 태양의 소리에 귀 기울이며, 황홀하게 웃고 있다. 배가 이쪽 기슭에 닿고 나서도, 아직 어둠침침한 대나무숲에 발을 들여놓고 나서도, 그들이 대화는 결코 끊기지 않는다. 특히 야에코의 목소리는 잘 울리고, 대나무 잎을 뚫고 내리쬐는 햇빛보다 눈부실 지경이다. 오 년 간이나 별채에 누워 있던 어머니가, 옛날과 조금도 다름없는 가벼운 발걸음으로 걷고, 옛날과 똑같이 끊임없이 웃고 있다. 조부는 까만 망토를 벗고, 따라서, 경문에 감춰졌던 가슴속은 완전히 드러나 있지만, 거기에는 증손자를 보게 된 기쁨과, 자신이 아직 살아 있다는 기쁨에 차 있을 뿐, 그밖에는 아무것도 없다. 얼룩 하나 없다.

가족은 노송나무 지붕 오두막을 멀리서 둘러싼다.

그들의 담소는 여전히 계속된다. 침통한 얼굴을 한 자는 없고, 아기가 망자 그림자에 겁이 나 울기 시작하는 일도 없다. 그러면 되는 것이다. 누구 하나 황폐해진 오두막에 발을 들여놓아 확인하려고 하지 않는 것은, 끔찍한 일을 그렇게 몇 번이고 보고 싶지 않기 때문도 아니고, '나'를 이미 물건으로 단정해버렸기 때문도, 또, 앞으로 언제까지고 음울한 추억에 사로잡히는 것이 싫기 때문도 아니다. 모두의 빛나는 눈은, 저 '나' 따위가 아니라, 이 나를 보려고 하고 있다. 그러면 되는 것이다.

그들은 꿀벌에 의한 복숭아꽃의 꽃가루받이 비율[受粉率]과, 야에코 아이의 체중이 늘어가는 비율과, 가을에 새로 짓게 될 집의 구조에 대해서 얘기하고 있다. 아버지는 대나무숲 가운데에도 아마 노나다의 냄새가 나는 바람이 부는 걸 깨닫고, 가만히 안도의 한숨을 쉰다. 형수는, 그곳이 쿠사바 마을이 아니고, 친정이 있는 이웃 마을의 일부라는 사실을 알아채고, 남의 집에 시집왔다는 긴장감의 반을 푼다. 그러면 되는 것이다.

형이 세 개의 병을 차례차례 오두막을 향해 던진다.

마지막 한 개가 유리창을 깨고 방 안으로 뛰어 들어가자 모두 뒤로 물러나고, 동생만이 앞으로 나온다. 그리고 동생은, 가면을 닮은 엷은 비웃음을 띤 입술에서 담배를 빼내어, 휘발유 냄새가 가득 찬 쪽으로 그것을 정확하게 손가락으로 튕겨 보낸다. 그러자 불길이 확 하고 올라가고, 금세 굵은 불기둥이 되어 주변의 맹종죽과 우리 가족의 얼굴을 붉게 물들이고, 오두막은 순식간에 광포한 불길과 연기에 휩싸여 간다. 그러면 되는 것이다.

거대한 불덩이는 결코 대나무숲으로 옮겨 붙지 않고, 바로 곁에 있는 녹나무 고목도 태우지 않고, 오두막과 '나'만을 재로 만들어간다. 그렇다고 해서, 나의 모든 것이 다 타버린다는 얘기는 아니다. 파란 노트가 무사한 것은, 아무리 강한 불길에 그을려도 원형을 간직하고 있는 것은, 어느 페이지나 쿠사바 마을의 물에 관한 문장으로 가득 채워져 있기 때문이다. 그러면 되는 것이다.

가족은 다시 배를 타고 건너편 기슭으로 돌아간다.

해는 화창하게 빛나고, 강의 흐름은 한없이 나른하고, 가족의 마음은 어디까지나 쾌활하고, 그들의 명랑한 웃음소리는 보리색 바람에 실려, 아귀산 꼭대기로부터 아마노나다 저 바깥까지 도달한다. 여덟 명 모두가 웃고 있다. 삶이 무엇인지, 죽음이 무엇인지 아직 모르는 신생아까지 웃고 있다. 웃으면서 그들은, 각자 손에 쥐고 있는 물건을, 즉 재로 화한 '나'를, 수면을 건너는 바람에 살며시 태워준다.

그리고 나서 아버지의 배는 쿠사바 마을의 기슭으로 향하고, 강에 낙하해서 물에 녹은 '나'는 바다로 흘러간다. 그리고 가족의 그리운 기척이 완전히 멀어질 때쯤에는 '나'는 나로 변하여, 재는 담수가 되고, 담수로부터 해수가 되고, 이윽고 태양이 내리쬐어 수증기로 화하고, 재빨리 고공으로 빨려 올라가 한 조각 구름이 되고, 그리고 나서 천천히, 일몰까지 걸려서 비 한 방울이 된다.

그러나 망자의 꿈은 거기까지다.

내 꿈은, 살아 있을 때 매일 밤 꾸던 것과 똑같이 그다지 오래 계속되지 못하고, 빗방울로 성장한 시점에서, 뚝 끊겨버린다.

대나무숲 속은 참새 소리로 메워져 있다.

이 오두막 안은, 죽은 뒤에도 여전히 흔들흔들 방황하는 자의 습습한 그림자가 점하고 있다. 녹나무의 깊고 긴 골은 좀더 벌어져, 바야흐로 줄기 전체에 미치려 하고 있다. 물망천 저쪽 기슭에도 이쪽 기슭에도, 적자생존이라고 하는 대원칙에는, 변함이 없다.

아귀산이 검은 구름을 모으고 있다.

그 구름은 이윽고 비를 초래하고, 그 비는 나를 다정하게 유혹하고, 삼 센티미터 물의 양이 불어난 물망천의 중후한 소리는, 나의 혼란감을 진정시킨다. 대나무숲에 내리는 따뜻한 비는, 노송나무 지붕에 스며들고, 썩어가는 천장 판자를 뚫고, '내' 머리를 적시고, 파란 노트 위에 뚝뚝 떨어져, 휘갈겨 쓴 문장 하나하나를 번지게 하고, 한 문장 한 문장, 싱싱하고 맑은 숨결을 주어간다. 나는 강을 건너, 복숭아나무 사이를 마음 내키는 대로 떠돈다. 나는 꽃가루받이 하려고 부지런히 일하는 꿀벌과 함께, 쿠사바 마을의 빛과 함께 헤매고, 토란 잎사귀에서 흘러내리는 이슬방울과 함께 작은 내에 떨어지고, 이윽고 누런 메기와 함께 한없이 흘러간다.

그러나 그 진기한 메기는, 돌연변이에 의한 색소가 재앙이 되어 여기저기에서 박해받고, 결국 어느 여울에도 정착할 수가 없어서, 수없이 도망쳐 다니던 끝에, 잡목림 안의 늪으로 도망쳐간다. 수질도 수온도 더할 나위 없지만, 거기도 또한 안주의 땅은 아니다. 너무 눈에 띄는 색깔의 먹이를 재빨리 알아챈 두루미가, 이쪽으로 투닥투닥 달려오는가 싶자마자, 창끝을 연상시키는 부리를 휘두르면서 교묘하게 그놈을 물고, 고개를 쳐들고 꿀꺽 먹어치우고, 긴 목 속으로 대번에 밀어넣어 버린다.

그렇게 해서 짧은 생을 마친 메기는, 강한 산(酸)에 녹아 소화되고, 흡수되어, 쿠사바 마을의 하늘을 단숨에 날아갈 수 있는 힘으로 바뀐다.

학은 어색한 예비 비행을 하다 날아오른다.

동시에 비가 그치고, 구름 사이에서 햇살이 내리쪼이고, 날씨는 그대로 좋아져간다. 학은 이미 삼백 미터의 고도에 달했다. 늙었기 때문에 북쪽 대륙으로 가지 못한다는 낭설은 틀렸다. 쿠사바 마을에서 제일 큰 이 새는, 일천 킬로미터를 쉬지 않고 날 수 있는 지구력을 조금도 잃지 않았고, 지금도, 초겨울에 여기에 건너오는 어떤 새보다도 훨씬 더 높은 곳을 활공할 수 있다.

펄떡거리는 날개소리에는 힘이 넘쳐흐른다.

털 하나하나가 정확하게 바람을 포착하고, 날개 바로 밑에서 소용돌이치는 양력揚力은 자꾸만 증폭되어 간다. 자기가 아는 모든 비행술을 구사해서 쿠사바 마을 하늘을 제패하는 이 새는, 완전히 자유스러운 몸이고, 예를 들자면, 고독한 망자의 갈 곳을 잃은 영혼을 어딘가 먼 곳으로 데려간다고 하는, 그런 따위의 지겨운 역할을 맡고 있는 것도 아니다.

이 새가 자기 패들과 다른 것은, 쿠사바 마을에 자기 스스로를 가둬버렸다는 사실과, 그리고, 어디에라도 간단히 앉아버린다는 사실이다. 보통 학은 나뭇가지에조차도 앉고 싶어하지 않는다고 하는데, 이 학은 나무는 물론이고, 공장의 굴뚝이든, 인간의 지붕이든, 잉어기치의 기둥이든 전혀 상관없이, 지금도 보다시피 전봇대 꼭대기에 앉아 쉬고 있다.

가끔 몸을 젖히고는 유리알 같은 눈으로 태양의 위치를 확인하고, 이어서 천계天界의 중심까지 간파하고 나면, 염치도 부끄러움도 모르는 속물근성 그 자체인 소리를 내지르며 한바탕 울어 보이고, 그리고 소화 흡수된 메기의 알칼리 성분을 배설하고, 다시 펄떡, 펄떡 날갯짓하며 어거지로 바람 틈새에 끼어들어, 화산만이 간직하고 있는 유전流轉의 힘에 이끌려, 아귀산 쪽으로 날아간다.

학의 똥은 전화선에 달라붙어 있다.

얼마 있다 나는, 약한 충격성의 펄스(pulse, 전파의 순간파동_옮긴이)와 함께, 굉장히 긴 전화선을 순식간에 달린다. 그리고 정신이 들었을 때는, 나는 수화기를 막 든 여자 곁에, 무겁고 습한 공기의 일부가 되어서 머물고 있다. 형수는, 누가 엿들을 위험 따위 전혀 없을 텐데, 신경을 곤두세우고 소리를 죽여서 얘기하고 있다.

아침부터 광에 틀어박혀 아버지는, 바다거북을 놓아주었을 때 찢어진 어망을 꼼꼼하게 수선하고 있고, 그 귀는 저 멀리 바다소리 이외에는 반응을 하지 않는다. 형은 저녁 여섯 시가 되기 전에는 절대로 귀가하지 않고, 동생은 바야흐로 완전히 여우골목의 주민이 되어버려서, 집에는 이제 거의 돌아오지 않는다. 별채에 누워 있는 어머니는, 이미 가족의 동향에 대한 흥미를 잃어버렸다.

그래도 형수는 여전히 경계심을 늦추지 않는다.

눈동자가 큰, 강한 기질의 편린을 누구라도 확실히 알아볼 그녀의 눈은, 바쁘게 움직이며 주위에 신경을 쓰고 있다. 동안童顔에 어울리지 않는 그녀의 쉰 목소리는, 거기에서 삼십 킬로미터나 떨어져 있는 이웃 마을의 전화 부스 안에 있는 사나이를 점점 더 자극한다. 육중하게 울리는 남자 목소리가 되돌아올 때마다 형수의 긴장은 고조되고, 그것은 음란한 전율이 되어 유방으로 전달되고, 그대로 곧장 다리 가랑이로 하강하여, 발가락 사이로부터 전류처럼 재빨리 빠져나간다.

형수의 목소리는 점차 들뜨기 시작한다.

들뜨고 열이 담기고, 소리 죽이는 일도 완전히 잊어버리고, 오히려 평소보다 더 높아져, 끝내 집 안 구석구석까지 울린다. 만일 내가 살아서 지금도 이 집에서 살고 있다면, 그녀 얘기는 형한테 그대로 직통으로 들어가고, 틀림없이 한바탕 소동이 일어나는 원인이 되었을 것이다. 내가 행방을 감추고, 야에코가 할아버지 집으로 옮기고, 동생이 집으로 돌아오지 않게 된 몫만큼, 이 집은 형수 것이 되어 있다. 어머니는 죽은 거나 같고, 아버지는 돛단배 위에서 밖에는 살아가지 못하게 되어 있다.

그러나 형수의 마음은 지금, 우리집에서 급속하게 멀어져가고 있다. 그녀는 남편이 아닌 남자의 소리에 흔들려, 자기 처지라는 것을 잊어버리려 하고 있다. 내가 알 바가 아니다.

나는 오 년 만에 내 방으로 돌아간다.

예전에 조부가 계단 밑 공간을 이용해서 만들어준 좁은 방, 성장함에 따라 머리를 부딪치는 횟수가 늘어간 작은 방, 둘째아들이 중학생이 되었을 때 정해진 영역, 그 이후로 나는 거기에서, 가족의 발걸음소리에 깔려 십 년하고도 반 년의 밤을 지냈던 것이다.

이곳은 지금도 내 방이다.

내 방이니까 아무한테도 양보하지 못한다. 이 기묘한 형태의 작은 방에서 나는, 수험을 위한 암기에 힘썼고, 시와 소설책을 탐독했고, 자고 또 자서 평균적인 성인의 체격을 형성했고, 아마도 일 리터는 더 될 양의 정액을 뿜어냈고, 원고용지로 환산한다면 족히 삼천 장은 넘을 엄청난 양의 문장을 노트에 써댔고, 모르는 사이에 심신을 소모시키고, 끝내 나가지 않으면 안 될 처지에 빠져버렸다.

당시 나는 이 방에 있으면서도, 가족 전원의 움직임을 훤히 알 수 있었고, 쿠사바 마을의 물의 모든 움직임을 감지할 수 있었다. 아직 여기저기에 배어 있는 나의 체취는, 여전히 생생한 정기에 넘쳐 있고, 요절의 운명 따위 조금도 예감시키지 않는다.

그러나 남아 있는 것은 체취뿐이다.

밤마다 내가 펜을 쥐고 앉아 있었던 책상, 나에게 살아갈 힘을 주고, 나에게 쓰는 이의 기쁨과 공허함을 가르쳐주고, 그리고 끝내 파멸로 유도했던 시라든가 소설책, 내 앞날까지는 비춰주지 못했던 스탠드, 나의 피로와 악몽을 하룻밤이면 빨아들여준 침구, 지금은 물의 무엇에 홀려 물의 무엇을 썼는지 거의 생각나지 않는 많은 파란 노트들— 모든 것이 없어져 있다. 어떻게 된 것일까.

나는 나의 유류품을 찾아 헤맨다.

사십오 도 각도로 기울어진 천장에 남아 있는 글씨는 전부, 내가 나 이상의 인간이 되려고 했을 때 머리에 떠오른 말을, 연필깎이 칼로 새긴 것이다. 키가 자람에 따라 점점 높은 곳으로 옮겨간 글씨에는, 온통 젊음에 찬 극기에 대한 기대가 담겨져 있다. 그것은 아무리 보아도 좌절한 자가 좋아하는 그런 자포자기의 말이 아니다.

그러나 맨 마지막 날 밤에, 즉 그해의, 그 여름, 그 찌는 듯한 더운 여름밤에 새긴 글씨만은, 분명히 다른 것과는 다르다. 난폭하게, 깊이, 노여움과 슬픔을 담고 새겨진 '나간다', 그리고 그 뒤에 이어지는 '이제는 돌아오지 않겠다'라는 그 글귀는, 여전히 오 년 전의 혼미의 흔적을 그대로 간직하고 있다.

나는 분명히 이 집의 식구였다.

틀림없이 이 가족의 일원이었다, 는 증거품을 찾아서, 나는 잘 아는 우리집을, 세워진 지 일 세기가 된 낡은 이엉지붕 집을, 샅샅이 찾아 헤맨다. 그러나, 무엇 하나 없다. 내가 썼던 물건은 아무것도 없다. 방에도 없고, 광에도 없고, 마루 밑에도 없다.

그러나 동생 것은 얼마든지 있다. 여동생 것도 전부 남아 있다. 둘이 언제 불쑥 들어와도, 그날부터 지낼 수 있게 되어 있다. 둘의 방은 각각 이십여 년 간의 잡동사니로 채워져 있고, 부엌에는 둘의 식기가 있고, 목욕탕에는 둘의 칫솔이 있다. 그러나, 내 것은 없다. 아무데에도 없다. 정말로 없다.

*

이런 취급은 망자보다 더 가혹하다.

가족은 모두, 내가 내 방 천장에 새겨둔 '이제 돌아오지 않겠다'는 말을 액면 그대로 받아들인 것일까. 그렇다고 해도, 이건 도대체 누가 한 짓일까. 유품이라 할 수 있는 내 물건들을 몽땅 치워버리고, 처분하자고 처음 말을 꺼낸 사람은 누구일까. 핏줄이 같은 자가 한 짓이라고는 생각할 수 없다.
우리집에 있는 남, 그것은 형수뿐이다. 그녀의 지시로 형이 움직였음에 틀림없다. 혹은, 아무의 허락도 받지 않고, 형수가 제멋대로 처치해버렸는지도 모른다. 그리고 가족은 그때, 그녀의 기세에 눌려, 못 본척하고 있었는지도 모른다.

정말 기분 나쁜 여자다.

처음 봤을 때부터 그렇게 생각했다. 그러니까 나는, 오래 끈 맞선의 의식이 끝나고, 그녀가 비굴할 정도로 공손한 부모와 함께 택시에 올라탄 그 순간에, 형 귓전에 이렇게 속삭였다. "저 따위는 그만두는 것이 좋겠어."라고. 그러나 형은, 이미 길모퉁이를 꺾어버린 택시를 향해 깊게 고개를 숙여 인사를 하면서, 이렇게 말했다. "내가 선택할 수 있는 입장이라고 생각해?" 그리고 거친 목소리로, "요즘 세상에 이따위 농사꾼 집에 기꺼이 시집와줄 여자가 있다고 생각하는 거야?"라고 소리치고, "지금 나한테 외국 여자와 붙으라는 소리야?"라고 덤벼들었다.

  그리고 나서 형은 어머니가 말리는 것도 듣지 않고 내 가슴팍을 잡고, 얼굴을 시뻘겋게 하면서, 이렇게 강변해댔다. 제대로 일본말도 못하고, 밤에는 이빨밖에 보이지 않는, 피부가 시꺼먼 여자를, 자선사업가인 체하는 악당들한테 거금을 치르면서 소개받을 생각은 없다,라고. 그렇게까지 해서 결혼 따위 하고 싶지 않아,라고 잘라 말했었다.

  그러나, 이제 와서 생각해보면, 그때의 형의 말은 사내 나부랭이로서의 오기에서 한 말임에 틀림없고, 별수가 없었다면, 신부라고는 이름뿐인 외국의 몸 파는 여자를 사버렸을 것이다. 형은 그런 남자다.

  상대방은 형의 속셈을 빤히 들여다본 것이다.

  고지식하고, 타고난 호인이고, 항상 집안일밖에 머리에 없고, 결혼을 위해서라면 마지막에는 어떤 조건이라도 받아들일 사나이라는 것을, 이웃 마을의 닳고 단 여자에게 첫대면에서 들켜버렸던 것이다. 이 남자라면 아이를 못 낳는 여자인 줄 알게 되어도 내쫓거나 하는 그런 짓은 안 할 것이다,라고 그녀는 계산했을 것이다.

  그 계산은 옳았다. 그리고 얼마 있으면 시어머니는 죽을 것이고, 시누이, 시동생들도 언젠가는 집을 나갈 것이고, 그리고 십 년 정도 지나면, 그런 대로 괜찮게 살 수 있고, 그렇게 기죽지 않고 동창회에 얼굴을 내밀 정도의 행복이 손에 들어올 것이다,라고 그녀는 형의 넓적한 얼굴을 본 순간 생각하고, 득의의 웃음을 지었을 것임에 틀림없다. 그후 우리집은, 형수가 꾸민 각본에 따라 움직여온 것은 아닐까.

만일 그렇다면은 얼마나 형편없는 여자인가.

형수는 지금, 전화 코드를 갖고 놀면서, 왼쪽 발끝으로 마루를 툭툭 차면서, 작긴 하지만 자랑거리인 입술을 수화기에 갖다 붙이듯이 가까이 대고 얘기하고 있다. 겨우 십 분 남짓한 통화로 그녀는, 아이를 못 낳는 몸으로 만든 옛 남자의 유혹에 응하려 하고 있다.
말로는 분명히 거절을 계속하고 있지만, 예를 들자면, 이제는 서로 다른 세계에서 살고 있잖아요,라는 따위의 그럴듯한 얘기를 늘어놓고 있지만, 그것은 말뿐이고, 가슴속은 이미 끈끈한 색정으로 물들어 있고, 뇌세포 하나하나마다 몽땅 밀회할 궁리에 동참하고 있다.

형수는 이미 그럴 생각이다.

뺀들뺀들 말을 들으면서도 그녀는, 이제부터 외출해도 남편이 귀가할 시간까지 돌아올 수 있을지 어떨지를 계산하고, 혹은, 신혼시절에 만든 봄옷이 어울릴지 어떨지를 생각하고, 혹은, 자기 살갗에 아직도 옛 남자를 매료시킬 힘이 있을지 어떨지를 생각한다.

남자는, 지금부터 가자키리 다리를 건너서 마중갈 테니까라고, 강인하게 다그치고, 여자는, 어디에서 누가 볼지 모르니까, 하며 주저하는 척한다.

그러나, 결국은 남자가 밀어붙여 버린다.

수화기를 놓자마자, 형수는 몸치장을 시작한다. 목욕을 할 시간이 없는 것을 한스럽게 생각하면서, 세면장에서 얼굴을 북북 문대고, 꼭 짠 수건으로 겨드랑이와 사타구니를 꼼꼼하게 닦고, 그리고 화장대 앞에 쿵 주저앉는다. 그러나, 너무 서둘러서 화장을 하다가 한쪽 콘택트렌즈를 떨어뜨려, 그녀는 짐승처럼 기면서 그것을 찾는다. 바로 옆에 떨어져 있지만, 조급해 하고 있기 때문에 좀처럼 찾지 못하고, 화가 나서 욕지거리를 해댄다. 이 결혼은 역시 잘못이었어,라는 의미의 말을, 그녀 자신이 놀랄 정도의 심한 말로, 저주한다.

겨우 찾아낸 생선비늘과 똑같은 렌즈를, 그녀는 침으로 축인 둘째손가락에 달라붙게 해서, 물고기 같은 얼굴을 짓고, 서둘러 눈 속에 밀어넣는다. 그러나 그 눈에 보이고 있는 것은, 물망천 저편에 사는 사내의, 성性에 대한 과잉된 기대감 때문에 결점이 완전히 가리어진 자동차 세일즈맨의, 그런 녀석의 불그레한 얼굴뿐이다.

속옷까지 바꿔 입은 형수는 햇빛 속으로 나간다.

그리고, 복숭아밭 샛길로 들어서기 전에, 뒤를 돌아본다. 거기에는 이유가 있다. 그러나, 화인火因이나 시어머니의 시선을 걱정하는 것이 아니다. 그때 그녀는 뒤를 돌아봄으로써, 자기 집과 완전히 인연을 끊고, 새로운 생활로, 빛나는 미래로 향한다는 착각을 즐기고 싶었던 것이다. 물론 그녀는, 현실이 어떤 것인지 가족 누구보다도 잘 알고 있고, 자기의 분수도 잘 알고 있다. 아무리 발버둥쳐봤댔자 지금보다 나은 생활이 불가능하다는 것도, 설혹 그것을 가능하게 해줄 듯한 남자가 가까이 있다고 해도, 자기 같은 여자에게는 결코 진심으로는 눈길을 주지 않으리라는 사실도, 또, 시어머니를 따라 언젠가는, 별채에서 숨을 거둘 수밖에 없는 운명이라는 것도, 잘 알고 있다.

그렇다고 해서, 완전히 체념하고, 모든 희망을 포기해버린 것은 아니다. 그런 날이 올 것을 꿈속에서까지 기다리던 그녀는, 오늘이 바로 그날일지도 모른다, 그렇게 생각해본다.

오랫동안 기다려왔어,라고 형수는 생각한다.

그녀는 지금, 이런 종류의 쿠사바 마을에 살게 되면서부터 쭉, 아니, 훨씬 전부터 계속 기다려온 것 같은 느낌이 든다. 복숭아꽃 색으로 물든 오월의 빛과 바람이 형수의 몸을 감싸고, 꿀벌의 날개 소리가 형수의 마음에 저항할 수 없는 봄의 울렁거림을 준다.

그녀는 다시 한번 뒤돌아보고, 돌아올 집은 여기밖에 없다는 사실을 새삼스레 확인하려 한다. 그러나, 결과는 그 반대가 되었다.

형수는 우리집을 향해서 탁 하고 침을 뱉는다.

핸드백에 집어넣은 동전이 짤랑짤랑 소리를 내는 것은, 오랜 만에 하이힐을 신어서, 발걸음이 약간 부자연스러워서이다. 그녀는 아직 농부의 아내 티가 몸에 배어버린 자기자신을 알아차리지 못하고 있다.

형수는 둑길에 나서서, 마중오는 것을 기다린다.

눈 밑에 누워 있는 물망천은, 저쪽 편에 잇달아 있는 연산連山의 눈 녹은 물이랑 솟아오르는 지하수를 모아들여 느긋하게 흐르고, 오후의 들뜬 햇빛과 장난치고, 오늘도 또, 마치 이 세상 자체인 양 돌고 있는 세 바퀴 큰 물레방아의 원동력이 되고 있다.
형수는 인동초가 감겨 있는 소나무의 마른 가지 밑에 서서 반짝거리는 수면을 황홀하게 바라보고, 이윽고 에로틱한 형태로 불거진 아귀산을 바라보고, 그리고 훨씬 더 먼 쪽에 안개가 피어오르는 아마노나다의 현란한 광활함을 바라본다. 그렇게 광경에 신경을 쓰고 있는 동안, 마음속에 약간 빈틈이 생기고, 갑자기, 정말 갑자기 그녀는 그녀 자신의 고독의 깊이를 깨닫고 심하게 충격을 받는다.
그리고 그녀는, 이때까지 자기는 쿠사바 마을에도 쿠사바 마을 사람들에게도 받아들여진 적이 없고, 사실은 끊임없이 거부당해왔던 것이 아닐까, 그렇게 의심해본다. 그와 동시에, 이웃 마을에 있는 친정집에 이제는 돌아갈 수 없는 처지라는 것도 절감한다.

이런 저런 씁쓰레한 생각을 남김없이 토로할 수 있는 상대가, 어떤 푸념에도 진지하게 귀를 기울여줄 것이 틀림없는 남자가, 얼마 있으면 차를 달려 자기를 마중하러 와준다, 이렇게 그녀는 자기자신에게 타이른다.

잉어기치가 이 세상의 빛을 흐트려놓고 있다.

오월의 햇살은 둑 위에 난 하얀 길 저쪽에도, 거대한 소용돌이를 만들며 흩날리고 있다. 그 소용돌이 속에서 나타난 것은, 이웃 마을에 사는 단단한 몸매의 사내인 자동차 세일즈맨이 아니다. 작년 가을 초, 내가 대나무숲에 살기 시작했을 때, 쿠사바 마을에 시집온 여자가 저쪽에서 온다.

형수는 어떻게 할까 주저한다. 마른 나무 그늘에 숨을 것인지 말 것인지 주저하고 있는 사이에, 피부가 까만 여자는 바로 앞에까지 와버린다. 일일이 신경쓸 상대는 아니다,라고 형수는 고쳐 생각한다. 팔려온 거나 마찬가지인, 머나먼 남쪽 나라에서 온 여자는, 아직 이 나라 말을 몇 마디밖에 못하고, 자기가 보고 들은 내용의 백 분의 일도 남한테 전하지 못한다. 그녀는 쿠사바 마을에 대해서 아무것도 모른다. 어쩌면, 자기가 어디에 왔다는 것조차도 확실히 모를지 모른다.

고혹적인 눈길을 아무에게나, 때로는 지나가는 개한테까지도 던지는 그 이국의 여자는, 수줍은 미소를 형수에게 던지고, 종이보다 하얀 이를 보이고, 뭔가 말할 듯하지만 한마디도 하지 못하고,

양손을 가슴께에 모아서 고개를 끄덕이고, 발소리도 내지 않고 지나가 버린다. 나긋나긋하게, 게다가 팽팽한 그녀의 자태는, 이윽고 다른 빛의 소용돌이 속으로 빨려들어가, 홀연히 사라진다.

형수는 언제까지고 그쪽을 바라보고 있다.

그리고, 두툼한 귀에서 흔들리고 있는 순금임에 틀림없는 귀걸이, 피부색에 잘 어울리는 원색을 풍부하게 쓴 프린트 원피스, 높은 허리와 완벽한 형태의 다리, 이상한 윤기가 넘치는 긴 까만 머리, 부드러우면서도 기품조차 느끼게 하는 몸놀림, 아이를 배고 있는데도 조금도 흉하지 않은 아랫배, 형수는 그러한 것을 다시 생각하고 있다.

그리고 나서 그녀는, 둑 위의 양지에 떼지어 피어 있는 파랗고 작은 꽃에 눈을 돌리고, 지나간 옛날을 생각하고, 어렸을 적의 행복했던 나날을 그리워하고, 이윽고 갑자기 쭈그리고 앉았는가 싶더니, 뾰족한 작은 돌멩이를 주워, 실제로는 존재하지 않는 꽃그림을 땅바닥에 그린다. 그 유치한 그림 위에 뚝 떨어진 눈물 한 방울은, 쿠사바 마을의 흙에 스며들지 않고, 금방 증발해버려 흔적조차 남지 않는다.

건너편 기슭의 대나무숲이 파랗게 굽이치고 있다.

세 바퀴 큰 물레방아 주변에는, 등신대 크기의 무지개가 여러

개 흩어져 있다. 수면을 건너온 한층 따뜻한 바람이 무지개를 빠져
나와 둑을 기어올라, 인동초의 새싹과 꽃봉오리를 흔든다. 아주
약간 흔들었을 뿐인데, 아직 딱딱한 봉오리의 희미한 향기는 욕정의
불꽃이 되어 형수의 몸을 달리어 빠져나가, 비참하고 무거운 기분을
한번에 날려버린다. 그리고 그녀는, 저녁 여섯 시까지 귀가할 수
없게 되었을 경우의 변명을 생각한다. 시어머니의 병에 좋다고
한약을 구하러, 혹은, 아이를 낳을 수 있는 몸이 될 수 있는지
어떨지 전문의에게 진찰을 받으러, 혹은 또, 막 문을 연 슈퍼마켓을
보러… 핑계는 얼마든지 있다.

그러다 형수는 어쩐 일인지 내 일을 문득 생각한다. 집을 나간
채 오 년 동안 돌아오지 않는 나를 떠올리고, 시동생을 흉내낼
수 있을지 어떨지를 생각한다. 그러나, 물론 잠깐 동안의 공상에
지나지 않는다.

맹종죽 하나 하나가 끊임없이 흔들린다.

건너편 기슭 대나무숲 깊은 곳에서, 아마도 그 오두막집 부근에
서 발생한 농락하는 바람이, 쌀 알갱이처럼 작은 파란 꽃을 흐트려
놓으면서, 급경사면을 단숨에 넘어, 민첩하게 형수의 치마 속으로
미끄러져 들어가, 그녀의 사타구니를 어루만진다. 그러자 남자라든
가 집 같은 것에 기대지 않고도 살아갈 수 있을 것 같았던 그녀의
자신감은 크게 흔들리고, 가출 저편에 보이던 자립의 길은 끊기고,
그 뒤에는 다만 아지랑이처럼 피어오르는 정염의 폭풍우에 농락될

뿐이다.

　빈약한 유방은, 그녀가 지르는 음란한 소리와, 그녀가 내뿜는 색향色香으로 금방 꽉 찬다. 우리집에 시집온 첫날 밤부터 계속되고 있는 그녀의 선정적인 소리는, 이제는 손댈 수 없을 정도로 광포해져 있다.

　형수의 교성이 온 집 안에 배어 있다.

　이제 와 생각해보면, 형뿐 아니라, 우리 모두가 매일 밤 들어야 했던 그 소리는, 가족이 하나 늘었다는 증거의 소리, 나아가서는 가족이 더 늘 수 있다는 가능성을 담은 소리, 그런 단순한 것이 아니었다. 그것은 우리들을 미치게 하고, 우리들을 하나씩 집 밖으로 튕겨내서 파멸시키는, 사악함으로 가득 찬 소리였음에 틀림없다. 염치를 모르는, 그러나 맑디맑은 파란 하늘과도 같은 형수의 소리가, 기둥이랑 벽, 천장이랑 방바닥을 꿰뚫을 때마다, 불행과 비극의 씨가 차례차례 싹을 돋웠던 것이다. 틀림없이 그렇다.
　그리고 그 첫 번째 희생자가, 바로 내가 아니었을까. 나는 형수가 죽인 것이나 같지 않을까. 형이 좀더 정숙한 여자와 결혼했었더라면, 이런 꼴은 되지 않았던 건 아닐까.

　우리 가족은 형수의 술책에 걸려든 것이다.

　형수가 우리 가족을 현혹시켜서, 이렇게 만든 것이다. 틀림없이 그렇다. 그녀가 시집오고 난 뒤에 밤놀이를 시작한 동생은, 형편없는 여자에게 걸려서 감당 못할 만큼의 돈이 필요하게 되고, 마음을 잘못 먹어 정도를 벗어나버렸다. 동생이 아무리 약삭빠르게 굴어봤자, 언제까지고 운이 붙어다닐 수는 없다.

동생도 또 어느 날엔가, 나와 똑같이, 돌이킬 수 없는 처지에 빠질 것이다. 빠르면 오늘밤에라도, 늦어도 서른 살이 되기 전에, 모든 것이 끝날지도 모른다. 목숨까지 잃지는 않는다 해도, 잠수병의 후유증에 시달리면서, 어머니와 베개를 나란히 하고 평생을 별채에서 보내는, 그런 꼴이 될지도 모른다.

욕망에 사로잡힌 형수는 아름답다.

작긴 해도 모양이 좋은 그녀의 유방 속에, 가득 울려 퍼지는 교접交接의 예고소리도 아름답다. 그녀의 눈동자에 비춰져 있는 옅은 색채의 풍경도, 봄의 포착할 길 없는 빛에 교란되고 있는 세월의 흐름도, 정말 아름답다. 아마노나다의 찬 조류에 밀려서 움직임을 멈춘 것처럼 보이는 물망천의 수면도, 삼천 년이 지나봤자 화산 폭발 이외에는 아무 일도 일어날 것 같지 않은 불변의 기척도, 또한 아름답다.

그 중에서도 두드러지는 것은, 강을 따라 뻗어 있는 하얀 길이다. 그것은 오 년 전에 내가 터덜터덜 걸어서 쿠사바 마을을 떠난 길이고, 그것은 이제부터 형수를 마중하러 오는 사내의 승용차가 달릴 길이고, 그것은 야에코가 막 낳은 아이와 함께 지나간 길이고,

그것은 아버지가 고기잡이하러 갈 때 반드시 지나지 않으면 안 되는 길이고, 그것은 어머니가 봐서는 안될 것을 봐버린 길이고, 그것은 또한, 변태성욕자가 얻어맞아 죽어 뇌수를 쏟으며, 물레방아 쪽으로 질질 끌려갔던 멋진 길이기도 하다.

그 변태성욕자는 이미 완전히 소멸되었다.

어디를 어떻게 찾아보아도, 망자로서의 그림자도 형태도 없다. 그 녀석뿐만이 아니라, 나는 아직 사후에도 여전히 쿠사바 마을에 머물고 있는 자와 부딪힌 적이 없다. 쿠사바 마을의 망자들의 영혼은 도대체 어디로 사라져버린 것일까. 하나같이 예의 바다거북에 의해서 가야 할 곳에, 아마노나다의 바다로 끌려가 해파리로 변한 것일까. 만일 그렇다고 한다면, 나는 언제까지고 쿠사바 마을에 머물겠다. 바다거북의 유혹 따위에 응할 생각은 추호도 없다.

나는 드디어 참된 자유라는 것을 손에 넣은 것이다. 나는 삼십 년 걸려 겨우 해방되고, 이제 아무도 나의 과거를 일체 따질 수 없는 입장에 있다. 이제 아무도 나에게 영향을 끼칠 수 없다. 이제는 아무도 나를 벌한다고 하는 따위의 불손한 짓을 할 수 없다. 설혹 그 변태성욕자를 죽인 것이 나라고 해도 말이다.

형수는 지금 그 살인 현장에 서 있다.

그러나 그녀는 이미, 오 년 전의 사건 같은 것은 완전히 잊고 있다. 이 오 년이, 그녀에게는 오십 년에 해당하는 것임에 틀림없다. 설혹 피비린내 나는 그 사건을 지금 당장 떠올렸다 해도, 당황해서 장소를 바꾼다거나, 그런 짓은 절대로 안 할 것이다. 그런 여자다. 그리고 또, 그녀가 거기에서 움직이려 하지 않는 것은, 인동초가 감긴 마른 소나무가 적당한 그늘을 만들고 있기 때문이기도 하다.

형수는 지금, 어머니가 자기가 낳은 아들과 딸이 발가벗고 껴안고 있는 장면을 목격한 바로 그 자리에 서서, 남편이 때려죽인다 해도 할말 없는 여자가 되려 하고 있다. 결혼기념일에 남편이 선물로 준 외제 손목시계를 보는 그녀의 눈은 여느 때와 달리 번뜩이고 있고, 얼굴은 험악해져 아까까지의 주저하는 마음은 흔적도 없이 사라지고, 이제는 시키는 대로 순종하기만 하는 그런 여자가 아니다.

갑자기, 빛 가운데에서 차가 나타난다.

흙먼지를 뿌옇게 일으키는 하얀 승용차는, 잔돌과 함께 상궤常軌라든가 분별 따위를 튕겨내면서, 무턱대고 돌진해온다. 그리고, 기세가 남아돌아 뒷바퀴가 옆으로 미끄러질 정도로 거친 급정거를 하는가 싶자, 눈깜짝할 사이에 형수를 조수석에 흡수해서, 범죄자의 차처럼 난폭하게 방향을 돌리고, 가자키리 다리 쪽으로 달려가 버린다.

지독한 흙먼지가 가라앉고, 배기음이 사라지자, 다시 큰 물레방아의 덜컹거리는 지루한 소리가 되살아나고, 어디에서인가 두루미의 멍청한 울음소리가 들려오고, 왠지 인동꽃 봉오리가 한 개만 봉싯 부풀고— 그 뒤에는— 그 뒤에는 아무 일도 없다.

*

용이 돌풍 속에서 몸부림치고 있다.

용은 잠시도 위협하는 자세를 흐트러뜨리지 않는다. 용은 아귀산을 뒤덮을 듯이, 무섭게 긴 허리를 비틀며 몸서리쳐지는 신음소리를 발하고, 종횡무진으로 난동을 피운다. 그러나, 그 녀석 주위에 농후하게 떠도는 생기라는 것은, 사실은 속임수에 지나지 않는다. 현세의 복잡하기 짝이 없는 구조를 간파하고, 어둠 속에 잠겨 있는 본질의 모든 것을 통찰하는 듯한, 무섭게 치켜뜬 눈 또한, 새빨간 가짜이다.

전체 길이 삼백 미터에 달하는 인공의 용에게 끊임없이 생명을 불어넣고 있는 것은, 아귀산의 강풍이고, 살아 있는 용처럼 움직이는 긴 연을 단 한 줄의 실로 자유자재로 조종하는 것은, 여생이 얼마 남지 않은 늙은이다. 위엄 있고 요란스러운 용머리 부분에서 튀어나오는 포효로 생각하는 만드는 소리는, 입 부근에 장치된 대나무 피리가 내는 소리이지만, 그러나 그것은 바야흐로, 아귀산에 서식하는 온갖 생물을 부들부들 떨게 하고, 맹수로부터 원숭이에 이르는 모든 짐승의 공포의 대상이 되고 있다.

두루미도 시로야마 공원 쪽으로 도망쳐갔다.

이렇게 해서, 쿠사바 마을의 제공권은 대나무와 기름종이의 집합체가 장악해버렸다. 용의 몸 가운데를 마음대로 빠져나가는 바람은, 비릿한 기류가 되어 높이높이 올라가, 하늘 끝으로 빨려 들어간다. 지친 석양은 문드러진 빛을 발하여 하늘 전체를 붉게 물들이고, 봄의 온당한 분위기를 사방에서 파괴하고 있다.

지금, 수상한 바람이 아마노나다의 조류처럼 소용돌이치는 이 황혼 나절에, 쿠사바 마을의 상공을 마음껏 떠돌 수 있는 것은, 아마 나뿐일 것이다. 그러나, 나는 넘쳐나는 자유라는 것도, 용연龍鳶과 똑같아, 필경은 허깨비에 지나지 않는다. 나 또한 보이지 않는 실로 복숭아밭 한가운데에 있는 낡은 이엉지붕 집에 꼭 매어져 있고, 불빛 반짝이는 시골 마을, 이 물의 고장[水鄕] 밖으로 나갈 수는 없다. 그렇다고 해서, 나와 쿠사바 마을을 단단히 묶어놓은 실을 잡아당겨줄 자가 있는 것도 아니고, 그것을 단숨에 깨끗이 잘라줄 자가 있는 것도 아니다.

조부의 손은 용龍을 다루기 위해서 달려 있다.

온몸이 반점투성이인 늙은이가 오늘도 여전히 원기 왕성한 것은, 손수 만든 연을 통해서, 가늘기는 하지만 튼튼한 실을 통해서, 쿠사바 마을의 물이 아낌없이 방출하는 생기를, 마치 산소처럼 전신에 끌어들이기 때문이다. 아귀산에 떠도는 수증기를 품은 충일한 소립자들이, 쭈글쭈글한 손을 통해서 조부의 메말라 비틀어진 영혼 속으로 깊숙이 스며들어, 미처 죽지 못해 살아가는 심신에 소생의 윤기를 주기 때문임에 틀림없다.

푸른 풀이 빈틈없이 메운 삼만 평의 목초지에 떼지어 있는 서른 마리의 말은, 어느 정도는 연으로 된 용에게 익숙해져 있지만, 그래도 아직 머리 위에서 몸부림치는 요괴를 무시할 정도는 못 되어, 포효소리가 강해질 때마다 불안에 사로잡히는, 평정을 잃고, 수놈인 백마를 축으로 방어의 원진圓陣을 편다.

거기에 있는 것은 여느 때의 조부가 아니다.

평상시에는 그렇게 말에 신경을 쓰는 조부가, 지금은 일을 팽개치고 연날리기 따위에 빠져 있다. 왜일까? 안감에 경문이 쓰인 망토가 방해가 되어, 여전히 조부의 가슴속을 엿볼 수는 없다. 실을 쥔 조부의 손이 부들부들 떨고 있다.

바람은 점점 강해지고, 말갈퀴라든가, 목초라든가, 너도밤나무가 크게 굽이친다. 조부는 결코 자기 분수를 모를 만큼 고집스러운 늙은이는 아니다. 그 증거로, 연을 지탱할 수 없게 될 사태에 대비해서, 실 끝을 자기가 앉아 있는 바위 머리에 이중 삼중으로 묶어두었다. 그렇지만 조부는 아직, 그 용이 망자한테밖에 보이지 않는 또 하나의 아귀산이 내뿜는 산의 사기邪氣를 빨아먹고, 연을 초월한 그 무엇인가로 변해가고 있다는 사실을, 아마도 모르고 있는 것 같다.

석양은 바야흐로 핏빛이다.

얼룩무늬의 진홍빛 구름은, 쿠사바 마을의 물이라고 하는 온갖 물에 선명하게 비치고 있다. 용까지 같은 색으로 물들고, 귀까지 째진 큰 입은 지금이라도 불꽃을 뿜을 것 같은 모습을 하고 있다. 한편, 조부 또한, 무위자연에 사는 평범한 노인에서, 그 이상의 그 무엇인가로 변하려 한다.

조부는 이 세상의 진리를 전부 깨달은 자는 아닐지 모르지만, 그러나 진리는 항상 조부 곁에 있다. 나는 그렇게 믿는다. 턱없이 모자라는 음식물로 기갈을 견뎌냈을 때에도, 마음고생이 지나쳐 쓰러졌을 때에도, 사병이라고 하는 굴욕적인 입장에서 저지른 살육의 악몽에 떨 때에도, 한파의 내습으로 옛 상처가 쑤실 때에도, 손자들이 차례차례 황당한 존재가 되어버렸을 때에도, 진리라는 녀석은 언제나 조부 바로 곁에, 마치 길바닥의 돌처럼 대수롭지 않게 뒹굴고 있었다. 그리고, 조부의 가슴속 깊이 숨겨져 있을 끝없는 번민은, 연실을 따라 용에게 도달하고, 딱 벌린 아가리에서 토사물처럼 내뱉어지고 있을 것임에 틀림없다.

그 누구한테도, 집안 식구한테도 결코 마음을 열지 않는 조부의 피는, 아버지 몸에도 틀림없이 흐르고 있고, 그 아버지의 둘째아들한테도 확실하게 이어졌다. 그러나, 조부도, 또 아버지도, 나와 같은 실수는 저지르지 않았다. 그들은 서른이 될 듯 말 듯한 그런 나이에 간단하게 목숨을 잃는, 그러한 실수는 저지르지 않았다. 둘 다, 훨씬 더 가혹하고, 훨씬 죽음이 가까이 다가왔던 시대를 어렵지 않게 살아남았고, 정체해 가기만 하는 현대에도 게이트볼 따위에 손을 대지 않고 살아가고 있고, 이제부터 본격적으로 찾아올 냉랭하게 썩어가는 시대에도 쉽게 살아남을 것이 틀림없다.

조부도 아버지도 죽을 것을 잊고 있다.

조부는 말과 함께, 화산에 녹아들어 있다. 아버지는 돛단배와 함께, 강이랑 바다에 녹아들어 있다. 이때까지 보고 싶지 않은 것만 지겨울 정도로 봐왔음에도 불구하고, 두 사람의 눈은 조금도 탁해지지 않았고, 또 어느 누구의 눈도 탁하게 만들지 않았고, 충족한 나날을 차곡차곡 쌓아가고 있다.

나로 말하면 이 지경이다.

겨우 삼십 년 살았을 뿐으로 어이없는 종언을 맞이해버린 나는, 집에서 강 하나 건넌 대나무숲 안의 낡은 오두막 안에서, 아무도 모르게 썩어가려 하고 있다. 쿠사바 마을 주민 중에서 이렇게 한심한 마지막을 맞이한 자는, 근래 오 년 동안에 아마도 둘밖에 없을 것이다.

나 말고는, 그 덩치 큰 변태성욕자 정도일 것이다. 아니, 그자보다도 내가 훨씬 더 비참한 최후였을지도 모른다. 덩치 큰 사내는 세밀하게 검시와 해부도 받았고, 친척이 조상의 묘에 묻어주었지만, 나는 아직 발견조차 되지 않았다. 내가 훨씬 더 죄가 많은 것이다.

내 죄는 변태성욕자의 그것을 상회하고 있다.

설혹 그 녀석이 야에코를 습격하고 풀밭으로 끌고 들어가, 마음껏 유린했다 하더라도, 그 죄는 그 죽음으로 충분히 보상되었고, 청산되었을 것이다. 그러나 내 경우는 다르다. 젊어서 길바닥에서 객사했다 해서 용서될 수 있는 일이 아니다. 나는, 나를 용서해줄 만한 사람을 찾아내려고, 혹은, 나를 용서해주지 않는 자를 어떻게 해보려고, 언제까지고 이렇게 쿠사바 마을에 머물고 있는 것일까? 그럴 리는 없다.

야에코는 여자고, 나는 남자다. 우리 둘 사이에 흐르고, 불탔던 것은, 순수하게 맑은 물과 불꽃이었을 뿐이다. 나는 그렇게 확신하고 있다. 나를 용서하지 못하고 있는 것은, 실제로는 나뿐일지도 모른다. 쿠사바 마을의 물은 훨씬 전에 나를 용서했고, 우리 가족 또한, 내가 집을 나간 그 다음 날에는 나를 용서해 주었을지도 모른다. 그렇다면 좋을 텐데.

아귀산은 자기자신의 그림자에 반쯤 숨겨져 있다.

그 그림자는 더욱 뻗어, 말과 목축지를, 마구간과 사료를 저장해 둔 은색 탱크를, 굴뚝에서 푸른 연기를 올리고 있는 오두막과 거대한 암반 위의 조부를 덮고, 바야흐로, 물망천의 일부를 아래에 깔고 있다. 그러나 돌풍을 받아 온몸을 꿈틀거리는 용은 여전히 빛 가운데 있고, 구름과 똑같이 붉은색으로 물들고, 칙칙하고 짙은 그 붉은색은 대나무봉 하나하나와 기름종이 한 장 한 장에 강렬하게 작용하여, 상궤를 벗어난 힘을 확실하게 부여해나간다.

용은 선善의 화신을 지향하고 있는 게 아니다.

용은 분명 악의 요마妖魔를 향해서 콜타르같이 시커먼 목숨을 부풀려가고, 조부로부터 빨아들인 사념邪念을 이용해서 체질을 바꾸려고 하고 있다. 그리고 눈에는 증오의 불꽃이 슬금슬금 불타기 시작하고, 일방적으로 당치도 않는 노여움이, 어지간한 바람으로는 끊어질 것 같지도 않는 튼튼한 실을 따라, 끊임없이 조부를 습격한다.
그러나 그것은, 마치 전류처럼 어스earth되어, 실 끝을 여러 겹 묶어놓은 창槍을 닮은 거대한 바위에 쉽게 흡수되어, 아귀산이 저장하고 있는 몇 억 톤 되는 지하수로 흩어져, 순식간에 약해져버린다.

용은 바람소리를 목소리로 바꾸어서 조부에게 묻는다.

용은 늙어빠진 촌놈한테 정면으로부터, 이 세상과, 이 세상에 있어서의 존재의 의미를 엄숙하게 묻는다. 그러나, 조부는 대답하지 않는다. 용은 그래도 여전히 집요하게 물고 늘어진다. 너라는 사나이는 쓸데없이 빈들빈들 나날을 보낸, 퇴영의 나날을 보내온, 다만 그뿐인, 벌레만한 가치도 없는 인간이다, 그렇게 단정하면서 조부를 도발한다. 네가 깊이 생각해보지도 않고 만든 아이와, 역시 똑같이 해서 태어난 손자와 증손자가, 네가 시중들고 있는 말들 이상으로 만족스러워하고 있다고 생각하는가, 라고 힐문한다.

조부는 침묵을 지키고 있다.

그렇게까지 정면으로 매도당해도 대답하려고 하지 않는 것은, 아픈 곳을 찔렸기 때문이 아니라, 조부가 상대방의 뱃속을 꿰뚫어보고 있기 때문이다. 용이 노리는 것은 그렇게 해서 시간을 벌고, 그 사이에 실을 약하게 만들어, 이때다 할 때에 단숨에 실을 끊고 하늘로 날아 올라가는 것이다. 용은 그렇게 언제까지고, 늙은이의 소일거리라고 하는, 노예 같은 처지를 감수할 생각이 없다.

바람은 그림자의 힘을 빌려 더욱 난폭하게 불어제친다.

질풍은 실을 자르기 전에, 연 그 자체를 공중분해시켜 버릴지도 모른다. 조부도 물론 너무 바람이 강하다는 사실을 알고 있었겠지만, 그렇다고 해서 겁을 내거나 하는 일 따위는 결코 없다. 한겨울을 꼬박 들여서 꼼꼼하게 만든 연이, 이까짓 바람에 그렇게 쉽게 질 리는 없다, 라고 조부는 믿고 있음에 틀림없다. 아마노나다에 부는 바람에 대해서, 보통 어부 따위는 도저히 미치지 못하는 식견을 지난 아버지와 마찬가지로, 조부 또한 아귀산에 부는 바람에 대해서는 일가견을 갖고 있다.

오늘의 연 놀이에는 특별한 뜻이 있다.

조부는 증손자의 탄생을 축하하고, 그의 건강한 성장을 기원하면서, 용을 하늘로 띄워올린 것이다. 그랬음에 틀림없다. 야에코가 출산하고 봄이 점점 더 깊어지고, 그 아이가 무사히 자랄 거라는 전망이 선 오늘, 그 엄마한테 대단한 육아의 의지가 있다고 확인된 오늘, 조부는 잉어기치를 세우는 대신에 자랑거리인 긴 연을 올려서 수많은 악귀를 내쫓을 것을 생각해낸 것이다. 틀림없이 그럴 것이다.

조부라고 하는 사람은, 망자의 모습에 매달리거나, 망자하고 안이한 타협을 하거나, 망자한테 아첨을 하거나 하는, 그런 어리석은 늙은이가 아니다. 조부라고 하는 사람은, 불단 앞에 정좌해서 합장하는 일도 없고, 조상의 묘에 꽃이나 향이나 복숭아를 바치고, 오로지 안락사를 기원하는 따위의 일도 하지 않는다. 조부가 믿고 의지하는 것은, 자기자신의 힘과, 자기의 손으로 쓴 반야경般若經의 힘뿐인 것은 아닐까? 조부가 한여름에도 입고 있는 까만 망토, 그것은 소리도 없이 갑자기 다가오는 죽음의 그림자를 내쫓고, 그리고 갈 곳이 없는 망자의 영혼도 뿌리친다.

조부의 관심은 살아 있는 자한테만 기울어진다.

목초지 안의 작은 집에 있는 모자母子는, 둘 다 발랄하다. 스토브의 타다 남은 불이 발하는 적당한 온기는, 젖을 빠는 어린 아기와, 더 없는 행복감에 자기도 모르게 한숨을 쉬는 엄마를 포근히 감싸고, 두 사람의 머리 위에 매달려 있는 선명한 색의 오르골이 달린 모빌을 천천히 회전시키고 있다. 거기에는 세상에 대한 체면 때문에 겁먹은 자도 없고, 고생하지 않고 목돈을 잡으려고, 그 어린아이의 아버지 이름을 알고 싶어하는 추접한 악당도 없다.

둘은, 아귀산과, 조부와, 말과, 푸른 풀과, 너도밤나무들과, 샘물에 의해서 확고히 보호받고 있고, 모친의 마음을 좀먹는 불안의 재료는 한 조각도 눈에 띄지 않는다. 야에코는 조금 마른 것 같다. 그러나, 그 때문에 젖의 양이 줄어버리는 그런 일은 없다. 누이동생의 가슴은 지금, 쌍둥이라도 키울 수 있을 만큼 넉넉한 모유와, 자기의 기대치를 훨씬 능가하는 것을 손에 넣은 끝없는 기쁨에 차서, 팽팽히 부풀어 있다.

야에코의 행복은 해마다 깊어가고 있다.

나는 엉뚱한 오해를 하고 있었는지도 모른다. 야에코가 불행했던 일 따위, 사실은 단 한번도 없었는지도 모른다. 자기의 불행을 한탄하지 않으면 안 되는 것은, 오히려 나인지도 모른다. 가족은 모두가 속세의 먼지에 휩싸이고, 시대의 격동에 휘둘리면서도 그것을 그대로 수용하고, 어쨌든 죽는 처지에는 빠지지 않았고, 그들은 그들대로 충족된 나날을 보내고 있다― 그런 것이 아닐까.

그런 것이 아닐까, 라고 나는 자문한다.

조부의 목숨이 위협받고 있다.

용은 이미, 해방되기 위해서라면 수단방법을 가리지 않을 시점에 몰려 있다. 이번 기회를 놓치면 다시 연 처지로 돌아가, 대나무 조각과 기름종이의 집합체가 되어, 당분간 광 속에 내버려두어질 수밖에 없는 것이다. 그러니까 용은 결심을 했다. 즉, 운좋게 실을 자를 수 없을 경우에는, 조부와 함께 자폭할 작정이다.

그러나, 나는 조부의 힘을 믿고 있다. 살아남는 데 도사이고, 죽음을 흘려보내는 달인인 조부가, 겨우 연 따위한테 당할 리가 없다. 빈사의 사람을 소생시키는 기술을 알고 있고, 또, 모든 노력이 수포로 돌아갔을 때 기분전환하는 방법을 체득하고 있는 사나이, 그것이 조부다. 병자가, 부상자가, 고령자가 눈앞에서 숨을 거둔 바로 그 다음 순간에, 아직 그 자의 폐에서 토해낸 공기가 그 주위를 맴돌고 있는 동안에 포기해버릴 수 있는 사나이, 그것이 조부다.

조모의 임종 때가 그랬었다.

조모는, 긴 생애에 있어서의 마지막 호흡을 마침과 동시에, 수십 년 같이 산 남편으로부터 그 즉시 버림받았다. 그리고 몇 분 뒤 조모는, 우리 가족의 일원으로서의 신성한 망자가 아니라, 얼른 치워버리지 않으면 안 되는 귀찮은 존재로 다루어졌다.

조부에게는 얼굴에 나타날 만한 슬픔이란 없다.

도대체 조부한테 슬픔이라고 하는 감정이 있는지조차 의심스럽다. 조부는 반려자가 죽은 그날 밤에, 내가 말 시중을 들겠다고 말했음에도 불구하고, 아귀산으로 돌아갔고, 가을이 다 가도록 한 번도 얼굴을 비치지 않았다. 말을 실은 대형 트럭이 줄줄이 산을 내려와, 가자키리 다리를 건너서 눈이 없는 따뜻한 지방으로 출발한 뒤에야, 조부는 얼마 뒤 바람처럼 살짝 집에 돌아와, 한겨울을 같은 지붕 아래서 우리들과 함께 지냈다.
그러나 별채에는 결코 가까이 가지 않았고, 근처의 노인들의 정말 노인스러운 모임에도 얼굴을 내밀지 않고, 오로지 부지런히 연을 만들었다. 용의 허리는 나날이 길어지고, 이윽고 눈 녹은 물로 물망천의 소리가 중후해지고, 얼어붙어 있던 세 바퀴 큰 물레방아가 꺼먼 기름이 듬뿍 칠해져서 드디어 돌기 시작한 날 아침 일찍, 조부는 가족의 여러 뜻이 담긴 눈초리와 막 떠오른 태양빛을 등에 지고, 다시 아귀산으로 돌아갔다.

그러나, 오 년 사이에 조부는 변했다.

예전에는 말과 말에 관계되는 사람밖에 가까이 오지 못하게 하던 조부가, 지금은 말과 완전히 무관한 손녀와 증손자를 받아들이고 있다. 야에코 쪽에서 어거지로 밀어닥쳤는지, 조부 쪽이 갈 곳이 없는 야에코를 불러들였는지, 혹은 또, 우리 형이 부탁해서

할 수 없이 데리고 있는 건지, 저간의 사정은 전혀 모르겠고, 알고 싶지도 않다. 그러나, 조부가 변한 것만은 확실하다.

우리 가족은 이분화되어 있다.

아니, 동생이 집으로 돌아오지 않게 되고 나서, 세 개로 갈라져버린 셈이 된다. 아니, 그렇지 않다. 나를 포함하면 네 개로 갈라진 셈이다. 이래가지고는 이제 가족이라고는 할 수 없을 것이다. 그러나, 이런 것이 자연스러운 추이라고 하는 것인지도 모르겠다. 세상에 얼마든지 있는 극히 흔한, 가족이라는 것이 가야 할 길을, 우리 가족도 또한 똑같이 가고 있는 것인지도 모른다. 갈 자는 가고, 남는 자는 남고, 죽는 자는 죽고, 사는 자는 살고, 낳는 자는 낳고─ 다만 그뿐이지, 나 같은 자가 말참견을 할 여지는 아무데에도 없고, 또, 원래 나한테 그런 자격 따위는 없다.

그래도 여전히 나는 쿠사바 마을에 구애拘礙 받는다.

그러나, 쿠사바 마을의 물은 이 나한테 아무런 감정도 없고, 가족은 모두가 나를 잊어가고 있다. 그렇지만 내 편에서는, 한 방울의 물, 한 줄기의 빛, 한 줄기 바람, 한 조각 구름과 함께 언제까지고 쿠사바 마을에 머물고, 지금도 이렇게 해서, 이미 연이라고 할 수가 없는 용과 함께, 석양에 붉게 물든 하늘을 몸부림치며 떠돌고 있다. 용은 들이마신 질풍과 조부로부터 빨아들인 사악한 마음을 불꽃으로 바꾸어 뿜어내고 있고, 나로 말하자면, 자포자기 한 질풍이 되어 광란하고 있다.
 그러나, 바위 꼭대기에 혼자 묵연히 앉아 실을 조종하는 늙은이는, 전혀 동요하지 않는다. 조부가 실을 꽉 잡아당기기만 해도, 용의 힘은 반감되고, 바람의 기세조차 죽어버린다.

*

 말의 마음은 목초만큼 산란하지는 않다.

 말들은 서서히 평온함을 되찾고, 원진을 풀어간다. 요사스러운 별의 출현에 두려워 떨었을 때에 비하면, 침착함을 되찾기까지의 시간은 훨씬 짧다. 어느 말이나 하늘을 올려다보는 횟수가 줄어가고, 이윽고 제각기 자기들이 좋아하는 장소로 흩어져, 맛좋고, 싱싱하고, 자양분이 풍부한 푸른 풀을 조용하게 먹기 시작한다. 배에 새끼가 들어 있는 스물아홉 마리의 말은, 야에코와 야에코가 낳은 어린 아기에게 강한 관심을 나타내고, 자기도 모르는 사이에 오두막집으로 이끌려가, 가끔 머리를 들고 귀를 기울여, 자기 아이를 귀여워하는 엄마의 소리가 날 때마다, 황홀하게 도취된다.
 용이 악이 받쳐 발하는 염세와 폭력과 암흑의 상징인 울음소리도, 긴 연에게 사악한 생명을 불어넣어 주고 있는 또 하나의 아귀산의 바람도, 이 봄에서 여름에 걸쳐 훌륭한 새끼를 낳게 되어 있는 말들에게는, 허깨비의 위협에 지나지 않는 잡음일 뿐이다.

온 하늘이 석양으로 불타간다.

다홍빛의 태양광선은 물망천을 물들이고, 물망천 형태를 흉내내어 온몸을 꿈틀거리는 긴 연을 물들이고, 쿠사바 마을 전체를 물들이고, 아마노나다를 메우는 파도 하나하나를 물들이고, 크고 완만하게 굽이치는 대나무숲과, 그 깊숙한 곳에서 떠도는 죽음의 기척을 새빨갛게 물들여간다.

꾸불꾸불한 산길 또한 붉다.

목축지로 통하는 험준한 산길을 느릿느릿 올라오는 경트럭도, 붉게 물들어 있다. 그것은 이윽고 너도밤나무 원시림으로 빨려들어가, 다시 나타났을 때에는, 이미 조부의 관할권에 들어와 있다. 운전석에서 내린 것은 아버지다.

아버지는 말들이 놀라지 않도록, 잠시 동안 울타리 앞에 서 있는다. 아버지는 우선 하늘의 긴 연을 올려다보고, 그 다음에, 이상한 불안감을 느끼면서, 용과 대결하고 있는 조부를 똑바로 바라본다. 조부는 아들을 보려고도 하지 않고, 눈길 한번 주지 않고, 그 눈은 괴물의 움직임을 감시하고 있다.

아버지는 조수석에서 두 개의 짐 꾸러미를 끌어내린다.

하나는 보자기 꾸러미이고, 또 하나는 우리집에 옛날부터 전해

내려오는 제일 좋은 그림이 그려진 접시이다. 작은 논이라면 한 필지는 살 수 있을 만큼 값이 나간다고 할머니가 입버릇처럼 말하던, 경사스런 일에밖에 사용되지 않는 그 큰 접시에는, 빼곡히 조릿대 어린잎이 깔려 있고, 조릿대잎 위에는 접시에서 튀어나올 정도로 크고 멋진 가자미가 놓여 있다.

아버지는 보자기 꾸러미는 등에 지고, 접시는 양손으로 정중하게 들고, 발로 울타리 문을 열자, 삼만 평 넓이의 왕국을 조용하게 가로지른다. 말들이 싫어하는 것은 아버지가 아니라, 아버지가 아귀산에 들고 온 아마노나다의 생선 비린내다. 모든 말이 풀 뜯기를 중단했지만, 그렇다고 해서 갑자기 뛰기 시작하는 그런 짓을 하지는 않는다.

아버지는 힘껏 소리친다.

큰 바위 바로 아래까지 온 아버지는, 큰 접시를 높이 들어 보이고, 무엇인지 소리친다. 그러나 그렇게 큰 목소리도, 용의 포효와 바람을 끊는 실 소리에 지워져버린다. 아버지는 계속 소리친다.

겨우 알아차린 조부는, 목을 거북이처럼 내밀어 머리가 허연 아들을 내려다보고, 눈길을 방석 모양의 훌륭한 생선으로 옮기자, 깊숙이 끄덕이고, 그리고 나서, 핏빛에 물든 하늘에서 난동치고 있는, 생선보다 천 배 만 배 비린, 난폭한 상대를 무섭게 노려본다. 아버지는 보퉁이 안의 내용물에 대해서도 얘기했지만, 바람이 방해가 되어 조부 귀에는 들리지 않는다.

아버지는 발길을 돌려, 이번에는 오두막으로 향한다.

흐릿한 어두움 속에서, 가자미가 희미하게 떠오른다. 아버지는 오두막 속에 들어가지 않는다. 말을 걸거나 하지도 않는다. 축하품 두 개를 문가에 가만히 늘어놓자, 딸이랑 손주 얼굴을 보지 않고, 창 너머로 안을 엿보는 그런 짓도 하지 않고, 묵묵히 되돌아간다.
 그러나, 그 발걸음은 결코 무겁지 않다. 또, 어부로서의 긍지를 산에서도 잊지 않겠다는, 그런, 어깨에 힘준 걸음걸이도 아니다. 어느 틈엔지 평범한 부친으로 돌아간 아버지는, 기쁨과 슬픔에 반씩 지탱되어, 등을 돌풍에 밀리면서 돌아간다.

아기 울음소리가 아버지를 되돌아보게 한다.

아버지가 울타리 밖으로 나가, 경트럭 문에 손을 댄 바로 그 순간, 젖먹이의 봄을 능가할 만한 힘찬 소리가 기세 좋게 오두막에서 튀어나왔고, 그것은 불꽃이 작렬하는 것처럼 퍼질 만큼 퍼지고 나서, 선명하게 흩어진다. 그러자 아버지는 주술에 걸린 것처럼 모든 움직임을 멈추고, 눈을 감은 채, 첫손주 소리에 마음의 귀를 기울인다. 아버지 그림자가 가늘게 떨리고 있다.
 이윽고 아버지는, 가슴속에 오랫동안 고여 있던 정체 모를 그늘이 한꺼번에 소멸하는 것을 느낀다. 그리고 상쾌한 기분이 되어, 혹은, 시장에 내다 팔면 적어도 두 달치 담뱃값은 되었을 가자미가 초라하게 느껴질 정도의 보답을 받은 기분이 되어, 신기하게도 흰 이를 내보이면서 씩 웃는다.

아버지가 돌아가고 곧 오두막 문이 열린다.

아주 조금 열린 문틈으로 가냘픈 오른손이 밖으로 내밀어지고, 손가락 끝이 큰 접시 가장자리와 보자기 꾸러미의 매듭을 만진다. 그러나, 한 손으로는 들 수도 잡아당길 수도 없다고 깨닫자, 문은 좀더 크게 열리고, 다른 한쪽 손도 나온다. 그때다.
그때, 용을 난동치게 하고 있던 아귀산의 바람이, 두들겨 패듯이 지상에도 불어닥치고, 조부의 망토 자락을 휘날리고, 오두막 문을 탕 하고 한꺼번에 열어젖힌다. 야에코는 순간 발을 써서 문을 누르고, 가자미와 보따리를 잡기 위해 허리를 숙이고, 그대로의 자세로, 아버지를 빨아들인 너도밤나무 숲을 가만히 바라본다. 그러자, 야에코의 전신이, 나조차도 알 수 없는 격렬한 힘에 휘말리고, 손과 다리가 아름다운 떨림으로 휩싸여간다. 동시에 삼천 그루나 되는 너도밤나무 거목들이, 일제히 가지를 흔들면서 어린잎을 떨게 하고, 뿌리 근처에 자라는 별꽃까지 떨게 해서, 야에코를 심하게 동요시킨다.

지상의 바람이 다시 하늘로 되돌아간다.

이윽고 야에코는, 아무 말 없이 돌아간 아버지의 딸로서가 아니라, 아기 엄마로서의 입장을 생각하고, 큰 접시와 보자기 꾸러미를 재빨리 오두막 안으로 옮기고, 문을 꼭 닫는다. 아기는 가자미와 새 잉어기치를 보자 울음을 그치고, 목축지 일대는 다시 한번 잎사귀 스치는 소리와 용의 포효소리에 싸인다.

조부는 아버지를 시원찮게 보고 있지 않고, 아버지는 야에코를 못 본 척하지 않는다. 그리고, 3세대의 넘칠 듯한 자애는, 남김없이 신생아에게 쏟아진다. 그 아이의 부친이 도대체 어디의 누구이든, 그 녀석이 그 아이의 아버지로서 어울리는 놈이든 말든, 그런 일은 가족 중에 어느 누구도 마음쓰지 않는다. 그리고 또, 우리집에는 그 아이의 출생을 끝까지 숨기려고 하는 그런 움직임도 없는 것 같다.

야에코가 늘려준 가족의 일원, 잘 자랄 것임에 틀림없는 뼈대가 굵은 영아, 그는 지금 복숭아꽃 무늬의 작은 이불에 뉘어져, 적어도 십 그램 이상의 체중의 증가가 예상되는 내일을 향해, 편안한 잠에 들려는 참이다.

태양이 내일을 향해 떨어져간다.

석양의 붉은빛은 급속히 흐려지고, 그림자도 희미해지고, 대신, 쿠사바 마을의 등빛이랑 조부의 오두막 굴뚝에서 올라오는 불꽃가루가, 점차 선명해진다. 풀뜯기를 그만둔 스물아홉 마리의 암말은, 늙은 숫백마를 좇아, 천천히 마구간 쪽으로 향하고 있다. 조부는, 바위 꼭대기에 소나무처럼 확고하게 서서, 재빨리 연실을 감고 있다.

오두막 안에서는, 야에코가 온 등에 자기 아이의 숨소리를 느끼면서, 잘 간 부엌칼을 가자미의 하얀 배에 미끄러지듯 집어넣고 있다.

용은 포기해버린 것이 아니다.

용은, 그대로 얌전하게 지상으로 끌려 내려와 언제나와 같은 하루를 언제나처럼 마치고, 다음 기회를 노리는, 그런 느긋한 생각을 하고 있는 게 아니다.
용은 조부를 조소하고, 매도하고, 도발하고, 폭력을 휘두를 것을 촉구한다. 즉, 네 손으로 증손자를 처치하라,고 말한다. 될 수 있는 대로 빨리 아귀산 분화구에 던져버리라,고 말한다. 부끄러운 자손이라는 사실을 모르느냐,고 말한다. 할 수 있다면 아이 엄마도 함께 처치해버리라,고 말한다. 아니면, 무엇 때문에 이때까지 살아왔는지 알 수 없는 신세가 되어버린다,고 말한다. 너 자신을 위하고, 집안을 위하고, 그 둘을 위한다면, 지금 곧 해치워야 한다고 말한다. 너라면 할 수 있을 것이다,고 말한다. 살인에 익숙한 네가 못할 리 없다,고 말한다.

그러나, 조부는 완고하게 귀를 기울이지 않는다.

저녁식사 냄새와, 스스로 마구간에 들어간 말들의 침착함과, 이제부터 밤을 향해서 시작되려고 하는 아귀산의 적막함이, 조부의 긴장을 이완시킨다.

그러자, 조부에게 틈이 생긴다. 자기가 어디에서 무엇을 하고 있는지, 이때까지 어떻게 해서 살아남을 수 있었는지, 그러한 사실을 잠시 잊어버린다. 용이 그 일순을 놓칠 리가 없다. 망자한테밖에 보이지 않는, 또 하나의 아귀산에서 불어닥치는 폭풍의 힘을 빌려, 지금이 운명의 갈림길이라고, 용은 삼백 미터나 되는 허리를 비비 꼬며 단숨에 공격하며 나온다.

용은 부정否定의 힘을 실에 모은다.

자멸을 각오하고, 대나무 조각과 기름종이 더미로 돌아갈 것을 두려워하지 않고, 이 세상을 정면으로 거부하는 어두움의 힘을 결집시켜, 용은 실을 꽉 잡아당긴다. 조부의 가는 몸이 앞으로 기울어지고, 크게 흔들렸지만, 거꾸로 굴러 떨어지는 사태는 간신히 모면하고, 그러나, 실이 바위에 묶인 지점에서 뚝 끊겨져버린다. 조부는 질질 굴러 떨어져 내리고, 그 바람에 망토가 젖혀져, 경문經文에 가리어져 있던 마음의 한구석이 언뜻 보인다. 그리고 뽑아낸 복숭아밭 말뚝을 누군가의 머리에 힘껏 내리치는 조부의 팔이랑, 큰 물레방아에 묶인 변태성욕자의 축 늘어진 너무 긴 팔이, 분명하게 보이고, 확실하게 보이고, 아니, 보인 것처럼 생각되고, 아니, 그럴 리는 없고— 그러나, 부드러운 목초와 부드러운 땅이 늙은 몸을 살며시 받아들였을 때에는, 이미 까만 망토는 다시 조부의 과거를 남김없이 덮어 감추어버린다.

조부의 위기가 사라진 것은 아니다.

몸이 두 바퀴 세 바퀴 굴렀을 때, 연실이 꽉 목에 감긴다. 그것은 손을 놓아버려도 소용없을 정도로 깊이 파고 들어가 가차없이 늙은이의 목숨을 조인다. 혈액의 흐름이 여기저기에서 흐트러지고, 뇌세포라는 세포는 일제히 당황하고, 조부를 그렇게 경원하던 죽음이 가까이에 다가온다.

그까짓 일로 뻗을 조부는 아니다.

조부는, 쓸모없이 그저 세월을 보내고, 단지 운이 좋아서 장수한 그런 사내들하고는 다르다. 갑자기 엄습해온 부조리한 죽음과 당당히 대결하고, 그리고 그것을 언제나 튕겨내던 조부는, 의식이 몽롱해져가는 동안에도 해야 할 일을 잊지 않고, 정신을 잃기 직전에 반격으로 돌아선다. 해가 있는 동안 쭉 조부 허리에 매달려 있던, 어디에나 있는 시원찮은 날붙이하고는 차원이 다른, 가지치기용 낫이 눈에 보이지 않는 속도로 빼내어졌는가 싶자, 퉁 하는 소리를 내면서 실과, 석양과, 죽음을 단번에 잘라버린다.

패배한 하늘의 요괴는 암흑의 힘을 잃는다.

그 녀석은 흐물흐물해져, 쓰레기로 화하고, 열풍에 날려 끝없이 날아올라간다. 그 녀석은 해방되었다고 하자면 분명히 해방된 것이다.

그러나, 결국 연 이상의 그 무엇이 되지 못했고, 지금은 긴 연으로서의 형태조차 잃어버리고, 가시 돋친 대기에 농락당하면서, 십악十惡과 십선十善의 피안으로 날려가고 있다. 실에 묶이고, 그 실을 조종하는 자가 있음으로써의 자기라는 사실을 깜박 잊은 그 녀석은, 용은커녕, 연으로서의 생명까지도 드디어 잃어버리고, 이제는 신음소리도 발하지 못하고, 이제는 불꽃도 뿜지 못하고, 나 같은 놈과 함께 상승기류의 소용돌이에 휘말려, 하릴없이 고도를 높여갈 뿐이다.

일어나는 조부의 모습이 점처럼 작게 보인다.

오두막도, 마구간도, 사료 탱크도 콩 크기로 축소되고, 아귀산도, 살아 있는 자는 식별하지 못하는 또 하나의 아귀산도 금방 멀어지고, 용처럼 구불구불 흐르는 물망천도, 망자를 삼키고 시치미를 떼고 있는 깊은 대나무숲도, 반도 한 귀퉁이를 조그맣게 차지하고 있는 나의 쿠사바 마을도, 그 모든 것이 석양빛에 비추어진 이승의 모형정원miniature garden이 되어버린다. 그리고, 긍정의 힘을 상실한 태양이, 있다고도 없다고도 할 수 없는 내일을 향해서, 끈질기게 버틴 셈치고는 싱겁게 툭 떨어진다.

그러자, 미처 지지 못한 노을은 푸른색에서 감색, 감색에서 흑색, 흑색에서 칠흑색으로 변하고, 그렇게 불어제치던 바람이 딱 멈추고, 이미 원형을 잃어버린 연은 갑자기 급강하를 시작하여, 일 미터마다 비린내가 더해가는 속세로 떨어져 가, 드디어 물망천 강가에 격돌한다. 그러나, 그것을 목격한 쿠사바 마을 주민은 하나도 없고, 이상한 낙하물에 놀라 날아오른 물새도 전혀 없다.

연은 강기슭을 씻는 물결에 분해된다.

기름종이는 대나무 줄기에서 떨어져나가고, 대나무 줄기는 물을 머금어 불어오르고, 뜻밖의 먹이인 줄 착각해서 모여든 잔챙이에게도 외면당하고, 무참한 모습을 드러낸 채 본류로 끌려들어가, 찾아온 밤을 빠져나가, 천천히 바다를 향해서 떠내려간다. 그러나, 아마 노나다 바다까지 도달할 수 있을지 어떨지는 확실치 않다. 나는 용이 되지 못한 연을 저버렸다.

어스름 달이 물망천에 녹아들고 있다.

쿠사바 마을은 벌써 하루 활동의 8할을 마쳤고, 8할 정도의 사나이들은 일하기를 그만두고 각자의 둥지로 돌아가 쉬고 있거나, 아니면, 돌아가는 도중이다. 그들의 나날의 노동은 결코 쉬운 것이 아니고, 보람이 있는 일이라고 할 만한 것도 못되지만, 그러나, 말도 하기 싫을 정도의 피로와, 인간으로서의 존엄을 유지하지 못할 정도의 굴욕 때문에, 영혼까지 갈기갈기 찢겨져버리는, 그런 것은 아니다.

물 위에도, 둑 위의 길에도 사람 그림자는 없고, 세 바퀴의 큰 물레방아는 실로 안정된 회전을 유지하며, 수정시계보다도 더 정확히 이 세상의 시간을 새기고 있고, 오늘 아버지가 첫손자의 탄생을 축하하기 위해서 어망을 바다 밑까지 가라앉혀 가자미를 잡은 돛단배는, 여느 때의 낡은 잔교에 매어져 소리도 없이 흔들리고 있다.

보풀이 일어난 어망의, 언제나 물에 잠겨져 있는 부분에는 환상적인 물이끼가 빽빽이 자라 있고, 그것을 파란 잔챙이가 떼지어 몰려와 왕성하게 먹고 있다.

강에도, 바다에도, 가족의 기척은 없다.

한밤에만 바다로 나가는 동생은 지금쯤, 여우골목 안의 단골 술집에 틀어박혀, 내장절임을 안주로, 소주를 벌컥벌컥 마시고 있을 것이다.

아귀산록의 오두막에서는, 조부와 누이동생이 램프를 가운데 두고, 가자미회와 조림을 만끽하고 있을 것이다. 축하용품으로 더할 나위 없는 그 생선은, 모친의 풍만한 몸을 통해 아기의 체중을 확실하게 늘게 하고, 나아가, 연실에 조여졌던 노인의 목에 난 상처의 통증을 하룻밤 새에 완화시켜버릴 것이다.

집에서는, 아버지가 텔레비전에 차례차례 비쳐지는 세상과 현실의 단편을 꿈꾸는 듯한 심정으로 바라보면서, 형수가 만들어준 문어 초회를 먹고 있을 것이다. 별채의 어머니는, 복숭아꽃 향기와 연못 금붕어에 내리 쪼이는 엷은 달빛과, 바닥없이 깊은 편안함을 반찬으로, 나무순을 듬뿍 사용한 오늘의 마지막 식사를 하고 있을 것이다.

그리고 형은— 웬일인지 형은 오늘밤에는 아직 돌아오지 않았다.

*

야생 원숭이떼가 계곡의 강을 건너고 있다.

맨 처음 건강한 숫원숭이가 여울을 골라 건너고, 그 뒤를 암원숭이와 새끼 원숭이가 쫓아간다. 아귀산 속에서도 가장 깊은 계곡 아래를 이동하는 원숭이들의 등은 달빛을 받아 반짝이고, 그 아름다움은 만추의 석양빛에 비춰진 참억새풀 이삭의 굽이침에도 결코 지지 않는다. 바위에서 바위로 뛰어 옮기는 원숭이도 있고, 물보라를 올리면서 어거지로 계류를 가로지르는 원숭이도 있다.

그들은 침묵한 채이다.

수십 마리나 되는 큰 무리이지만, 한 마리도 소리내지 않고, 조금도 흐트러지지 않고, 그 무거운 긴장감은, 태어난 지 얼마 안 되는 새끼 원숭이한테까지도 침투되어 있다. 그러나, 원숭이들을 이렇게까지 겁먹게 한, 적의 모습은 아무데에도 없다. 동면에서 깨어난 뒤 계속 신통한 먹이를 찾지 못한 반달곰도 근처에 보이지 않고, 수렵기 따위 상관없이 총을 쏴대고 싶어하는 사냥꾼도 보이지 않고, 또 아귀산의 이변을 알리는 징조인 진동이 있는 것도 아니다.

공포의 원인은 그들 안에 있다.

무리를 이끄는 한쪽 귀뿐인 큰 원숭이, 그 녀석 담이 작기 때문에, 전체가 동요하는 처지에 빠져버렸다. 바로 얼마 전까지 여느 날 밤처럼 좋아하는 칠엽나무 위에서 잠자던 큰 원숭이는, 문득 눈을 뜬 순간, 갑자기, 자신이 원숭이 이외의 아무것도 아니라는 사실을, 새삼스럽게 깨달았던 것이다. 잔별까지도 분명하게 보이는 밤하늘 아래에서, 자기가 이 세상에서 어느 정도의 존재인가 하는 것을, 갑자기 절실히 깨달은 것이다.

깨닫지 않으면 비극이 아니다.

밤마다 나무에 매달려 잠자는 신세의 덧없음을 깨닫자, 그것은 곧장 정체가 불분명한 공포로 바뀌고, 큰 원숭이는 온몸의 털이 거꾸로 섰다. 결코 동요해서는 안 될 통솔자의 허둥거림은, 겨우 한두 번 숨쉴까말까 하는 사이에, 번개 같은 속도로 그의 지휘하에 있는 원숭이 모두에게 전달되었고, 그렇게 해서, 때 아닌, 그리고도 무의미한 이동을 초래하게 되었다.

계곡의 강을 건넌 원숭이는 벼랑에 매달린다.

절벽에 가까운, 날카로운 벼랑을, 다갈색의 푹신한 털에 뒤덮인 짐승들이, 차례차례 기어올라간다. 그 동안에도 그들의 공포는 점점 더 커져가고, 시선은 초점을 잃고, 얼굴은 일그러지고, 드디어는 새끼 원숭이를 업은 어미 원숭이가 절규해버린다. 비통하기까지 한 절규는 이끼가 무성한 계곡 가득히 울려퍼지고, 수많은 돌이랑 바위에 튕겨져, 아귀산과, 또 하나의 아귀산에 은은한 산울림이 되어 퍼져나간다.

그러자 다른 원숭이도 거기에 이끌려서 절규하고, 증폭되어 사방팔방에서 되돌아오는 자기 목소리에 겁먹어 전전긍긍하며, 마치 달리 도망칠 곳이 없는 것처럼, 평상시는 가까이 가지도 않는 위험한 낭떠러지를 줄줄이 기어올라간다.

누군가와 닮았다.

그러한 원숭이들의 등 모습과 움직임이, 우리 집안 식구 중의, 우리 가족 중의 한 사람하고 똑같다,고 나는 생각한다. 그리고 누구하고 닮았는지 생각났을 때에는, 야생 원숭이떼의 모습은 한 마리도 남김없이 사라져버렸고, 아귀산의 도깨비가 휘두른 큰 낫의 일격이 만들었다고 전해지는 깊은 계곡 그 자체도, 어느 틈엔지 홀연히 사라져버렸다. 그리고, 나는, 이미 맑은 물과 함께 흐르는 자가 아니다.

나는 더러운 하수와 함께 개천에 고여 있다.

쿠사바 마을에서 단 한 군데뿐인 번화가, 여우골목이라고 옛날부터 불리는 생활오수가 고여 있는 한 귀퉁이, 악인과 악취와 악성 질병이 둥지를 틀고 있는 지저분한 환락가, 자궁을 연상하지 않고는 못 배기는 넓게도 좁게도 느껴지는 꼬불꼬불한 골목, 거기는 어젯밤과 똑같이, 싼 술에 대취해 고주망태가 되어 비틀거리는 사내들로 메워져 있다.

나는 그들 가운데를 방황한다.

술 취한 자는, 탁한 목소리로 고래고래 소리지르며 진퇴유곡에 빠진 인간을 요란하게 연기해 보이고, 장소를 가리지 않고 토해대고, 정신을 잃고 여기저기에 쓰러져, 흔해빠진 자학의 말을 투덜투덜 중얼거린다. 그렇다고 해서 그들은, 앞날을 걱정하는 자들도 아니고, 혹은, 생활고에 허덕이는 자들도 아니고, 또 다른 여자 때문에 심각하게 가슴 아파하는 그런 자들도 아니다.

이 남자들을 취하게 한 것은 봄바람이다.

섭씨 17도 되는 밤바람에, 그들은 크게 상궤를 벗어나 있다. 그러나, 그들은 아주 사소한 울적함을 달래기 위해 마셨을 뿐이고, 단지 그뿐이고, 다른 뜻은 없다. 싸게 치는 단순한 그 향락은, 약간은 울적한 나날을 보내지 않으면 안 되는 보통 사나이들의 내일을, 거의 확실하게 보장해준다.

낯익은 얼굴이 여럿 있다.

그렇지, 저 녀석은 고등학교 동창생이고, 저 녀석은 함께 문학을 지향했던 친구고, 분명히 저 녀석은 쿠사바 마을의 복숭아를 매년 도시로 실어가는 트럭 운전수고, 분명히 저 녀석은 행실이 좋지 않은 것으로 평판이 자자한 구청 서기이고, 그렇지 저 녀석은 살해된 변태성욕자의 친척이고— 일일이 거론하는 것도 귀찮을 정도로 아는 얼굴뿐이다. 그들은 전부, 사실은 보기보다 훨씬 기분 좋게, 취해 있다.

만일 진짜로 술 취한 자가 이 여우골목에 있다면, 단 한 사람뿐이다. 어렸을 적에 딱 한 번 본 적이 있는 행려병자 같은 모습으로, 개천을 덮은 판자 위에 늘어져 있는 양복을 입은 사나이, 그가 그렇다. 그 녀석의 위축된 등은, 겁에 질려서 절벽을 기어올라가는 야생 원숭이하고 똑같지만, 그러나, 아무리 달빛이 비춰도, 아무리 네온사인 빛이 비춰도, 결코 반짝반짝 빛나지는 않는다.

완전히 대취해버린 형은 반쯤 정신을 잃고 있다.

실수 없이 살아가는 데 달인인 형이, 하필이면 이런 곳에서 곯아떨어져 있다. 이제는 동생조차도 좀처럼 하지 않는 짓을, 형이 하고 있다. 바닥이 닳아빠져 채 한 달도 가지 않을 것 같은 구두, 동생이 도박에서 크게 땄을 때 가족에게 나눠준 천박스런 손목시계, 굵은 밧줄이나 죽은 율모사를 매는 쪽이 훨씬 나을 듯싶은 넥타이,

꽤 오랫동안, 오 년 전부터 입고 있는 양복, 후줄근한 양복에 싸인 힘줄이 튀어나온 몸, 만성 위염에 시달리는 가냘픈 몸속에 맺혀 있는 무거운 번민 덩어리, 틀림없이 형이, 이런 곳에 자빠져 있다.

형의 위장은 알코올의 바다다.

위벽에서 직접 흡수된 맥주랑 소주랑 위스키 따위가, 분노의 혈액과 함께 온몸을 돌고, 뇌를 마비시키고, 마음의 세포를 확실하게 죽여가고 있다. 그것은 접대 술 따위가 아니다. 이해관계가 있는 누군가의 눈치를 살피고, 비위를 맞추기 위해서가 아니라, 형은 형 자신을 위해서 마셨던 것이다. 부근에 쓰러져 있는 다른 술꾼들과 똑같이, 형을 걱정해주는 자는 아무도 없지만, 그러나, 보살피는 척하면서 품 안의 물건을 슬쩍하는 녀석들도 없다.
여기는 쿠사바 마을이다. 여기는 막판까지 내몰린 자들이 득실거리는 도회지가 아니다. 이윽고, 형의 한쪽 눈이 조용하게 떠진다. 형의 의식을 회복시킨 것은, 사는 것을 그만둔 바로 아랫동생의 기척이 아니라, 개천을 덮은 판자 틈새에서 새나오는 암모니아의 강렬한 냄새다. 그리고 나서 형은 다른 한쪽 눈도 뜨고, 시뻘겋게 충혈된 그 눈으로, 머리 위의 네온사인을 말끄러미 쳐다보고, 이 세상에서 가장 아름다운 빛을 발견한 듯한 얼굴로, 언제까지고 언제까지고 바라보고 있다.

형의 황홀한 표정이 일순간 변한다.

형은 갑자기, 독이 든 떡을 먹은 들개처럼 배를 출렁이고, 위장 속의 내용물을 왈칵 토해낸다. 토할 때마다 고뇌의 형상이 증폭되고, 눈동자가 뒤집히고, 윗몸이 앞으로 앞으로 쓰러져간다. 그래도 오물 가운데로 얼굴을 처박는 일 따위는 없고, 토할 만큼 토하자, 남아 있는 힘을 짜내어 비틀비틀 일어선다.

형은 전봇대를 붙들고 호흡을 가다듬는다. 가까이에 있는 술집이라고 하는 술집, 바bar라고 하는 바에서 튀어나오는 가라오케의 소음, 여자들의 천성적인 교성과, 남자들의 자포자기한 노성이, 형을 다시 마비시킨다.

형은 개천에 비친 달을 가만히 들여다본다.

그리고 형은, 발밑의 달에 이끌리듯이 천천히 걷기 시작한다. 취기는 아직 잔뜩 남아 있어, 여전히 마비된 채인 뇌리에는, 분별 따위가 들어갈 여지는 전혀 없고, 집안을 떠올릴 여유도 없다. 빨간 눈은 크게 떠져는 있지만, 결국 아무것도 보고 있지 않고, 여기가 도대체 어디인가 하는 것을 탐색하려고도 하지 않는다.

어딘지 차가운 형의 눈이 포착한 것은, 스쳐 지나가는 주정꾼의 고독한 옆얼굴도 아니고, 혹은, 비참하게 짓눌린 자기 환상도 아니다. 그것은 형수다. 밤 열 시에 여우골목을 비틀비틀 헤매는 형한테 보이는 것은, 최대한으로 차려입은 아내의 모습뿐이다. 그리고 형의 비틀거림은 점점 심해져, 바야흐로 몸을 곧추세울 수도 없다.

형수는 남의 차를 타고 있다.

하얀 승용차 조수석에 앉은 형수는, 가자키리 다리를 건너 이웃 마을에 가려고 하고 있다. 그 차를 능숙하게 운전하고 있는 사내의 옆얼굴 또한, 형의 뇌리에 확고하게 새겨졌다. 수염이 짙은, 두려움 따위하고는 인연이 없을 듯한, 보기에도 약삭빨라 보이는 멋쟁이 사내─ 그 녀석이 지금도 여전히, 형 머릿속에 들어앉아서 담배를 꼬나문 채 입심 좋게 떠들어대고, 드높은 웃음을 되풀이하고 있다. 그리고 형수 또한, 사내에게 맞춰 끼득끼득 웃고 있다.

가자키리 다리 직전의 신호가 붉은색으로 변한다.

아내도 아이도 있는 자동차 세일즈맨은, 신호를 기다리는 동안에도 빈번히 조수석 쪽으로 고개를 돌리고, 그때마다 형수는 만면에 밝은 웃음을 띤다. 둘이 바로 뒤를 쫓고 있는 찌를 듯이 날카로운 시선을 못 알아차린 것은, 형이 헬멧을 쓰고 있기 때문이었고, 이제부터 하려는 비밀스러운 일에 대한 과도한 기대감 때문이었다. 형이 스쿠터를 몰고 고객한테서 매상금을 받으러 다니는 도중에, 하나뿐인 외출복을 차려입고, 낯선 사내의 차에 탄 아내를 보게 된 것은 정말 우연이었다. 예리한 반사광에 눈이 찔려 그쪽을 돌아본 형은, 자기가 결혼기념일에 선물한 손목시계를 차고 있는 여자를 알아보았다.

신호가 푸른색으로 변하고, 하얀 승용차는 물망천 저쪽으로,

쿠사바 마을 저 바깥으로 금방 멀어져간다. 추적을 단념한 형은, 스쿠터를 보도에 진입시켜 세워놓고, 축 늘어져 난간에 기댄다. 하얀 구름과, 빨간 다리[橋]와, 생각도 못했던 잿빛 사건과, 창백한 자기 얼굴을 비추며 도도하게 흐르는 물을 바라보면서, 형은 상당히 오랫동안 결론을 내리지 못하고 있다. 다리 밑 교각을 빠져나가는 바위제비가 삼백 마리를 넘을 때까지, 다른 사람을 잘못 봤던 일로 칠까, 아니면 못 본 일로 해버릴까로, 크게 흔들리고 있다.

형의 얼굴은 원망하는 기색을 띠고 일그러져 있다.

여우골목을 비틀거리며 걷는 형의 손과 발은, 술기운 탓에 맥 빠져 있지만, 그러나, 얼굴만은 극단적으로 긴장되어 있다. 온후한 인품에 어울리지 않는 분노의 형상은 다른 주정뱅이를 가까이 다가오지 못하게 할 정도로 처절하고, 격렬한 노여움은 얼굴에서 양팔로 옮겨가고, 그리고 나서 주먹을 쥐게 한다. 그러나 그 딱딱한 주먹은, 누구의 머리도, 형 자신의 머리도 내려치지 못한다.

그런데, 형은 얼마 있다 몰매를 맞는다.

형은, 역시 잔뜩 취한 노무자 한 떼거리와 정면충돌을 해버렸다. 게다가 형이 먼저 손을 댄 것이다.
형의 시원찮은 주먹이 몇 번이고 헛방을 친다. 그러자 무력한 은행원은 금방 담벼락에 둘러싸인, 가까이에 있는 공터로 끌려가

마디가 굵은 열 개의 손과, 고무장화를 신은 열 개의 다리에 일제히 공격을 받는다. 봄이 한창인 오늘 하루, 별로 신나는 일이 없었던 사내들은, 웃으면서 형을 두들겨 패고, 웃으면서 형의 옆구리를 걷어찬다. 그리고 드디어 형은, 자기 신상에 도대체 무슨 일이 일어났는지 알아차리지도 못한 채, 태풍에 쓰러진 허수아비처럼, 탕 쓰러져 기절한다. 형이 죽지 않았던 것은, 그렇게 되기 전에 기절해버려, 가해자들의 감흥을 현저하게 삭감시켜버렸기 때문이다.

실신한 형의 얼굴은 나를 닮았다.

동생 얼굴과도, 아버지 얼굴과도, 또, 조부 얼굴과도 닮았다. 뇌출혈이 그 이상 퍼지지 않고, 코피도 그쳐서 마르기 시작했을 때쯤 해서, 형은 겨우 의식을 되찾고, 짐승 같은 신음소리를 내면서, 필사적으로 일어서려고 한다. 고생고생한 끝에, 윗몸만을 겨우 일으킬 수가 있었다. 등을 낡은 담벼락에 기대고 양다리를 내던지고 주저앉은 그 모습은, 허수아비라고 하기보다 출연할 장면이 없어서 무대 뒷켠에 내던져진 꼭두각시 인형을 연상시킨다.

형은 가끔 생각난 듯이 어깨로 크게 숨을 쉬고, 눈꺼풀이 부어오르지 않은 쪽 눈으로, 잡초와 쇠미衰微로 뒤덮인 공터와, 공터의 거의 반쯤을 원색으로 물들이고 있는 네온사인 빛을 바라보고 있다. 얼마 있다 형은, 누군가가 몰려들어 자기를 두들겨 팬 것을 생각해내고, 땀냄새 나는 그 떼거리가 아직 가까이에 있는지 어떤지를 확인한다. 그러나, 거기에는 이미 아무도 없고, 들고양이의 빛나는 눈도 없고, 담벼락을 사이에 둔 골목의 소음이, 마치 조수潮水의 먼 울림처럼 들려올 뿐이다.

그때 형은 갑자기 바다를 연상한다.

그때 형은, 망망한 바다 가운데에 혼자 떠 있는 자기 처지를 깨닫는다. 그리고 형은 운다. 소리를 죽여 오열한다.
내가 아는 한에는, 형이 눈물을 흘리는 것은 이번이 세 번째다. 어렸을 때, 들판을 태우던 불이 광에 옮겨 붙어 작은 화재가 났을 때, 사실은 동생이 재미있어 하면서 불을 여기저기 놓은 탓이었지만, 형은 그것을 장남의 책임이라고 받아들이고 울었다. 결혼식 날짜가 정식으로 결정되었을 때에도, 장남이라고 하는 입장에서 감격의 눈물을 흘렸었다.

*

형은 비로소 자기만을 위해서 눈물을 흘린다.

짜고, 통한의 일부가 갇혀져 있는 한 방울의 물은, 땅바닥에는 떨어지지 않고, 그대로 직접 형의 가슴속으로 스며든다. 그러자, 축적되어 있던 울분이 한꺼번에 분출하고, 삼십사 년 간의 하찮은 작은 슬픔과 작은 노여움의 가지가지가, 공터 가득히 퍼져간다.

그리고 형은, 태어나면서부터 이때껏 마음고생의 연속뿐이었던 자기 신세를 자각하고, 십 년 전에 알아차렸어야 했을 일을, 집안이라는 것 없이는 아무 의미가 없는 장남이라는 처지의 우스꽝스러움을, 이제야 홀연히 깨닫는다.

이제 그만두겠어,라고 형은 중얼거린다.

이젠 장남의 자리를 포기하겠어,라고 형은 피투성이인 입 속에서 말한다. 이엉지붕의 낡은 집, 그 집을 둘러싼 복숭아나무와 아주 약간의 논밭, 윗사람이 시키는 대로 순종하는 근성, 시대에 뒤떨어진 돛단배, 그러한 것에 의지해서 오랫동안 핏줄을 남겨온 이름 없는 조상들, 그들의 몸이 빨아먹은 쿠사바 마을의 물과, 쿠사바 마을에 배출한 물, 몇 번이고 되풀이된 극히 평범한 삶과, 극히 진부한 죽음, 혹은, 결코 평범하지 않은 삶과 죽음, 마치 달리 나아갈 길이 없는 것처럼, 그들의 발자취를 충실하게 따라가려고 필사적이 되어 있는 자기자신— 그런 것은 이제 아무래도 좋다, 아무래도 상관없는 일이야,라고 형은 진심으로 생각한다.

또 닫힌 형의 눈에 보이는 것은 여름바다이다.

아마노나다를, 먼 바다를 향해 어디까지고 혼자서 헤엄쳐 가는 자기 모습을, 형은 강한 동경심을 품고 가슴속에서 그려본다. 빠른 조류도 개의치 않고 헤엄치고, 큰 바다 한가운데로 나아가려고 하는 몸 구석구석에 넘치는 힘과 용감한 정신을, 형은 지금, 뚜렷이 느낀다.

다시 뜬 형의 눈에 비친 것은 여자이다.

젊은 여자의 다리가, 망가진 판자 사이에서 불쑥 나오고, 하이힐이 풀밭에 푹 꽂힌다. 뒤이어 머리칼을 붉게 염색한 머리가 나타나고, 그리고 굉장히 가냘픈 상체와, 굉장히 짧은 스커트를 걸친 허리가 나오고, 마지막으로 또 한쪽의 쭉 뻗은 다리가 나타난다.
형은 얼굴을 들고, 갑자기 나타난 여자를 눈부신 듯이, 그러나 반신반의하며 쳐다본다. 여자 쪽도, 즉 관광비자로 입국해서 불법적인 장사를 하고 있는 동남아의 여자 쪽도 또한, 형의 얼굴을 말끄러미 들여다본다. 오늘밤 가자키리 다리를 건너 처음 쿠사바 마을에 온 그녀는, 오늘밤 처음 발견한, 손님이 되어줄 듯한 남자한테 조금은 실망하면서도, 창처럼 날카롭고 뾰족한 하이힐을 두부같이 부드러운 땅바닥에 푹푹 꽂으면서, 형 앞을 바쁘게 왔다갔다 한다.

그 여자는 피투성이가 된 얼굴에 익숙하다.

설혹 형의 손발이 떨어져 없다 해도, 설혹 형의 내장이 사방에 흩어져 있다 해도, 그녀는 그다지 놀라지 않았을 것이다. 그녀는 냉정하게 상대를 관찰하고, 상처의 정도를 자세히 살피고, 손님이 돼줄 만큼의 체력이 남아 있는지 어떤지를 확인하려고, 형의 어깨에 가만히 손을 올려놓고, 가볍게 흔들어본다.

본국에 강제송환 당할 것을 두려워하고, 삥을 뜯을 목적으로 가까이 오는 깡패들을 경계하는 그녀는, 이렇게 해서 벌써 오 년 동안이나, 추적 대상이 되기 어려운 작은 마을만을 골라서 떠돌아다니고, 번 돈의 8할을 가족한테 부지런히 송금하고 있다.

형은 축 늘어진 채 꼼짝하지 않는다.

여자는 체념하고, 들어온 곳으로 해서 판자담 밖으로 나간다. 그러나 거리에 나가자 마음이 바뀌어, 금방 되돌아온다. 그렇지만 이번에는, 장사 때문이 아니다. 그런 지독한 꼴의 사내 어느 구석엔가에서 자기 집안 식구의 모습을 본 그녀는, 형 앞에 다시 한번 쭈그리고 앉는다. 그리고 손님한테 속았을 때 휘둘러서 위기를 피하기 위한 무기이기도 한 튼튼하게 생긴 핸드백을 열어, 손님의 기호에 따라 사용하는 자잘한 도구류를 헤치고, 일할 때에는 한 번도 쓴 적이 없는, 목숨과 돈 다음으로 소중하게 여기는 손수건을 꺼낸다.

그동안 형은, 다시 빛으로 메워진 따뜻한 바다 한가운데를 기분 좋게 헤엄치고 있다. 그렇지만, 자기 얼굴을 쓰다듬고 있는 것이 푸른 바다의 파도가 아니라, 사실은 촉감 좋은 헝겊이라는 것을 깨닫자, 조각난 형의 영혼은 바다에서 단숨에 여우골목의 초라한 공터로 되돌아와버린다.

복숭아꽃 자수가 형의 눈을 찌른다.

수놓아진 손수건이 자기 얼굴과 여자 얼굴 사이를 부지런히 오가고 있는 것을 형이 깨달은 것은, 한참 지나고 나서이다. 여자는 침으로 축인 손수건을 써서, 형의 얼굴에 달라붙어 있는 피를 꼼꼼하게 닦고 있다.

그 손을 형이 난폭하게 밀친 것은, 여자의 정체를 알아차렸기 때문이 아니다. 아내로 착각한 탓이다. 칠 년 동안 함께 살다, 갑자기 배반한 여자가 바로 거기에 있어, 자기를 놀리고 있다고 잘못 생각했기 때문이다. 여자는 서툰 말로 얘기하지만, 형이 알아들은 것은, "움직이지 말아요!" 한마디.

여자 목소리가 형의 취기를 한꺼번에 깨게 한다.

정신이 난 형은, 이때까지의 일을, 오늘 하루의 일을 전부 기억해 낸다. 술을 실컷 마셨다는 사실, 왜 마시지 않고는 못 배겼는가, 왜 온몸의 구석구석이 아프고 얼굴이 부석부석한가, 눈앞에 있는 여자가 어떤 종류의 여자인가, 라는 것 등— 형은 지금은 모든 것을 알고 있다.

알 수 없는 것은, 여자의 친절이 뜻하는 바이다. 손님이 될 만한 사내라면 판자담 저쪽 편에 얼마든지 걷고 있을 텐데, 라고 형은 의아해한다. 좀더 깔끔하고, 좀더 돈을 잘 쓸 듯한, 그리고 좀더 귀찮지 않은 남자를 물색하는 쪽이 빠를 텐데, 하고 의아해한다.

형은 그것을 물어보려 한다. 그러나, 윗입술이 부어 있는 데다가 입안 여기저기가 해져서 뜻하는 대로 얘기할 수가 없다. 냄새나는 숨이 나올 뿐, 거의 소리가 되지 않는다.

형은 쿠사바 마을에서 제일 지친 사나이다.

그러나, 형의 고달픔은 특별히 오늘밤 시작된 것은 아니다. 집을 이을 장자로서 키워지고, 그럴 마음이 되어서 지내온 삼십사 년간의 피로가 쌓일 대로 쌓여서, 드디어 이런 꼴로 이런 곳에 주저앉게 해버린 것이다. 일어설 기력조차 없는 형이 진심으로 원하는 것은, 자기의 온몸이 비에라도 녹아버려 땅속 깊이 스며들어가, 쿠사바 마을에서 가장 깊은 수맥에 이르러, 그 뒤로 두 번 다시 햇빛을 보지 않게 되는 것, 다만 그것뿐이다.

여자는 언제까지고 가버릴 기척을 보이지 않는다.

이런 시원찮은 남자를 상대하고 있을 여유 같은 것은 없을 텐데, 오늘밤 안에 손님을 구하지 않으면 내일의 끼니값도 없다고 하는데도, 여자는 형의 손에 손수건을 쥐게 하고, 그리고 이상하게 우아한 몸짓으로 옆에 앉는다. 형하고 나란히 앉은 여자는, 어둠 속에서도 선명한 색깔의 립스틱 바른 입술에 자조의 웃음을 띠고, 바쁘게 담배를 태우고, 실처럼 가늘게 뱉어진 연기를 눈으로 쫓으면서, 고국의 가족과 물을 생생하게 떠올리고, 이윽고 무엇이 어떻게 되든 상관없다,고 생각하게 되고, 완전히 일할 마음이 없어지고, 내일에 대한 걱정이 사라져버린다.

봄 그 자체인 바람이 둘을 감싼다.

너무나도 염세적인 둘의 우울을 날려보낼 정도는 못되는 오월의 바람은, 여우골목을 훌쩍 스쳐 지나가고, 소리도 없이 쿠사바 마을을 가로질러, 물망천의 흐름으로 빨려 들어간다.
이윽고 여자는, 거처가 정해지지 않은, 이국을 흘러흘러 가는 나날에 갑자기 염증이 나고, 예전에 느껴본 적이 없을 정도의 자기혐오에 사로잡히고, 동시에 그만큼 향수의 염念이 강해지고, 담배연기와 함께, 미칠 것같이 고독한 한숨을 두 번, 세 번 쉰다.

둘의 모습은 장식품 인형을 닮았다.

그렇게 해서 꼼짝 않고 나란히 앉아 있는 형과 동남아의 여자는, 들에 내팽겨진 잘못된 조각상, 연극에서 쓰이고 나서 버려진 종이인형, 그런 것을 생각나게 한다. 그러나, 둘은 왠지 잘 어울리고, 어쩌다 만난 사이로는 도저히 생각되지 않는다. 또, 판자담을 넘어서 비추는 네온사인 빛을 받아, 그 색이 현기증나게 변하는 둘의 얼굴은, 결코 패배자나 어리석은 자의 두 번 다시 눈뜨고 볼 수 없는 추악한 그런 것이 아니다.
여자의 계시적인 형태의 입술에서 천천히 피어오르는 담배연기는, 붉다. 형의 부어서 한쪽이 말려 올라간 입이 중얼중얼 중얼거리는 혼잣말은, 파랗다.

형은 화려한 손수건을 들여다본다.

그 다음에 형은 여자의 옆얼굴을 물끄러미 바라보고, 문득 지갑을 꺼내어 있는 돈을 몽땅 빼내, 아무 소리 않고 그것을 여자 무릎 위에 놓는다. 잠시 동안 상대방의 진의를 헤아리지 못하던 그녀는, 손님이 되어주기 위한 돈이 아니라는 것을 깨닫자, 잠자코 그것을 돌려준다. 형은 또 건네주려고 한다. 그러나, 여자는 절대로 받으려고 하지 않는다.

그렇게 해서 둘은 침묵과 부동을 유지한다.

한 시간이 강물처럼 슬슬 흐르고, 어느 틈엔지 달은 구름에 가려져, 여우골목을 비추는 네온사인 빛이 한층 더 강해진다.
이윽고 형은, 이번에는 손수건을 돌려주려고 한다. 그러자 여자는, 한마디 툭 말한다. "드릴게요." 여자는 그렇게 말하고 나서, 저 먼 상공을 스쳐 달리는 한줄기 섬광을 알아보고, 집요하게 되풀이되는 내전內戰의 포화를, 백인의 지원과 간섭을 받는 동족의 살육을, 문득 생각한다. 그녀의 애절한 표정이 일순간, 하늘을 스치는 섬광 속에 떠오른다.
둘의 머리 위에서 번쩍인 것은, 올해 처음으로 쿠사바 마을을 습격한 번개다. 그러나 섬광보다 상당히 늦게 도달한 천둥소리는, 여우골목에 소용돌이치는 소음에 지워질 정도로 약하고, 하물며 비가 가까이 오고 있다는 것을 알아차린 자는 있을 턱도 없다.

이윽고 여자는, 자기 신세를 다시 냉정하게 받아들일 수 있게 되고, 해야 할 일을 생각해내고, 다달이 본국으로 부치는 돈으로 열 식구가 굶지 않을 수 있게 해주는 자기 직업을 긍정적으로 생각하고, 그러한 운명 또한 기꺼이 수용하여, 똑바로 일어선다. 엉덩이에 묻은 흙을 털고, 버린 담뱃불을 구두로 비벼 끄고, 돌이나 통나무처럼, 혹은 전쟁 참화의 희생자처럼 발밑에 뒹굴고 있는 사내에게는 두 번 다시 눈길을 주지 않고, 빠른 걸음으로 공터 밖으로 나가버린다.

그녀가 판자담을 빠져서 거리로 채 나서기도 전에 벌써 술과 봄바람에 마음이 유들유들해진 사내들의 노골적인 언사가, 마치 박쥐떼처럼 주위를 되는 대로 날아온다.

번갯불이 여우골목의 정욕을 비추어낸다.

그리고 이번에는, 곤드레가 되어서 쓰러져 있는 자에게도, 술집에서 마이크를 쥐고 노래하고 있는 자에게도, 열쇠를 걸어 잠근 작은 방에서 다리를 한껏 벌리고 난폭한 사내를 가장 깊숙한 속으로 유도하고 있는 닳고닳은 여자에게도, 말라빠진 들개와 함께 잠든 살찐 행복한 부랑자에게도, 언제나처럼 선술집으로 아버지를 마중 나온 어린 쌍둥이 자매에게도, 누구의 귀에도 분명하게 들리는 대 음향이, 쿠사바 마을 가득히 울려퍼진다. 땅울림을 수반한 가슴 무거운 음향 덩어리는, 여우골목에 떼지어 있던 사람들을 겁에 질리게 하고, 그 순간 거친 소리와 교성이 뚝 그치고, 초라한 골목 여기저기에 고여 있던 탁하디 탁한 공기까지도 쭈뼛 위축된다.

그 직후, 좀더 강렬한 섬광과 음향이 틈을 두지 않고 엄습해왔는가 생각되자마자, 대지가 우르릉 쾅 흔들리고, 일대는 갑자기 어둠에 싸이고, 네온사인의 빛도, 가라오케의 짙고 천박한 음의 연속도, 단숨에 사라져버린다.

정전은 쿠사바 마을 전역에 미치고 있다.

그 일을 아는 주민은 하나도 없지만, 쿠사바 마을의 상공을 지금, 어둠보다도 시커멓고, 썩은 푸른 생선보다 비릿한 비늘에 덮인 길이 삼백 미터짜리 용이 몸부림치고 있는 것이다. 그러나, 천박하게 늙어 추레해진 노인에게 겨우 한 줄의 실로 자유자재로 조종되는 긴 연, 그런 것이 아니다.

그것은 얼음처럼 차가운 강철 발톱과, 분명한 물망천처럼 구불구불한 허리를 지니고, 크게 째진 입에서 절망과 허무와 부정의 검은 불꽃을 뿜어내고, 모든 사람을, 산 자도 죽은 자도, 신불神佛에게 매달리고 싶어하는 사람도, 사람들의 굶주림 위에 군림하고 싶어하는 신불도, 착취당하는 자도, 생살여탈의 권력을 쥔 자도, 필경은 폐쇄된 우주 안에서 아등바등하는 존재에 지나지 않는다, 라고 입정 사납게 매도하고, 악을 쓰고, 위협한다.

그러자 여우골목에 진을 치고 앉아 술과 여자에게 갇혀져 있던 사내들은, 제각기 가족을 떠올리고, 비가 쏟아지기 전에,라는 생각에 캄캄한 바깥으로 튀어나가, 뿔뿔이 흩어져서 집으로 돌아간다.

여전히 형은 공터 한쪽 구석에 쭈그리고 앉아 있다.

술집은 모두 문을 닫고, 거리는 텅 비고, 발소리도 사람 소리도 끊어지고, 그 뒤에는 다만 천둥소리만이 엄청난 기세로 빠져나갈 뿐이다. 얼마 있다 형이 느릿느릿 일어난 것은, 하늘에서 난동을 피우는 용의 기세가 두려웠기 때문이 아니다.
그 반대다. 하다못해 형은 단 일 미터만이라도 벼락에 가까워지고 싶어서 일어난 것이다. 공터 중앙으로 비틀비틀 걸어간 형은, 발뒤꿈치를 들어 힘껏 위로 몸을 뻗고, 지금은 어두움이 지배하고 있는 하늘을 향해, 오른쪽 팔을 쭉 내민다.
그러나, 성난 용의 눈에 형의 무無와 같은 작은 모습이 띨 리가 없고, 차례차례 용이 내쏟는 초고전압超高電壓인 섬광의 화살은, 대지를 꿰뚫기는 하지만, 결국 벌레 한 마리도 죽이지 못하고, 오히려 천혜의 에너지가 되어 쿠사바 마을의 봄을 깊어가게 한다.
넘쳐나는 전기 기운을 띤 대기는, 고루 풀과 나무의 성장을 자극하고, 짐승과 인간의 생존을 촉진시킨다.

형의 얼굴에 떨어진 것은, 큰 빗방울이다.

쏟아지는 폭우에 형은, 금방 흠뻑 젖어버린다. 입고 있는 양복은 걸레보다 더 형편없는 물건이 돼버리고, 피로가 극에 달한 몸은 신열이 나기 직전이고, 영혼의 대략 반쯤은 녹아가고 있다. 사람 하나 없는 비에 찬 여우골목을, 형은 어깨를 움츠리고 터덜터덜 걸어간다.

이윽고 형은, 오른손에 쥐고 있는 여자 손수건에 생각이 미친다. 형은 멈춰서서, 그 작은, 그러나 이상한 온기가 남아 있는 헝겊조각으로, 멍투성이인 얼굴을 몇 번이고 몇 번이고 닦는다. 그 뒤에, 형은 그것을 우스꽝스러울 정도로 꼼꼼하게 접어서 바지 주머니에 집어넣고, 다시 뇌우 속을 걷기 시작하고, 어디에 세워뒀는지 지금은 전혀 생각이 나지 않는 스쿠터를 찾으면서, 비틀비틀 걸어간다.

그리고 나로 말하면, 폭우에 두들겨 맞고, 암흑의 용의 기척에 압도당하고, 엄청난 양의 빗물과 함께 흙탕물로 빨려들어가, 여기저기의 하수를 흘러흘러, 점차 물망천 쪽으로 끌려간다.

*

참새와 봄비가 대나무숲을 빠져나간다.

아주 약간 따뜻한 비는 곧 그치고, 두터운 구름의 한 떼는 물망천을 따라 아마노나다 쪽으로 흘러 내려가고, 이윽고 저 멀리 대양의 거대한 공백 속으로 빨려들어가 버린다. 남겨진 봄 번개는 갈 곳을 잃고, 잠시 아귀산 주변을 방황하지만, 그 공중 방전은 어떠한 단백질도 핵산도 조정하지 못한 채, 또, 젊어서 죽은 사내의 부패를 멈추게 하지도 못한 채, 얼마 지나지 않아 힘을 다 써버리고, 간단히 소멸된다.

주인이 내쳐버린 지 오래된 이 황폐한 오두막도, 충분히 연민의 미소를 받을 만한 이 '나'도, 조화의 묘라고 하는 것을 좇아 조금씩 조금씩, 확실하게 형태를 바꾸어나가고 있다. '나'의 뜬눈에는 이제는 아무런 빛남도 없고, 세상의 빛을 흡수하는 일도 없고, 두 개의 깊은 동굴로 급속히 되어가고 있다. 그렇지만, 그 흔한 어리석은 유기체의 잔해가, 맹종죽에게는 더할 나위 없는 부엽토로 되기까지의 여정은, 아직도 멀었다.

봄은 황폐한 오두막 안에도 가득 차 있다.

'내'가 발하는 냄새는 대나무숲을 누비고 흘러나가, 육식 곤충이나 짐승을 끊임없이 유혹한다. 그러나 현재는, 현관 곁에 있는 녹나무 향기를 이기지 못해, 가뢰 한 마리, 들쥐 한 마리도 가까이 오지 못한다.

나는 '나' 자신을 절실히 느낀다.

그리고 나는, '내' 바로 발밑에 잠자고 있는, 지하 삼십 미터 자갈층에 웅크리고 있는 자의 기척을, 절실히 느낀다. 새끼 학을 안고 있는 고대 소년, 그는 가족 손에 의해서 정중하게 매장된 자이고, 예컨대, '나' 같은 자하고는 결코 동격이 아니다.
'내'가 소중히 끌어안고 있는 파란 노트도, 거기에 빽빽이 씌어진 수많은 문장도, 학의 뼈처럼 결코 삼천 년 동안 보존되지 못할 것이다. 태어난 땅과 가족, 그 양쪽한테서 간단히 버림받은 청년, 그것이 '나'이다.

바람도 없는데 대나무잎이 울리고 있다.

사각사각 잎사귀가 맞닿는 소리가, 물망천 하류 쪽에서 들려오고, 점차 이쪽으로 가까이 오고 있다. 이윽고 주변의 대나무가 크게 흔들리기 시작하고, 녹나무 잔가지가 뚝뚝 부러지는가 생각되자마자, 무언가 굉장히 무거운 것이 노송나무 지붕 위로 쿵쿵 떨어져와, 오두막 전체와 '나'를 진동시킨다.

야생 원숭이떼다.

원숭이 자체는 진기하지도 않지만, 아귀산의 원숭이가 이렇게 멀리까지 원정 나오는 일은 좀처럼 없다. 익숙하지 못한 장거리 여행에 지친 그들은, 여기에서 잠시 휴식을 하려고 결정한 듯해서, 부근의 안전을 확인하자 차례차례 땅 위에 내려와, 근처를 멋대로 돌아다닌다.
덧문 옹이구멍에서 비춰 들어오는 햇빛이 잠시잠시 끊어지고, 죽순을 뜯어 먹는 상큼한 소리가 한참 잇따른다.

무리를 이끌고 있는 것은 귀가 하나뿐인 큰 원숭이다.

그 녀석은 다른 어느 원숭이보다도 이 오두막에 흥미를 보인다. 덧문을 덜컹덜컹 흔들어보고 나서, 번들거리는 눈동자를 제일 큰 옹이구멍에 대고, 내 주거지를 들여다본다. 그 순간 큰 원숭이는 절규한다. 덩치에 어울리지 않는 그 드높은 소리는, 순식간에 원숭이떼를 긴장시키고, 동요시킨다.

큰 원숭이가 본 것은, 병사한 인간의 시체가 아니다. 방 한가운데 엎드려 숨이 끊어져 있는, 전신이 갈색 털에 뒤덮인 한 마리 짐승, 즉, 큰 원숭이는 거기에서 다름 아닌 자기자신의 모습을 분명히 본 것이다.

원숭이들은 일제히 지상을 떠난다.

앞을 다투어 도망치기 시작한 원숭이들은, 사람의 몇 배나 되는 손아귀 힘과 대나무의 탄력을 충분히 이용해서 공중을 날고, 아귀산에 있는 집을 향해서 무턱대고 돌진한다.

그러나, 일 킬로미터도 가기 전에, 맨 먼저, 날마다 체력과 지혜와 담력이 붙어가는, 젊은 숫원숭이가 침착을 되찾는다. 뒤이어 다른 원숭이가 그것을 따르고, 그리고, 그들의 요 며칠 동안에 깊어진 한쪽 귀의 큰 원숭이에 대한 의문이, 한층 더 깊어진다.

나는 야생 원숭이와 함께 이동하고 있다.

자존의 마음과, 자기과시욕과, 크나큰 야심에 갑자기 눈뜬 강건한 수컷 원숭이들은 각기 자기 시대, 자기 천하의 도래를 대담하게, 그리고 실감나게 예감하기 시작한다.

그렇지만, 큰 원숭이 쪽은, 통솔자로서의 자격의 유무가 몰래 저울질 당하고 있는 줄을 꿈에도 생각하지 못하고, 권력의 교체 시기가 바로 가까이에 다가왔다는 사실도 전혀 알아차리지 못하고, 두려움에 사로잡혀 무턱대고 달려간다. 그 뒤를 별 뜻도 없이 쫓아가는 나 또한 굉장히 당황하고 있고, 필요 이상으로 당황함으로써, 살아 있는 자인 척하고 있다.

원숭이들은 대나무숲을 빠져나와 봄빛을 받는다.

새 잎이 향기로운 밝은 가시나무숲으로 나와, 이제는 죽음의 그림자 따위 아무데에도 보이지 않는다고 하는데도, 큰 원숭이만이 여전히 긴장을 풀려고 하지 않는다. 내일이라도, 아니 오늘 당장에라도 독재자의 지위에 오를 수 있는 세 마리 수컷 원숭이는, 지금은 순순히 큰 원숭이를 쫓아가면서도, 얼굴을 마주보고 가슴속에 품은 공통의 의문을 서로 확인하고, 서로 견제한다.

큰 원숭이는 봄에 오는 첫 번째 태풍이 찾아온 날부터 제정신을 잃었다.

겨울의 흔적을 내쫓는 따뜻한 바람을 받아서 등의 털이 나부끼고,

먼젓번 통솔자와의 결투에서 뜯긴 귀의 옛 상처가 견딜 수 없이 가려워진 순간, 큰 원숭이에게 정체불명의 혼란이 싹텄던 것이다. 이윽고 그는, 한 마리 원숭이로서 이 세상에 존재하는 것을 심각하게 회의하기 시작하고, 이 두 달 사이에, 아귀산에서 바라보이는 푸른 바다의 넓음에 대해, 원숭이의 지혜를 훨씬 초월한 관심을 나타내기까지에 이르렀다.

그리고 오늘 아침, 내부의 가스압으로 스스로의 중력을 밀어젖혀 절묘한 균형을 유지하는, 지극히 건전한 태양이, 흔들 떠올라 아마노나다를 황금색으로 물들일 무렵 큰 원숭이는 드디어 결심을 했다. 그는 무리를 이끌고 산을 내려와, 물망천을 따라 해변으로 향했고, 드디어 바다와 대결하게 되었던 것이다.

그러나, 밀려왔다가는 되돌아가곤 하는 파도와, 파도에 씻기는 하얀 모래사장과, 그 저편으로 아연해질 정도로 끝없이 펼쳐지는, 파랗고 눈부신 망망한 공간과, 수평선 저편으로부터 소리도 없이 밀려와서 삶과 죽음을 농락하고, 또 어디론가 사라져가는 시간의 파도, 그러한 것을 한꺼번에 보았을 때, 큰 원숭이의 혼미스러움은 오히려 증폭되어, 수습할 수도 없게 되고, 어쩔 수 없는 애절함만이, 악성종양처럼 가슴속에 남았다.

부하 원숭이들의 반응은 큰 원숭이만큼은 아니었다.

그들은, 거기가 사는 데 적합한 장소가 아니라는 사실을 한눈에 알아차렸다. 그리고, 잠시 동안 쉴 줄 모르는 파도와 장난을 쳐보기는 했지만, 먹을 만한 것이 하나도 떨어져 있지 않다는 것을 깨닫고, 만일의 경우에 피난할 만한 장소가 전혀 없다는 것을 알아차리자, 실망과 불안과 초조함을 느끼고, 큰 원숭이의 지시를 기다리지 않고, 미련없이 거기를 떠나버린 것이다.

  그들의 유일한 수확이라고는, 아귀산을 떠나봄으로써 비로소 아귀산의 전경이 시야에 들어왔다는 것 정도일 것이다. 그러나 아귀산의 기슭에서부터 꼭대기까지를, 위용을 자랑하는 그들의 안주의 땅을 비로소 한눈에 바라봄으로써 느낀, 몸이 떨릴 정도의 감동도, 지금은 이미 피로 때문에 완전히 빛바래버렸고, 오히려 원숭이답지 않은 엉뚱한 행동을 한 통솔자를 원망마저 하고 있다.

  원숭이떼에게 들리는 것은 산이 부르는 소리뿐이다.

  그들의 원하는 것은, 맛좋은 부드러운 산나물이고, 등을 기대어 한숨 돌릴 수 있는 큰 나무랑 큰 바위고, 혹은, 암놈과 수놈의 끊임없는 정교情交를 위한 흥정일 뿐, 그 밖의 아무것도 아니다.
  큰 원숭이도 사실은 같다. 원숭이라는 입장을 일탈한 생각과 행위, 그런 것이 살아가는 데에 아무 소용이 없다는 것을, 지금 그는 깊이 통감하고 있다. 큰 원숭이의 머리는, 어린아이의 손바닥에 쉽게 쥐어질 만큼의 빈약한 뇌는, 향내 나는 새싹을 뜯어서 입 가득히 먹을 생각으로 가득 차, 건너편 기슭의 야트막한 언덕 위에 피어 있는 벚꽃을 바라볼 여유조차도 없다.

원숭이에게는 없다 해도 이 내게는 있다.

시로야마 공원에 폈던 벚꽃은 훨씬 전에 져버렸지만, 그리고 이 오오야마벚꽃은 지금이 한창이다. 쿠사바 마을 주민이 아무도 돌아봐주지 않는다 해도, 나만은 구경해줄 것이다. 그냥 지나칠 수는 없지 않은가.

야생 잔디로 뒤덮인 언덕 위를, 단 한 그루 채색하고 있는 근사한 가지를 지닌 벚꽃과, 그 뿌리께에 돗자리를 깔고 쉬고 있는 자를, 나는 못 본 척할 수 없다. 전혀 낯이 선 남이라면 몰라도, 그 둘은 당당한 나의 가족이다. 야에코의 젖을 문 영아에게는, 아직 이렇다 할 감정의 움직임은 보이지 않는다. 그러나, 원숭이의 그것하고는 분명히 구분되는 현저한 뇌의 발달이 보인다. 엄마의 얼굴과 남의 얼굴을 식별할 줄 아는 신경세포의 움직임은, 점차 활발해지고, 예민해져 가고 있다. 또, 이 세상에 골고루 흩어져 있고, 쿠사바 마을에도 틀림없이 존재할 92가지 원소와, 거기에서 파생되는 여러 가지 지식을 깊이깊이 새길 여지도, 이미 준비되어 있다.

그로부터 이십여 년이 흘렀다.

예전에, 조모가 아직 살아 있었을 때, 이 오오야마벚꽃 아래에서 가족이 다 같이 먹고 마시고 했던 일이, 두 번은 어떨지 몰라도, 한 번은 분명히 있었다. 그 뒤, 우리 가족은 둘이 줄었다. 조모가 죽고, 내가 죽었다. 그러나, 하나는 결혼으로 형이 되찾았고, 다른 하나는 출산을 함으로써 누이가 되찾았다.

    가족은 나이를 먹어갈 뿐이지만, 이 벚나무는, 마치 바위라든가 뭐 그런 것처럼, 몇 년이 지나도 전혀 쇠퇴함을 느끼게 하지 않는다. 가지가 부러지거나, 줄기에 금이 가거나, 여름에 잎이 떨어지거나 하는 일도 없고, 가지 수를 훨씬 상회하는 뿌리를 대지에 확고하게 뻗고, 부엽토의 두터운 층과, 그 아래의 딱딱한 암반을 꽉 움켜쥐고, 그리고 만개했을 때의 꽃색으로 말하자면, 삼월 초의 벚꽃보다도, 복숭아보다도 붉고, 또, 고향의 물에 대한 모든 것을 쓰고 싶어하던 시인의 비뚤어진 정열보다도, 훨씬 붉다.

    야생 원숭이떼는 신록 속으로 빨려 들어갔다.

    그들이 질러대는 날카롭고 야비한 울음소리는, 이윽고 물망천의 물소리에 지워지고, 그 뒤에는 태양이 만들어내는 나긋나긋한 바람이 되살아나고, 발정한 들새들의 지저귐이 쿠사바 마을 북서쪽으로 퍼져간다. 그리고, 극히 몇몇의 얼굴밖에 모르는, 아직 엄마의 형제 중 한 사람이 어떤 최후를 맞이했는지 모르는, 아직 이 세상에 있어서의 자기 처지를 모르는 신생아, 그 아이가 젖을 빠는 믿음직한 소리가 봄의 들판 구석구석에 퍼진다.

    야에코는 머리 위의 벚꽃을 의식하고 있다.

    똑같이, 오오야마벚꽃 쪽 또한, 뿌리께에 앉아 있는 인간이자

어머니인 그녀를 계속 의식하고 있다.

가끔 반짝 떠지는 아기의 맑디맑은 눈은, 엄마의 미소와, 그 미소를 장식하는 붉은 꽃을, 꼼꼼하게 닦은 거울보다 더 선명히 비추고, 잊지 못할 영상으로서, 마음의 지주로서, 대뇌피질 한가운데에 새긴다.

언덕 기슭 수풀 속에서는, 종달새 암놈이 십오 분에 한 번의 비율로 새끼에게 송충이를 물어다주고, 아무데에나 있는 흔한 잡목림 속에서는, 뻐꾸기가 알을 떠맡길 기회를 노리면서 때까치의 둥지를 엿보고 있다.

그리고 야에코는 옛날 노래를 흥얼거린다. 어머니도, 할머니도 노래했던, 젖먹이를 위한, 세월의 흐름을 조금도 거스르지 않는, 느릿느릿한 그 노래는, 야에코의 다시없는 분신을 따뜻하게 감싸고, 병마의 재해로부터 지켜준다. 벚꽃 또한, 마치 자외선을 막는 오존층처럼, 세상에 넘쳐나는 유해한 품평이나 비방이나 중상의 가지가지를 여과시켜서, 아기를 감싸준다.

아귀산의 눈처럼 하얗고 풍만한 유방의 빛남은, 어쩌면, 물망천의 급류에서 돛단배를 능숙하게 조종하는 아버지의 눈에 띄었을지도 모른다.

야에코의 노래는 반복될 때마다 빛난다.

야에코의 자궁이 만들어내고, 야에코의 유방이 키워내는 부드러운 생명, 유전자 하나하나에 각기 50억 비트$_{bit}$의 정보를 갖춘 작은 살덩어리는, 어제보다 오늘, 오늘보다는 내일 하는 식으로 쿠사바 마을에 적응해간다. 야에코의 아이는 이번 봄에 태어난 삼십 명의 쿠사바 마을의 신생아 중, 가장 성장이 눈부시고, 대략 1세기 동안은 잔병치레 한번 하지 않고 살아나갈 강건한 심신을 만들어가고 있다. 아무도 몰라도, 나는 잘 알 수 있다.

우리 가족에 더해진 새로운 피는, 서른 살을 눈앞에 두고 간단히 죽어버리는, 그런 연약한 것이 아니다. 대뇌 어디에도 잘못된 곳이 없고, 소뇌 어디에도 마비의 요인이 숨어 있지 않고, 오감은 어디까지나 날카로우며, 다행히도 통솔자에게 복종하는 본능은 적고, 그 마음은, 종종 절망에 갇혀질 만큼 약하지 않을 것이다.

야에코는 올바른 선택을 했다.

모친으로서의 야에코에게는 결함이 전혀 없다. 그녀는 어머니로서 하지 않으면 안 될 일을 모두 한다. 산모 수첩을 가지고 있고, 이름도 지어주었다. 아이와 엄마가 편히 먹고 살아갈 수 있는 직업도 갖고 있고, 만일의 사태시에는 시립병원까지 단숨에 쫓아갈 수 있는 자동차까지도 갖고 있다. 또, 전원이라고 할 수는 없겠지만, 가족의 비호도 있다.

그 아이의 부친이 어디의 누구이든, 왜 아버지와 함께 살 수 없는가 하는 이유도, 결코 어머니로서의 자격을 손상시키는 것이 아니다. 금년 봄 처음 어머니가 된 쿠사바 마을의 여인들 중에서는, 야에코가 가장 어머니다운 어머니라고 할 수 있다. 아무도 인정하지 않아도, 내가 보장한다. 야에코의 깊은 정과 자상한 사랑은, 남편이나 시어머니 같은 타인 때문에 꺾이는 법 없이, 온통 자기 아이 하나한테로 넉넉히 부어진다.

야에코는 아무에게도 기대지 않고 어머니가 되었다.

상대방 남자에게도, 조산원에게도, 가족의 격려에도 기대지 않고, 자기 힘과 물망천의 힘만으로도, 다음 세대를 무사히 낳았다. 그 출산을 조부가 인정하고, 아버지가 묵인하고, 그리고 나 또한 환영한다.

야에코는 이제 고독한 몸이 아니다. 이십오 년 간 야에코에게 달라붙어 있었던 마음의 그늘은, 출산과 함께 물망천에 흘려보내졌고, 얼룩무늬의 큰 메기가 한입에 삼켜버렸을 것이다. 그래도 여전히 집요하게 야에코를 엄습하는 우울함이 있다면, 내가 무슨 수를 써서라도 그것을 먹어치워 버리겠다.

아기는 젖꼭지를 문 채 잠들어 있다.

시로야마 공원까지 소풍을 나온 유치원 원아들이, 높은 돌담 아래의 양달에 모여서 웃고 떠들고 있다. 어느 날엔가 야에코의 아이도 그렇게 해서 수많은 패거리들과 함께, 웃고, 뛰어다니고, 봄노래를 노래하고, 들의 꽃을 따고, 장래에는 쿠사바 마을의 흔들리지 않는 일부가 되어, 이 세상 전체와 본질을 자기 눈으로 확실하게 파악하고, 흐름에 거역해야 할 때는 제대로 거역하고, 흐름을 따라 흘러가야 할 때는 순순히 흘러가는, 그런 젊은이로 성장할 것이다.

야에코는 자기자신에게도 눈부시게 느껴지는 젖을 집어넣고, 부드럽고 깨끗한 헝겊으로 아기의 입을 닦아준다. 그리고 나서, 봄노래를 흥얼거리면서, 또, 오오야마벚꽃 아래의 행복이 지나치다 못해 슬프기까지 한 기척을 가만히 털어버리면서, 여기저기에 잉어 기치를 펄럭이고 있는 쿠사바 마을의 빛나는 오월을, 멍하니 바라본다. 용처럼 꿈틀거리며 흐르는 강이 반짝반짝 빛나고, 하류 저쪽에 펼쳐진 대해원大海原이 빛나고, 이윽고, 야에코의 눈이 축축하게 젖어든다. 너무 큰 행복이 가져다준 것이 분명한 그녀의 눈물은, 머리 위의 벚꽃에도 적잖이 영향을 끼쳐, 꼭 삼십 장의 벚꽃을 후드득 떨어지게 한다.

*

야에코의 따뜻한 가슴속을 내가 스쳐간다.

그것은 극히 일순간의 추억이다. 그러나, 여름의 물망천을 둘이서 벌거벗고 헤엄쳐 건넜을 때의 추억 따위는 아니다. 혹은, 저 버려진 집의 금간 유리창에 선명하게 비쳐지던, 우리 남매의 땀투성이의 접촉, 그런 격렬하게 가슴 무거운 추억도 아니다.

야에코가 떠올린 것은, 자전거이다. 나를 떠올린 것이 아니라,

어렸을 때 내가 태워주던 자전거를 떠올린 것이다.

야에코는 자전거가 갖고 싶다고 생각한다.

어린이용 자전거와 여성용 자전거를 한 대씩 갖고 싶다고 생각한다. 그리고 그녀는, 자기 아이와 함께 자전거를 타고 돌아다니는, 그리 멀지 않은 날을 연상하면서, 눈 아래의 쿠사바 마을을 보고 있다.
둘은 나란히 둑 위의 하얀 길을 달리고, 시내 번화가를 달리고, 부드럽게 이어지는 해안선을 따라 나 있는 샛길을 달리고, 저 두루미가 앉아 있는 늪 곁의 들길을 경쾌하게 달리고, 그리고 아귀산의 목축지로 통하는 가파른 울퉁불퉁한 길을, 서로 격려해가며 달린다.

차가운 한줄기 바람이 엄마와 아이를 휩싼다.

서늘한 공기를 들이마시지 못하게 하려고, 엄마는 아기를 꼭 끌어안는다. 다음 바람이 언덕을 올라오기 전에 일어선 야에코는, 둥글게 만 돗자리를 오른손에, 아기를 왼손에 끌어안고, 거기서 조금 내려가면 있는 원형 광장까지 걸어가, 노란 차에 쏙 들어앉는다. 그렇지만 양지를 위협하는 찬바람은 두 번 다시 불지 않고, 엄마와 아이가 돌아간 뒤에 진 오오야마벚꽃의 꽃잎은 한 잎도 없다.
야에코는 조수석 대나무 광주리 속의 아기를 옆눈으로 보면서,

급한 고갯길을 조심조심 내려간다. 유치원 원아들의 높은 웃음소리와 봄 참새들의 지저귐으로 들끓는 시로야마 공원은, 풍뎅이와 똑같은 모양새의 경승용차가 지나가는 순간, 한층 더 생기에 넘치고, 선명한 노란색의 파문처럼 잇달아 퍼져나간다.

집으로 통하는 길이 야에코를 부르고 있다.

물가에서 노는 세 종류의 물새를 바라보면서, 야에코는 물망천을 따라 나 있는 길을 천천히 달려간다.
나하고의 일을 어머니한테 들켜버렸던, 인동초가 감겨 있는 마른 소나무, 몸집 큰 변태성욕자가 매달려 있던 세 바퀴 큰 물레방아, 거기를 지나가도 야에코는 결코 눈길을 주지 않는다. 갑자기 맥박이 빨라지거나, 숨소리가 거칠어지거나, 한숨을 쉬거나 하는 일도 없다.

야에코한테는 무엇인가를 생각해내는 능력이 없다.

야에코라고 하는 여자는, 먹어치운 물처럼, 지나간 날들을, 금방 잊어버린다. 야에코는 항상 오늘이라는 날에, 이 순간이라는 때에만 반응하면서 살 뿐, 과거라고 하는 도깨비한테 등이 잡혀서 두려워 꼼짝 못하는 그런 일은 절대로 없고, 지금 그녀의 까맣게 빛나는 눈동자는, 자기 아이의 성장이라고 하는 미래의 단 한 지점에 똑바로 모아지고 있다.

나에게는 이제 되돌아볼 일밖에 없다.

나의 나날은 이미 끝났다. 끝났다고 하는 움직일 수 없는 증거가, 건너편 기슭 대나무숲 속의 황폐할 대로 황폐해진 오두막 안에, 무척 보기 흉하게 뒹굴고 있다.

내일도 모레도 있고, 십 년 뒤도 이십 년 뒤도 틀림없이 있을 야에코는, 집 마당 끝에 차를 조용하게 몰아넣고, 물색 보자기에 싼 큰 접시를 안고, 현관 앞에 가만히 선다. 그 접시에는, 올해 새로 돋은 조릿대잎에 싸인, 막 찐 떡이 듬뿍 담겨 있다.

야에코는 현관문을 금방 열거나 하지 않는다.

집이 지금 어떤 상태인지, 그녀는 잘 알고 있다. 그리고, 그 사소한 다툼, 오빠 부부의 거친 말이 오가는 욕지거리가, 이제 곧 끝나리라는 것도 잘 안다. 그리고, 별채에 누워 있는 어머니한테 가서, 아기를 자랑하거나 하지 않는 편이 낫다는 것도 잘 알고 있다.

그러니까 야에코는 기다린다.

땅바닥을 여기저기 쪼아 원기 좋은 지렁이를 찾는 색색가지 암탉을 보면서, 좁은 연못에서 느긋하게 헤엄치고 있는 금붕어의 기척을 느끼면서, 양팔에 들고 있는 무거운 접시를 어떻게 해보려고 하지도 않고, 참을성 있게 기다린다.

　아기는 차 안에서 곤히 잠들어 있다. 규칙적이고 건강한 그 숨소리는, 집에서 화살처럼 튀어나오는 격한 말들을 부드럽게 감싸고, 가시 돋친 수많은 낱말을 복숭아밭 저쪽으로 밀쳐내버린다.

　둘은 서로 욕하고, 실컷 싸웠지만, 결국 형은 최후의 최후까지도 결정적인 단어를 입에 올리지 않았다. 형이 그렇게 도망갈 길을 남겨두었기 때문에, 형수는 간신히 끝까지 시치미를 뗄 수가 있고, 그래서 형 자신도 또한, 막다른 지점에서 구제되었다고 할 수 있다.

　둘은 파국 직전에 동시에 입을 다문다.

　둘의 침묵의 답답함 또한, 젖먹이 어린 아기의 숨소리에 의해 아지랑이 드높은 벽 저쪽으로 실려가버린다.
　이윽고 형은 침착함을 되찾는 초입에 들어설 수가 있게 되고, 가슴속에서만 기세등등하던 목소리도 점차 약해져간다. 그에 따라 형수의 진짜인지 거짓인지 식별할 수 없는 눈물도 그치고, 쌍방이 계산할 대로 계산하면서 벌였던 부부싸움은 일단락된다.

　형은 다시 혼자가 되고 싶지 않았던 것이다.

　이때까지 고생하면서 지켜온 장남으로서의 체면을, 그깟 일로 잃어버리고 싶지 않았던 것이다.
　아이도 못 낳고, 옛 남자하고 손도 끊지 못하는 여자라 해도,

없는 것보다는 있는 편이 낫다,는 것이 형의 본심이다. 어쨌든 이번에는 아내가 더 이상 일을 저지르지 못하게 하면 된다,라는 것이 사태를 원만하게 수습할 줄밖에 모르는 사나이가 끌어낸 해답이다. 그렇게만 해두면, 우선은 집과 가족의 모양새는 갖춰질 것이고, 직장과 쿠사바 마을에서의 자기 입지를 계속 확보할 수 있으리라는 것이, 금년 서른네 살 된 별볼일 없는 은행원이 도달한 결론이다.

"잘못 봤나."라고 형은 진지한 얼굴로 말한다.

형수는 "그렇게 닮았어요?"라고 뻔뻔스럽게 말하고, 끝까지 시미치를 뗀다. 그녀 또한, 형과 똑같이 타협하고, 절충하려 하고 있다. 배짱을 정하고, 있는 대로 사실을 털어놓고, 후련한 마음으로 집을 뛰쳐나가봤자, 가자키리 다리 저편에 지금보다 나은 생활이 기다리고 있으리라고는 도저히 생각되지 않기 때문이다.
팔 년 만에 만난 남자와 함께 마신 이웃 마을의 물은 너무 맛이 없었고, 혀를 알알하게 자극했었고, 남자와 함께 들어간 싸구려 호텔의 금박이 칠해진 욕조의 물은 너무 뜨거워서, 피부를 쿡쿡 찔렀었다.

형은 근무처에 다시 한번 전화를 건다.

계단에서 떨어진 것치고는 상처가 크지 않으므로, 이제부터 출근하겠다고, 형은 반찬고투성이인 얼굴을 쓰다듬으면서, 그렇게 상사에게 말한다. 그러나 수화기를 내려놓는 순간, 형은 갑자기 차디차고 깊은 허무감에 기습당해, 자기도 모르게 그 자리에 우뚝 서 버린다. 이윽고 견딜 수 없어져, 온몸이 덜덜 떨리기 시작한다.

견딜 수 없게 된 형은, 갑자기 아내를 쓰러뜨리고, 입고 있는 것을 난폭하게 벗겨버리고, 짐승처럼 올라타, 꽉 끌어안는다. 복도 막다른 곳에서 어우러지는 둘의 눈은, 서로 상대를 보지 않으려고 굳게 감겨져 있다.

어떻게 해서든지 아이를 갖고 싶다는 형의 애절한 바람은, 자기도 모르는 사이 입에서 나오는, 주문呪文과 같은 신음소리가 되고, 허리 움직임을 쫓아 파도친다. 한편, 그 이상 추궁받지 않고, 어쨌든 무사할 수 있었던 형수는, 남편에게 보조를 맞추느라 거짓으로 소리를 지르지만, 이윽고, 누군가가 현관문을 열면 끝장인, 그런 장소에서의 교접에 자기도 모르게 도취되어, 달아오른 희열의 소리를, 두루미를 닮은 소리를 두 번, 세 번 내다가, 드디어 진짜로 절규하기 시작한다.

우리집은 형 부부의 소리로 메워져 있다.

이엉지붕의, 기둥이란 기둥이 온통 꺼멓게 번들거리고, 재산이라고 할 만한 가치가 전혀 없는 이 집의 후계자, 형과 형수 둘의 목소리는, 흙벽을 뚫고 밖으로 새어나가, 큰 접시를 끌어안고 산들바람과 내리붓는 빛 가운데에 서 있는 야에코의 귀에도 선명하게 들려온다. 그것은 아에코한테 여러 목소리로 우는 청개구리를 생생하게 연상시키기는 해도, 그러나 이 나를, 혹은, 아이 아버지를 연상시키거나 하는 일은 결코 없다.

염치 모르는 소리는 어머니의 귀에도 도달한다.

오전 내내 아들 내외의 싸움소리를 들어야 했고, 집안 식구의 다툼을 남의 일처럼 받아들이려 아무리 애써도 그럴 수 없었던 어머니는, 그 애매모호한 결말에 일단은 안심하고, 안도의 한숨을 쉰다. 어머니는 분명히 살아 있다. 어머니는 아직 우리집 일원으로서 살아 있다. 어머니는 죽은 것이나 마찬가지인 인간이 아니고, 또, 죽기 위해서 태어나는 그런 농촌 여자도 아니다.
어머니는, 나뭇가지처럼 가늘고 딱딱한 오른팔을 뻗을 수 있는 데까지 뻗어, 유리창을 살살 열고, 거기에서 십오 센티미터 폭의 세상과 현실을 눈부신 듯이 바라본다.

금붕어는 나른하고, 복숭아꽃은 더 나른하다.

형수는 부엌에서 점심준비를 시작한다. 아직 희열의 떨림이 남아 있는 뜨거운 손으로 야채를 다지고, 된장국을 끓이고, 말린 생선을 굽고, 계란을 세 개 삶는다.
형은 신문 경제란에 재빨리 눈길을 주면서 급하게 식사를 마치고, 서둘러 몸치장을 한다. 바지도, 양말도, 넥타이도, 양복도, 모든 것이 어제 것이 아니다. 어젯밤, 여우골목에서 비랑 진흙이랑 커피랑 토사물에 더렵혀진 옷과 신발은, 형이 새벽에 물망천에 내다버렸다. 그러나, 복숭아꽃이 수놓아진 손수건만은 소중하게 간직하였다.

그때, 현관문이 덜컹 열린다.

형수는 조금 당황해 하며, "어머, 오셨어요."라고 하고, 형은 "뭐야, 왜 그런 곳에 서 있어."라고 한다. 형은 외출용 신발을 꺼내 신으면서 "자기 집 들어오는데 주저하는 녀석이 어디 있어."라고 하고, 형수는 구두주걱을 내밀면서, "쭉 밖에 있었어요?"라고 얼굴을 붉히며 묻는다.

야에코는 대답하지 않고, 애매한, 그러나 맑은 웃음을 띠고, 큰 접시를 현관에 놓고, "모두 같이 먹어줘." 한다. 그러나 형 부부는 조릿대잎 떡 따위에는 눈길도 주지 않고, 밖으로 뛰어나가 노란 차 조수석을 들여다보고, 넋을 잃고 아기의 잠자는 얼굴을 바라본다. 그 겨우 몇십 초 사이에 말다툼의 흔적은 사라지고, 두 사람의 표정은 쓸개 빠진 사람처럼 부드러워진다.

이윽고 정신을 차린 형은, 헬멧을 쓰고 스쿠터에 올라타, "자 천천히 놀다 가." 하고 누이에게 말하고, 맑은 날의 물망천과 같은 색 양복 끝자락을 나부끼면서, 어제와 똑같이, 복숭아밭 저쪽으로, 세상의 한가운데로 굉장한 기세로 달려나간다. 그런 형의 등에 달라붙어 있는, 닦아도 닦아도 닦이지 않는 비애와 분노는, 오월의 너무나도 화사한 빛에 금방 소멸되고, 그 뒤에는 아무것도 남지 않는다.

형수의 마디 굵은 손이 아기를 껴안는다.

틀림없이 농가집 며느리의 울퉁불퉁한 손의 움직임은, 진짜 엄마의 손놀림에 필적할 만큼 자연스럽고 매끄러워, 어떠한 꿍꿍이속도, 어떠한 음흉함도 담고 있지 않다. 시누이의 아이이기 때문에 할 수 없이 맡는다든가, 맡았기 때문에 외출할 기회가 없어져버렸다든가, 자기가 못 갖춘 여자로서의 조건을 가슴 아프게 통감한다든가, 그런 따위의 한이라고는 전혀 없다. 삼천 수백 그램의 싱싱한 훈기가 형수의 전신에 전달되어, 이혼당할 것까지도 각오했던 오전의 싸움의 잔재가 한꺼번에 몸 밖으로 떨쳐나간다.

야에코는 형 얼굴에 난 상처를 물어본다. 그러자 형수는 "누구한테 맞았대." 하고 아무렇지 않게 말하고, 아기를 보고, "너는 똑똑하니까 그런 어른은 되지 않을 거야, 그렇지?" 한다.

야에코는 우유병이랑 종이 기저귀 등을 꺼낸다.

그것을 떡 옆에 놓고, "부탁해요."라고 세 번이나 말하고, 자기 아이의 작고 뜨거운 손을 가볍게 쥔다.

그리고 야에코는, 마치 모든 것을 잃은 것 같은 공허한 마음을 털어내며 차에 올라타, 한 번도 뒤돌아보지 않고, 백미러를 들여다보거나 하지도 않고, 서둘러 달려간다.

배웅하는 형수는 이미, 젖먹이 아이의 규칙적인 숨소리와 맥박소리, 적당한 체온과 달콤한 향내밖에 느끼고 있지 않다. 가자키리 다리 저편에서 가정을 지니고 있는 남자에게 전화를 걸 것도, 별채에서 시어머니의 점심상을 치울 것도, 얼마 있으면 바다에서 돌아올 과묵한 어부를 위해서 목욕물을 데우는 것도, 거기가 누구의 집이라는 것도, 또, 그것이 도대체 누구의 아기라는 것도 전부 잊어버리고, 따뜻하고, 조용하고, 눈부신 하늘 아래 언제까지고 서 있다.

그런 형수의 머리 위를, 저 두루미가 짙지도 엷지도 않은 그림자를 떨어뜨리면서 유유히 날아갔지만, 그러나 그녀는 알아차리지 못한다.

*

학은 쿠사바 마을과 함께 잠들려고 하고 있다.

밤은 깊어가고, 바람은 딱 그치고, 논에서는 개구리가 개골개골 울고 있다. 그리고, 늪지를 둥지로 정한 두루미는, 한쪽 다리만으로 물속에 서서, 모양새 좋게 구부린 긴 목을 고독과 함께 날개 속으로 파묻고 있다.

그러나 밝디밝은 보름달은, 범하기 어려운 기품을 지닌 새 중의 새를 그리 쉽게 잠들게 하지 않는다. 파랗고 맑은 빛이 가끔 날개 하나하나에 가슴 설레는 힘을 주어, 날갯짓하지 않고는 못 배기는,

치밀어오르는 충동을 준다. 그때마다 두루미는 눈을 떠 목을 뺄고, 예전에 몇 번이고 건넜던 큰 바다의, 소리가 되지 않는 소리와, 북방 대륙의 시원하고 지내기 좋았던 여름으로 생각이 달려가, 저 먼 상공에서 지자기地磁氣를 정확히 포착하면서, 혹은, 초속 삼십 킬로미터로 회전하는 대지의 진동을 정확히 감지하면서 날았던 대비행을, 실로 그립게 상기하는 것이다.

학은 아직 내면의 변화를 깨닫지 못하고 있다.

쿠사바 마을의 물 덕분에 비행 능력이 이전보다 훨씬 증가되었다는 사실을, 즉, 그럴 생각만 있다면 지금이라도 당장 패거리한테로 단숨에 날아갈 수 있다는 사실을, 아직 모른다. 희박한 공기와 저온 따위를 개의치 않고 히말라야의 산봉우리를 넘는다는 학들, 그 녀석들과 비교해도 조금도 뒤떨어지지 않는 비상하는 힘이, 어느 틈엔지 날갯죽지 근육에 충분히 축적되어 있다는 사실을, 전혀 자각하지 못하고 있다.

그러나 작기는 해도 철새로서의 완벽한 뇌 속에는, 자물쇠 모양이 되었다 열쇠 모양이 되었다, 때로는 '생生'이라고 하는, 또 때로는 '사死'라고 하는 글씨 모양이 되어 대비행을 감행할 때의 뜨거운 염원이, 아귀산에 울리는 천둥소리와도 같은, 아마노나다에 밀어닥치는 해일과도 같은 기세로 퍼져간다.

나는 물색의 찬 밤공기와 함께 늪지를 방황한다.

쿠사바 마을에 사는 남녀노소는, 잠들어 있는 자나, 깨어 있는 자나, 모두 간직하고 있는 몸뚱어리와 함께 봄의 희열 속에 있다.

두루미는 물에 담근 다리를 바꾸고, 더욱 고독을 깊이 하며 억지로 잠들려고 한다. 그리고 깜빡 잠이 들려고 했을 때, 이번에는 피리소리에 방해받아, 자기도 모르게 목을 내밀고 주변을 두리번두리번 둘러본다. 그러나 두루미는 그 소리를 듣는 것이 이번이 처음은 아니다.

기분 좋은 음이 여기저기에 뚫린 구멍을 통해 대나무관에서 넘쳐흐르는 것도, 바람의 방향이나 습도에 따라 들렸다 들리지 않았다 하는 것도, 그 악기에 변화무쌍한 숨결을 주어 음을 자유자재로 다루는 인간의 일도, 그 사나이가 지금 어디에 있는가 하는 것도, 두루미는 전부 알고 있다.

피리소리는 봄밤 탓에 들뜬 사람들의 마음을 가라앉히고, 비길 데 없는 평안함을 주고, 이윽고 숙면으로 유도한다. 그러나, 때로는 그와는 정반대의 효과를 초래할 때도 있다.

나 또한 피리소리에 이끌려 간다.

아버지가 뱉는 숨과 쉬는 숨, 아버지의 마디 굵은 손가락의 절묘한 움직임과 끊임없는 목의 움직임, 아버지의 가슴속에서 소용돌이치는 봄에 대한 찬탄과 물에 대한 감복의 마음, 아름다운 그 모든 것이 멋들어지게 음색을 물들인다. 아버지는 자기자신을 위해서, 즉, 자기 세계에 매몰되고 싶어서 그런 것을 부는 것이 아니다.

보통 피리보다 훨씬 거칠게 만들어진 아버지의 피리는, 우선 물망천과 아마노나다를 위해서 불려진다. 그 다음으로, 쿠사바 마을을 통과하는 바람과 구름과 시간, 고기압과 저기압의 전선前線을 위해서 불리우고, 이 고장의 풍부한 작물과 끝없는 천혜의 산물을 위해서 불리우고, 가주佳酒를 빚는 사람들과 그 술을 마시지 않고는 못 배기는 사람들을 위해서 불리운다.

그리고, 막 태어난 인간과 가축, 아니 넉넉히 수명이 남아 있는 들짐승과 어류를 위해서 불리우고, 온갖 만발한 꽃들과 파랗게도 빨갛게도 빛나는 별들을 위해서 불리우고, 온갖 형태로 유지되고 있는 수많은 가족을 위해서 불리우고, 그리고, 남자와 여자가, 암컷과 수컷이 격렬하게 추구하는, 생명의 근원을 이루는 지상의 힘을 위해서 불리운다.

예전에 아버지는 나와 누이를 위해서 피리를 불었다.

그렇지만, 마른 대나무관에서 흘러나오는 가락은, 날마다 깊어 가는 우리 관계를 어떻게도 할 수 없었다. 또, 남동생의 쓸모없이 야만스러운 피의 소용돌이를 진정시키지도 못했고, 형의 매우 장남다운 고뇌에도, 꾀병을 언제까지고 계속하고 싶어하는 어머니 마음의 병에도, 출산을 향해 점점 부풀어가는 누이의 배에도, 전혀 효험이 없었다.

요컨대 우리 가족은 아버지 피리에 하등 영향을 받지 않았고, 다른 가족과 똑같이, 결국 돼가는 대로 될 수밖에 없었던 것이다.

그래도 아버지는 피리의 힘을 믿고 있다.

아버지는 지금, 형과 형수 사이에 생긴, 메울 길이 없는 틈을 메우기 위해서 불고 있는 것이 아니다. 혹은, 달밤인데도 불구하고 물욕에 눈이 어두워 밀어에 나선 셋째아들의 무사함을 기원해서도 아니다. 혹은, 소식이 끊긴 지 오래된 둘째아들의 무사함을 기원하여 부는 것도 아니다. 아버지는 오늘밤, 첫손자를 위해서 분다.

몇십 년 동안 갈고닦아도 여전히 완성의 경지에 도달하지 못한 선율은, 미숙하기 때문에 아름답고, 아버지의 호리호리한 몸을 떨게 하고, 아버지가 걸터앉아 있는 돛단배에 공명하고, 그리고 나서 물망천의 상류와 하류로 빨려들어가, 한쪽은 아귀산 계곡으로, 다른 한쪽은 아마노나다의 심연으로 확산된다.

아귀산과, 살아 있는 자에게는 결코 보이지 않는 또 하나의 아귀산은, 봄 어스름 달빛에, 톱니 같은 분화구 가장자리랑, 녹기만 하는 도깨비 형상의 눈[雪]까지 분명히 식별하게 된다. 산꼭대기부터 기슭 사이 그 어디에도 난기류는 없고, 삼면이 너도밤나무숲에 둘러싸인 목장 안의 마구간에도, 내력 있는 혈통이라는 것 이상의 피를 물려받은 서른 마리의 말이 조용히 잠들어 있다. 아니, 한 마리의 밤색 말은 이제 곧 시작될 진통에 대비해서, 잘 마른 볏짚 위에 무거운 몸을 가만히 누이고 있다. 또, 지붕에 세운 막대기에 잉어기치가 드높이 걸려 있고, 램프가 세 개 점점이 켜 있는 오두막 안에서는, 조부가 묵묵히 새로운 연을 만들고 있다.

그리고, 천혜의 요새가 되어 사람을 근접하지 못하게 하는, 깊이를 알 수 없는 계곡에서는, 야생 원숭이가 언제나처럼 제각기 자리 잡고, 잠에 취해 있다. 다만, 귀가 한쪽밖에 없는 큰 원숭이는 깨어 있고, 그는 여전히 체념하지 못한 채 하늘을 우러러보고, 반짝이는 별과 흐르는 별로 꽉 채워진 이 세상 끝에 있을지도 모르는 대원리大原理 중의 대원리를, 원숭이로서 살아나가야 할 완벽한 답을, 끝까지 확인해보려 하고 있다.

아버지는 피리를 거친 입술에서 뗀다.

그러나, 숨이 찼기 때문도, 즉흥적인 가락에 매끄러움이 없어져 지겨워졌기 때문도 아니다. 혹은, 자기 집안 사정이 조금도 바람직한 방향으로 나가고 있지 않다는 사실을 새삼스레 깨닫고, 깊은 허무의 계곡에 내던져져 자포자기해버렸기 때문도 아니다.

잔교에 매인 돛단배에 묵직하게 걸터앉은 아버지는, 피리를 획획 털어서, 피리통 안에 고인 침을 짠 기운과 함께 털어낸다. 그리고 나서 아버지는, 조롱박에 담아온 술을 한입 꿀꺽 마시고, 달과, 달을 둘러싼 수많은 별들을 차분히 바라보고, 귀는 저 먼 곳, 새도 날아다니지 않는 그런 곳에서 태어난 낮고 무거운 바다 울림소리를 예민하게 포착한다.

아버지는 평화라든가 안정 같은 것에 짓눌릴 사람이 아니다.

아버지가 끝없이 추구하는 것은, 원시적인 욕망의 충족, 그런 공허한 것이 아니다. 아버지는 물고기 이외의 그 아무것도 쫓지 않고, 시간의 흐름 외의 그 무엇으로부터도 도망치려 하지 않는다. 아버지라고 하는 사나이는, 여태까지도, 지금도, 깊이 생각하지 않으면 안될 만큼 심각한 문제는 무엇 하나 갖고 있지 않다.

그리고, 이제부터도 쭉 그럴 것이다.

아버지의 용인容認은 쿠사바 마을 전체에 미친다.

비뚤어진 반도는 한구석에 내몰려진 이 시골 마을의 모든 것을, 아버지는 조금치의 무리도 없이 받아들인다. 물이라고 하는 모든 물의 애절한 냄새가 구석구석에 배어든 밤기운, 풍요의 원천이 되고 있는 대기, 그런 것들과 똑같이, 아버지라고 하는 뛰어난 어부 또한, 쿠사바 마을에 확고히 자리잡고 있다.

그러니까, 가족 중의 누군가가 어떤 실수를 저지르고, 어떤 방탕한 짓을 하고, 어떤 파렴치한 행위를 했다고 한들, 아마노나다 굴지의 어부로서의 아버지의 명예가 실추된다는 따위의 일은 결코 없다. 설혹, 일몰과 동시에 만선을 기대하며 바다로 나간 셋째아들 신상에 뭔가 불상사가 일어난다 해도, 예를 들자면, 동생이 어협 밀어 감시원에게 잡혀, 늑골이 두서너 개 부러져, 경찰에 인도된다고 해도, 아버지의 긍지는 조금도 손상되지 않는다.

아버지는 다음번 고기잡이를 생각하고 있다.

아버지는 조수와 바람과 달의 생태를 주의 깊게 관찰하면서, 배를 띄울 가장 좋은 날을 탐색하고 있다. 기름 따위를 태워서 달리는, 냄새나는 배에 의지할 수밖에 없는 어부한테는 절대로 불가능한 일이지만, 아버지는 하구 부근에 모이는 물고기를 냄새로 분간할 수 있다. 게다가 그 매부리코는, 살아 있는 고기에만 반응한다.

죽은 물고기는 물론이고, 죽은 해초도, 죽은 플랑크톤도, 죽은 박테리아도, 죽은 곤충도, 죽은 초목도, 죽은 짐승도, 죽은 물도, 죽은 혹성도, 죽은 고매한 정신도, 그리고 건너편 기슭 대나무숲 가운데에서 아무도 모르게 죽은 아들도, 아버지 코는 결코 포착하지 않는다.

아버지는 아무것도 아끼지 않는다.

아버지 노릇 하는 데 있어서는 그저 그런, 말이라는 것에 거의 의지하지 않는 이 사나이는, 헛되이 흘러가는 시간도, 그다지 의미도 없이 마모되어 가는 목숨도, 아까워하지 않는다. 아버지라는 평범한 사나이는, 이미 오래 전에, 아마도 돛단배를 타고 아마노나다로 출항했던 첫날에, 이 세상의 구조와 기능을 체득하고, 죽은 자조차 그렇게 간단하게는 깨닫지 못하는 하늘의 이치[天理]라는 것을, 쿠사바 마을의 온갖 물을 통해서, 쉽게 이해해버린 것이다.

그러나, 아버지 자신에게는 그런 자각이 없다.

자기를 망각하고, 도마뱀이나 지니는 저속하고 강렬한 욕망을, 안개구름처럼 소멸시켜버리는 기술을 체득하고 있는 것처럼 보이기는 해도, 사실은 그것은 물의 힘이 아버지의 온몸에 조금씩 침투시킨 것이다. 그러니까, 아버지의 의식 속에는 아무것도 없다.

아버지는, 배의 속력이 느려서 어장에 도착하는 것이 많이 늦어졌을 때에도, 아깝게 호기를 놓쳤다고 생각하지 않고, 땀투성이가 되어 끌어올린 어망 속에 식용거리도 되지 않는 해파리밖에 들어 있지 않을 때에도, 헛수고를 했다고는 생각하지 않는다. 또, 다음 고기잡이를 위해서 몇 시간 뒤의 미래를 예측하는 일이 종종 있지만, 그 예측이 적중하지 않았다고 해서, 실망하거나 심란해하거나 하는 일은 절대로 없다.

앞을 알 수 없는, 일 초 뒤에 무슨 일이 일어날지 아무도 알 수 없는 잔혹한 이 세상을, 아버지는 항상 긍정하고, 만끽한다. 그렇게 해서 아버지는 침략전쟁 시대를 받아들였고, 이윽고, 생필품이 바닥이 난 패전국 시절과, 그리고 갑자기 찾아온 번영의 시대를 한결같이 감수해왔다.

그런 아버지가, 아들의 뜻밖의 죽음을 어떤 계기로 알게 된다 해도, 틀림없이 만감을 피리소리에 담아 간단히 흘려보낼 것임에 틀림없다.

잘 죽은 내가 여기 있다.

조롱박 속의 술은 목구멍을 통과하는 순간 직접 영혼에 닿아,

아버지를 다시 피리로 향하게 한다. 아버지의 끊기지 않는 숨결은, 봄밤의 강변에 가장 잘 어울리는 가락을 차례차례 만들어내고, 깊은 정情의 발로에서 태어난, 깊숙하고 고요한 음의 고리가 되어서 사방으로 흩어져간다.

  중후하면서도 우아한 그 진동은, 안개처럼 수면을 미끄러져 건너가, 대나무숲의 고독한 망자에게 짐승의 악령이 달라붙는 것을 막고, 트럭의 타이어 튜브에 매달려 물망천을 흘러가던 어린 형제와, 아직 물이 무서워서 둑 위에서 세 오빠들의 위험한 놀이를 구경하고 있는 누이동생의 모습을 뚜렷이 재현시키고, 그리고 나서, 꽃이 가득 핀 복숭아밭 속의 농가로 흘러들어가, 이층의 부부 방에서 칭얼대는 아기를 달랜다.

  그 아이의 복스러운 귀는, 어부인 할아버지가 내는 따뜻한 음파를 민감하게 포착하고, 그러자 아이는, 갑자기 울음을 그치고, 엄마가 아닌 여자가 내밀고 있던 우유병에 달겨든다.

  형수 얼굴에 모성의 웃음이 퍼진다.

  오랫동안 아이를 달래면서 어쩔 줄 몰라하던 형수의 긴장이, 한꺼번에 풀려간다. 동시에, 그녀 곁에 드러누워 텔레비전 야구 중계를 보고 있던 형의 얼굴에도, 천천히 미소가 번져간다. 둘은 알 턱이 없지만, 그때 별채에서 진짜 시체보다 더 비참하게 누워 있는 어머니의 입가에 분명히 웃음이 떠올랐던 것이다.

  형도, 형수도, 그리고 어머니도, 장차 그 아이를 어떻게 해야 할지, 잘 알고 있다. 입 밖에 꺼낸 적은 없지만, 현재로는 이 아이 말고는 집안을 이을 자가 없다는 것을, 우리 가족은 모두 잘 납득하고 있다. 적어도 형과 어머니는 그렇게 생각하고 있다. 아니, 형수도, 언젠가, 그다지 멀지 않은 장래에, 자기 아이로 입양시켜, 키우고 싶다고 남몰래 원하고 있다. 시누이는 다행히 몇이라도 원하는 만큼 낳을 수 있는 몸이니까, 하나 정도 나눠줘도 괜찮을 것이다,라고 그녀는 계산하고 있다.

형은 인스턴트 커피의 거품을 홀쩍인다.

모든 일이 제대로 되어가고 있다고 느끼는 형은, 일단은 착란상태에서 벗어나, 장남다운, 언제나와 같은 느긋한 태도를 되찾았다. 붕괴의 위기감은 멀어지고, 가정으로서의 체제만은 간신히 유지되고, 어젯밤 여우골목에서 얻어맞은 얼굴의 부기도 가라앉았다.
게다가 하얀 승용차 조수석에 앉아서 웃는 아내의 모습을 다시 한번 목격하게 될 때의 각오도, 이미 서 있다. 그렇게 되었을 때 내리지 않으면 안될 결단과, 하지 않으면 안 될 일의 복안도 다 세워놓았다. 그때 형이 휘두르지 않으면 안 될 물건은, 아마, 굵기에 있어서나 무게에 있어서나 금속 야구방망이를 훨씬 능가하는, 예컨대 복숭아밭에 세워진 말뚝 같은 것이 될 터였다.

형수는 이제 그 따위 남자를 만나서는 안 된다.

형수는 이 이상 남편을 막다른 곳으로 내몰아서는 안 된다. 그런 삼류 세일즈맨 따위의 일시적인 감언이설에 넘어가서, 두 번 다시 가자키리 다리를 건너서는 안 된다. 그녀에게는 이제 갈 곳이라고는 아무데도 없고, 돌아올 곳은 이 집밖에 없다. 쿠사바 마을이야말로 고향이고, 쿠사바 마을이 이 세상의 모든 것이라는 사실을, 그녀는 지금 안고 있는 아기의 훈기를 통해서 절실히 깨달아야 한다. 우리 가족의 확고한 일원이라는 자각을 지니고, 야에코의 첫아이와 함께, 그 아이의 눈부신 성장의 이십 년을, 툭하면 보푸라기가 일어나는 자기의 이십 년 속으로 부지런히 거둬들이면서, 아등바등하지 않고, 얌전하게, 나무처럼 늙어가야만 하는 것이다.

그리고 어느 해의 어느 날, 별채에 틀어박혀 평범한 죽음을 맞이하고, 뒷마당의 잡초가 잘 자라는 묘지에, 화장당하거나 하지 않고 온전하게 매장되어, 오랜 시간을 들여 흙으로 환원하고, 쿠사바 마을의 물에 천천히 녹아들어 갈 결심을 굳혀야 한다.

형수는 그 밖의 아무것도 바라서는 안 된다.

좀더 나은 충족된 나날이, 삼백 명의 동창생 가운데서 겨우 한 명 정도가 운좋게 거머쥘 수 있을지 어떨지도 모르는, 그런 꿈 같은 삶이, 천박한 연애를 통해서 쿠사바 마을 바깥에 얼마든지 널려 있다는, 그런 환상에 휘둘려서는 안 된다.

이미 몸과 마을은 쿠사바 마을의 물로 균형이 유지되고, 가자키리 다리 저편의 물은 독액처럼 한 방울도 받아들이지 못하게 되어버려, 그 물을 한 입 마시기만 해도 자기파멸로 직결된다는 사실을, 이쯤에서 명심해야 한다.

나는 쿠사바 마을을 떠나서는 안 되었었다.

비록 아무리 거북스럽고, 아무리 괴로운 처지에 빠지게 된다고 해도, 여기를 뛰쳐나감으로써 결말을 지으려 했던 것은, 분명히 잘못되었다. 쿠사바 마을 내에서 해결하지 못할 일은, 다른 고장에 가봐도 똑같거나, 아니면 악화일로를 치달을 뿐이다.

참살된 변태성욕자, 그의 최후는 바로 비극 그 자체였지만, 그렇다고 해서, 불행한 죽음이었다고 일방적으로 단정할 수는 없다. 복숭아밭 울타리에 쓰였던 말뚝에 도대체 무슨 뜻이 담겨져 그 사내의 머리를 내리치고, 또, 가늘고도 튼튼한 끈에 도대체 어떤 감정이 담겨져 그 거구를 물레방아에 매달았는지, 그것은 하수인인 당사자도 모르는 일일지도 모른다. 혐오, 복수, 방어, 가학 아니면 지나친 동정— 어떤 동기에 의해서인지, 누구의 짓인지 하는 것은, 벌써 쿠사바 마을의 영원한 수수께끼가 되어버렸다.

다만 한 가지 확실한 것은, 그 사내는 살해됨으로써 가해자가 되지 않을 수 있었고, 명색뿐이긴 해도 동정까지도 받았고, 비뚤어진 사십 년을 최소한의 오명으로 마칠 수 있었다는 사실이다. 한편, 물망천의 물로, 튄 피를 씻어내고 나서 돌아간 자는 솜씨 좋게 사람을 해치운 사실에 스스로 만족하고, 불완전하고, 추악하고 쿠사바 마을에 어울리지 않는 쓰레기를 처치했다는 사실에 흐뭇해

하며, 그날 밤부터 숙면할 수 있었는지도 모른다.

그 몸집 큰 사내와 나는 쿠사바 마을을 더럽히는 자이고, 언젠가는 배척될 운명이었을 것이다. 그럴지도 모른다.

우리집의 신성한 신생아가 눈을 뜬다.

그 또렷한 눈동자에 선명하게 비춰진 것은, 여전히 살아나가지 않으면 안 되는 자들의 애잔함, 그런 것이 아니다. 그의 흠결 없는 수정체에 비친 형수의 얼굴은, 진짜 어머니에 못지 않을 자애에 차 있고, 엉뚱한 욕망에 사로잡혀 일그러지는 일은, 한순간도 없다. 같은 눈에 비추어진 내 얼굴 또한, 혼백이라고 불리는 종류의 것치고는 그다지 어둡지 않고, 예를 들자면 살아서 끝없이 방황하던 시절의 표정과는 자못 거리가 있다.

그때 형수는, 아기 눈 속의 나를 알아차리고 흠칫하여 숨을 삼키고, 얼른 뒤를 돌아본다. "왜 그래?" 형이 텔레비전을 보다 말고 묻는다. 형수는 다시 한번 아기의 맑은 눈을 들여다보고, "아니."라고 대답하고, 방의 구석구석 둘러보고 나서, 그 아이를, 작기는 하지만 뜨거운 희망의 덩어리가 품고 있는 영롱한 미래를, 양손으로 가슴에 꼭 끌어안는다.

"어머니한테 보여드리면 어때?"

형이 그렇게 말한 것은, 아기 얘기다. 그러자 형수는 "보이면 알아볼까."라고 말한다. "물론. 사실은 전부 알면서 멍청한 척하고 있는 거야." "누구 아이냐고 물으면 뭐라고 대답하면 될까?" "어머니는 다 아셔."

형수는 아기를 안고 계단을 내려간다.

그리고 형수는, 지금도 여전히 마음에 들지 않는 어둡고 긴 복도를 철퍼덕철퍼덕 걸어서, 별채로 향한다. 걸어가면서, 시어머니가 물어왔을 때의 대답을 생각한다. 한참 머리를 짜내어 생각해낸 것은 "이건 우리집 아이예요."라는 애매한 대답이다. 그런데, 시험 삼아 한번 입 밖에 내보자, "이건 제 아이예요."로 변해 있다. "제 아이예요."를 되풀이하면서, 그녀는 갓이 없는 전구 밑에 멈춰 선다.

그리고 주위에 아무도 없는 것을 확인하자, 갑자기 가슴을 헤치고, 아무것도 나오지 않는, 나올 턱이 없는 젖꼭지를 아기에게 물려본다. "아." 하는, 소리가 되지 않는 소리를 내며, 그녀는 자기도 모르게 눈을 감고, 그리고 시치미 뗀 얼굴로 다시 어둡고 긴 복도를 걷기 시작한다.

누워 있는 어머니의 몸은 이불보다도 납작하다.

여느 때처럼 어머니는 목만 조금 비틀어, 약간 열린 유리창 틈새로 눈길을 주고 있다. 그렇게 해서 어머니는, 흐린 달빛을 받아

밤에도 계속 피는 복숭아꽃과 황매화나무꽃, 그리고 연못에서 느긋이 헤엄치고 있는 금붕어를, 멍한 얼굴로 바라보고 있다.

마음을 다부지게 먹은 형수는, 죽어가는 자를 위한 여덟 칸짜리 별채에 쑥 들어가, 끈을 잡아당겨 불을 켜고, 베개맡에 쭈그리고 앉아, 마치 자기 아기이기라도 한 듯이, 아기를 자랑스럽게 시어머니 얼굴 앞에 내민다. 그러나 어머니는, 눈 한번 깜빡하지 않고, 이마의 주름살 하나 움직이지 않는다. 형수는 오기가 나서 좀더 아기를 가까이 갖다대고, "어머님, 자 보세요. 이쁘죠?" 한다.

그때 마침, 아기가 오른손을 쭉 뻗어 처음으로 할머니 얼굴을 만진다. 그러나, 어머니는 무표정인 채 있다. 맥이 빠진 형수는 한숨을 쉬고, "역시." 하고 중얼거리자, 불을 끄고 복도로 나간다. 그녀의 발걸음소리와, 젖먹이의 달콤한 향기가 멀어지자, 어머니의 원숭이 같은 손이 살금살금 이불 밖으로 나온다.

누워만 있는 생활 때문에 뼈까지 가늘어진 손가락 끝이, 방금 막 손주의 손이 닿았던 볼을 가만히 쓰다듬는다. 그러자, 공허하게 메말라 있던 눈이, 금방 축축해진다. 오 년 만의 어머니의 눈물은, 메밀 껍데기가 든 베개에 반쯤 스며들고, 나머지 반은 피리소리에 빨려들어 집 밖으로 흘러나가, 밤이슬이 되기 위해 수증기로 되고, 청신한 오월 밤하늘을, 광활한 천지 사이를 천천히 떠돌기 시작한다.

*

나는 피리소리에 이끌려 쿠사바 마을을 방황한다.

더운 기운이 거의 포함되지 않은 달빛을 빠져나가, 대해원을 날아서 찾아오는 두루미처럼, 나는 높이, 더 높이 날아오른다. 그러나 아무리 고도를 높여봤자, 이승은커녕 이 별로부터도, 이 나라로부터도, 이 반도로부터도, 이 마을로부터도 빠져나가지 못하고, 나는 다만 피리소리가 도달하는 범위 내에서 의미 없는 활강을 계속하고 있을 뿐이다. 그리고, 수많은 물질을 잡아당기려 하는 대지의 힘의 영향이, 육체를 잃은 자에게까지 미쳐, 얼마 있다 나는 다시 쿠사바 마을로 끌려 돌아온다. 그러나, 그것도 괜찮겠지. 원하는 바이다.

이윽고 나는, 늪지에 한쪽 다리를 박고 잠자는 위대한 새 곁을 지나, 그 뒤는 다만 피리소리에 농락당해, 비실비실 물망천 쪽으로 향하고, 밤이슬 한 방울과 함께, 갈대숲 가 낡은 잔교에 매어져 조용히 흔들리고 있는 돛단배 뱃전에, 꼭 달라붙는다.

오늘밤 피리에 담겨진 힘은 굉장하다.

아버지의 쇠약을 모르는 폐와 위, 그리고 불굴의 정신으로 내보내지고, 낡은 대나무통을 민첩하게 통과한 기체의 현묘한 가락은, 살아 있는 자의 영혼을 격렬하게 흔들어 몰아지경에 빠지게 하고, 망자의 영혼을 불러 깨울 만한 힘을 발휘하고, 혹은, 우주의 질서를 좀더 정연하게 만들고, 혹은 또, 생과 죽음의 확연한 경계를 멋지게 없애버리는 힘으로 가득 차 있다.

그것은, 아버지의 오장육부에 스며드는 가주라든가, 술과 함께 조롱박 안에도 분명히 존재하는 광대무변한 대우주의 작용이 아니고, 태어난 지 얼마 안 된 첫손주에 대한 간절한 생각이 짜낸 힘도 아니고, 혹은 봄의 현묘한 달빛과, 따뜻하고 노곤한 허무감이 파도처럼 간섭하므로 생긴 고양高揚의 효과도 아니다.

모든 것은 쿠사바 마을의 물이 가져다주는 힘이다.

물망천을 도도하게 흐르는 풍부한 담수가 아마노나다의 해수에 녹아들 때에 발생하는, 방대한 열에너지의 힘, 사체를 먹고 살아가는 짐승이나 곤충처럼, 인간의 방황하는 영혼을 먹이로 하는 그 바다거북이 방출하는 유전流轉의 힘, 두루미의 너무 긴 목을 끊임없이 적시고, 들고양이의 내장을 끊임없이 정화시키는, 아귀산에서 용솟음치는 물의 힘. 쿠사바 마을의 모든 동물과 식물 사이의 물질교환을 밤낮없이 촉진시키는, 빗물의 힘, 세 바퀴 큰 물레방아가 부지런히 길어올려 논밭이랑 과수원을 적당히 적시게 하는 영양분에 찬 물의 힘. 사람들이 너무 순수해져서 죽어버릴 것을 미연에 방지하는, 여우골목 개천의 오수의 힘. 그러한 여러 종류의 물의 힘은, 지금 아버지 하나에게 집결되어, 평범한 어부의 몸과, 불을 일으키기 위한 대통과 그다지 다르지 않은 단순한 모양새의 피리를 통해, 기사회생의 음악소리를 마음껏 내게 하고 있다.

아무도 불행하지 않다.

적어도 아버지 피리소리가 들리는 곳에서 살고 있는 사람들은, 누구 하나 슬퍼해야 할 존재가 아니다. 오 년 간이나 별채에 틀어박혀 가족과 말을 나누지 않는 여자도, 아직 자기 아버지와 대면을 못한 신생아도, 그 아이를 강기슭에 밀려오는 파도의 움직임에 맞추어 뭉클 낳은 여자도, 농가집 며느리로서 이미 꼼짝 못하게 돼버린 여자도, 아내에게 지독한 배반을 당했으면서도 '집안'을 위해서 풍파를 일으키지 못하는 사나이도, 자기가 만든 용연에 목이 조여져, 자칫 목숨을 잃을 뻔하고, 그러고도 여전히, 좀더 크고 좀더 위험한 연을 만들기 위해 정진하는 늙은이도, 그리고 깊은 대나무숲 속 다 쓰러져가는 오두막 안에서 아무도 모르게 숨이 끊긴 사나이도, 모두 똑같이 피리소리에 구제되고 있다.
그러나, 두터운 잠수복과 무거운 잠수모로 무장하고, 조류를 향해 몸을 앞으로 쑥 쓰러뜨리면서 바다 밑바닥을 기어다니고 있는 사나이의 귀에는 거품이 으깨지는 불길한 소리밖에 들리지 않는다.

누군가가 필사적으로 나를 부르고 있다.

가족 중의 누군가가, 다름 아닌 바로 나에게 구원을 요청하고 있다. 피붙이의 절박하고 비통한 절규가, 물망천의 물을 통해 분명하게 나에게 전해져온다.

동생이다. 이것은 동생의 소리가 틀림없다. 강에서 빠져죽을 뻔했을 때 살려준 일을 순간적으로 떠올린 동생은, 그로부터 이십 년이 지난 지금, 다시 나를 필요로 하고 있다.

가지 않으면 안 된다.

동생은 나를 잊지 않았다. 힘이 될 수 있을지 어떨지는 별개의 문제이고, 어쨌든 곁에 가주지 않으면 안 된다. 나는 피리소리를 타고 물망천을 물보다도 빨리 흘러 내려가고, 아마노나다의 조류보다도 빨리 흘러, 그리고 드디어, 온 배를 어둠의 색으로 칠하고, 강력한 스크루를 두 대나 단 수상한 배를 따라잡는다.

스크루는 둘 다 전속력으로 회전하고 있다. 그러나, 배 위에 동생의 모습은 없다. 거기 있는 것은, 동생이 고용한 꼬마와 뚱보뿐이다. 이 두 악당은 지금, 자세를 될 수 있는 대로 낮게 하여 풍압을 줄이고, 전속력으로 달려, 어거지로 도망치려 하고 있다.

추적하는 사람들과의 거리에만 신경쓰이는 꼬마는 끊임없이 뒤를 돌아보고, 뚱보는 크게 주저하면서도, 결국에는 악운으로 향하는 방향으로 키를 돌린다.

동생은 아직 버림받은 것은 아니다.

동생과 배 사이는 목숨줄이나 관으로 완벽하게 연결되어 있고, 스쳐 닳기는 해도 끊어지는 일은 없고, 컴프레서도 또한 현재로서는 정상적으로 움직이고 있다. 바닷속의 동생은 마치 북풍에 날리는 도롱이벌레처럼, 빙글빙글 격렬하게 회전하면서, 아마노나다 바다의 여기저기를 되는 대로 끌려다니고 있다. 아무 신호도 없이, 갑자기 해면 근처로 끌어올려졌기 때문에, 혈액에 녹아 있던 기체가 거품을 일으키려고 한다.

 그 거품이 뇌혈관을 막아버리면, 끝장이다. 죽든지, 아니면, 실컷 괴로워하다 끝내 살아 있는 시체의 길을 갈 수밖에 없다. 그러나 나는 그런 동생을 어떻게도 해줄 수가 없다.

 추적하는 배도 지지 않고 쫓아온다.

 그들의 배는 이번 봄에 고출력 엔진으로 새로 갈았다. 그리고, 일 킬로그램이라도 가볍게 하려고 쓸데없는 비품은 하나도 싣지 않았다. 확성기에서 튀어나오는 굵은 목소리는 끊임없이 배를 멈추라고 명령하고, 탐조등에서 흘러나오는 칼처럼 날카로운 빛은 종횡무진으로 어둠을 찢는다.

 그 대단히 거친 추적과 도주는 반도를 따라 펼쳐지고, 세 척의 배는 파도를 일으키고, 암초를 능숙하게 피하면서 지그재그로 달리고, 잇따라 급선회를 하고, 때로는 뱃바닥이 해면을 떠나는 순간도 있다. 요란스러운 엔진의 울림, 반도의 낭떠러지를 둥지로 하는 갈매기를 두들겨 깨우고, 부근에서 정당한 어업에 힘쓰고 있는 정직한 어부들을 일제히 돌아보게 한다. 몇 척인가의 어선이 추적대에 가담하고, 진로를 방해하려고 하지만, 너무 빠른 속도와 너무

등등한 기세에 간이 서늘해져, 금방 단념해버린다.

동생은 바닷속에서 고래고래 소리 지르고 있다.

보통 사람이라면 벌써 기절했을 것이다. 동생은 지금, 빠져죽을 뻔한 어릴 적의 그날처럼, 내 팔이 내밀어질 것을 기다리며, 있는 대로 소리친다.
그러나 배 위의 악당들은, 동생의 일 따위 전혀 마음에 두지 않고, 까만 배를 활처럼 달리게 하고, 탐조등이 옆으로 비낀 틈을 타서, 동생이 몸을 돌보지 않고 잡아온 전복을 미련 없이 바다에 던져버린다. 설령 잡힌다 해도 약간의 벌금과 도구의 몰수로 끝나고, 그것도 오로지 동생 혼자 손해 보는 줄 알면서도, 꼬마와 뚱보는 무턱대고 추적대를 따돌리려고 한다.

둘 다 겁을 내고 있다.

외지인인 그들이 두려워하는 것은, 뭇매 맞을 일 따위가 아니다. 그런 일보다도, 쿠사바 마을에 흘러들어오기 전에 저질렀던 지저분한 못된 짓이 덩달아 발각되어, 또 콩밥을 먹게 될 것을 걱정하고 있는 것이다. 그들은 다른 마을에서도 그래왔듯이, 쿠사바 마을에서도 또 일생 동안 애깃거리가 될 만한 멋진 도망과 탈출을 해내고 싶다고 생각하고, 그러기 위해서라면 아무리 몰인정한 짓이라도 할 작정이다.

즉, 도망칠 수 없다는 것이 확실해질 경우, 동생을 컴프레서와 함께 물고기 밥으로 만들 작정이다. 사실 꼬마의 오른손은, 몰래 숨겨들고 있던 대형 나이프의 손잡이를 꼭 쥐고 있다.

나이프는 쓰지 않아도 되게 되었다.

두툼한 칼날이 목숨줄을 북북 문대기 전에, 추적대의 배끼리 요란하게 충돌했기 때문이다. 승무원들은 무사했지만, 배는 두 척 다 항해가 불가능해지고, 추격은 거기서 끝났다. 그들이 우왕좌왕하고 있는 사이에 검은 배는 금방 행방을 감춰버린다.
탐조등은 파손돼서 소용없게 되고, 확성기에서 나오는 분해 하는 소리와 욕도 이윽고 뚝 그치고, 다시 바다 그 자체의, 뭐가 어떻게 되든 상관없다고 생각하게 만드는 이상한 소리만이 아마노나다 바다를 감싼다.

동생은 아직 내 패거리가 된 게 아니다.

동생은 아직 살아 있고, 구원을 청하는 말을 중얼거리고 있다. 그러나 다시 나를 부르려 했을 때 기절을 하고, 잠수복과 잠수모 안에서 축 늘어지고, 그 뒤에는— 그뿐이다.
어쨌든 무사할 수 있었던 밀어선은, 살아 있는 인간을 끌면서 여전히 달리고, 이웃 마을에 면한 안전한 해역까지 와서야, 겨우 속도를 떨어뜨린다. 꼬마와 뚱보는 조용하게 배를 몰고, 초조하게 담배를 태우고, 국산 엉터리 위스키를 벌떡벌떡 마시고, 하늘을 가득 채운 별을 바라본다.

믿기 어려운 일이지만, 둘은 어디에선지 모르게 들려오는 피리소리에 귀를 기울이고 있는 사이에 인간다운 마음을 되찾고, 동생의 일을 걱정하기에 이른다. 이때까지 자기들을 가장 인간답게 대해주었고, 경멸하지 않고 상대해준 것은 도대체 어디의 누구였는가, 라는 것을 새삼스럽게 생각해낸 그들은, 비상시에 숨을 장소로 미리 정해두었던 작은 후미에 도착하고 나서도, 동생을 저버리거나 하지는 않는다. 배와 밀어 도구 일습은, 만조시에도 파도가 닿지 않고, 절대로 남의 눈에 띄지 않으리라 생각되는 바위틈에 재빨리 숨겨진다.

그리고 나서 꼬마와 뚱보는, 기절한 동생의 손과 발을 잡고, 모래밭을 사각사각 밟으며 소나무숲을 빠져나와, 택시를 잡을 수 있는 국도 쪽으로 나간다.

*

대나무 피리소리가 나를 물망천 쪽으로 되돌아가게 한다.

여전히 돛단배 뱃전에 걸터앉은 아버지는, 자신의 명상을 그대로 대나무관의 진동으로 바꾸어, 봄밤의 기운을 왕성하게 만들고, 쿠사바 마을 주변에 차 있는 모든 물에게 강인한 생동력을 주고 있다. 내 영혼의 물은 그 어느 것이나 쉼 없이 흐르고, 끊임없이 흔들리고, 어디까지고 깊이 깊이 스며들어간다. 어떤 물은, 마그마의 끝부분에 가열되어 들끓고, 어떤 물은 오로지 증발하기만 하고, 그리고 어떤 물은, 사람과 가축이 흘려보내는 오물의 독을 온갖 곳에서 정화시킨다.

바야흐로 나는, 바다를 향해 흐르는 한 방울의 물이면서 동시에, 모든 담수를 들이마셔버리는 바다 그 자체이다.

아버지의 피리소리는 어떤 물에도 용해된다.

한 토막 죽은 대나무관에서 샘물처럼 넘쳐흐르는 유현幽玄한 가락은, 주민 하나하나의 세속적인 상념을 깨끗이 끊어버리고, 사념을 털어내고, 시로야마 공원의 오오야마벚꽃과, 아무도 정확한 숫자를 모르는 복숭아꽃을 한층 더 붉게 물들이고, 건너편 기슭의 살아 있는 맹종죽을 한 그루 남김없이 푸르게 만들고, 그 대나무숲에 누워 있는 두 구의 시체에게, '나'와 '내' 바로 밑 지하 삼십 미터 지점에 잠든 고대인 소년에게, 엷은 붉은색 환상을 계속 갖게 한다.

새끼 학을 이미 삼천 년이나 끌어안고 있는 소년, 그의 때 묻지 않은 가슴속을 조용하게 지나가는 것은, 비단옷을 입은 아리따운 누나들이다. 혹은, 쓰러져가는 오두막 안에서 책상에 엎드린 채 숨이 끊어진 청년, 그의 오른손이 쥐고 있는 수성볼펜은 여전히, 피붙이 여동생의 풍만한 자태와, 믿는 것과 사는 것밖에 모르는 그녀의 맑디맑은 마음과 그녀를 둘러싸고 있는 맑은 물을 찬미하려

하고 있다.

이 봄 들어 처음인 뱃놀이의 환성이 터진다.

그것은, 쿠사바 마을 사람이라면 모르는 자가 없는, 봄이 드디어 절정에 달했음을 고하는 떠들썩한 소리이다. 그렇지만 그 소리는, 아버지가 내는 대나무 피리소리와 정면으로 겨루지 않고, 그러나 조화되지도 않고, 물망천의 흐름과 같은 속도로 조금씩 조금씩 피리소리를 제껴간다.

징, 큰북, 샤미센, 노랫소리, 장단 맞추는 소리.

취객의 가락이 맞지 않는 노랫소리와 여자들의 교성, 봄날의 하룻밤을 만끽하고자 하는 그들의 목소리와 음률은, 보통 소리보다 훨씬 크다. 말하자면 뱃전부터 수면까지의 길이가 넉넉히 어른 키만큼은 될 성싶은, 그런 큰 지붕이 달린 배와 함께 강을 내려가고, 상큼한 손박자와 함께 명랑하게 분출된다. 북숭아빛 장식등이 뱃전 가장자리에 죽 둘러져 있어, 어둠 속에 둥실 떠오른 특별히 맞춘 새 배는, 합성수지로 만들어졌고, 게다가 엔진도 달려 있지만, 물망천의 봄을 조금도 손상시키지 않는다.

쿠사바 마을의 살아 있는 자들이 뻐기거나 하지 않고 전승해온 뱃놀이, 그것은 삼백 년이 지난 지금에도 여전히 쇠퇴하지 않았을 뿐더러, 봄을 맞이할 때마다 좀더 세련되어져, 물망천의 물에 어울려간다.

배 가득히 담겨 있는 것은 봄의 정수이다.

수면에 비치는 등불을 향해서 물고기떼가 몰려온다. 여울이나 물살이 잔잔한 구덩이를 서식처로 하는, 평상시에는 잘 동요하지 않는 대어까지도, 등불에 유혹되어 놀잇배 뒤를 쫓아다닌다.
쿠사바 마을에 옛날부터 전해 내려오는 봄노래는, 배가 요정 '풍월'의 잔교를 떠난 뒤 벌써 여러 차례 불리었지만, 전혀 퇴색되지 않고, 오히려 점점 더 요염함을 더해서, 오월 십 몇일의 밤을 확실하게 밀쳐가고 있다. 그들의 드높은 노랫소리는, 강변 주민들의 빈축을 살 만큼 듣기 싫은 소리로는 결코 되지 않고, 올해도 또 오 년 전과 똑같이, 봄 경치 한가운데에 꼭 어울린다.
집에 있으면서 물망천의 들뜬 소리를 듣는 자는, 며칠 뒤 이번에는 자기가 벌일 뱃놀이를 생각하고, 우울해지려는 기분을 떨쳐버리고, 빛나는 생기를 되찾는다. 또, 오래된 가문으로서의 격식을 존중하고, 무사의 후손으로서의 체면을 유지하기 위해서 하루하루 급급해하며 보내는 사대주의자들도, 끊어졌다 이어졌다 들려오는 봄노래에 자기도 모르게 들뜨는 마음을, 누를 길이 없다.

아버지는 물러날 시기를 알고 있다.

그러니까 아버지는 놀잇배가 가까이 오자, 애용하는 악기를 가죽

주머니에 재빨리 집어넣는다.

아버지의 피리소리는 주로 사람들을 감회 깊게 하고, 애절한 아픔을 심화시키고, 타오르는 정념을 진정시키는 힘을 지녔지만, 놀잇배가 뿌리는 소리는 사람들을 들뜨게 하고, 요행을 착각케 하는 힘을 지니고 있고, 양쪽 다, 한 모금 마시기만 해도 중병이 쾌유되는 기적의 약처럼, 혹은 물과 똑같이, 쿠사바 마을에 절대적으로 필요한 존재가 되어 있다.

놀잇배를 수놓는 등燈 수는 삼백을 헤아린다.

쿠사바 마을의 주민에게 있어서 '풍월'배는, 눈부시게 꾸민 초특급 군함을 웃도는 구경거리이고, 그것은 아버지같이 조용한 사나이도 결코 예외는 아니다. 실제로 아버지는, 따끈한 정종이라든가 튀김 내음과 함께 눈앞을 흘러가는 따뜻한 색의 빛 덩어리를 좀더 잘 보려고, 서둘러 일어선다.

바람도 없고, 기온도 오월치고는 높기 때문에, 놀잇배 장지문은 모두 열어젖혀져 있고, 부지런히 술잔을 나누는 손님과, 취객을 능숙하게 다루는 뚱뚱한 마담과, 세 요리사와, 이제는 인사말로도 젊다고는 할 수 없는 기생들과, 그런 배에 태우기에는 아까운, 솜씨 좋은 뱃사공의 몸놀림이 손에 잡힐 듯이 보인다.

아버지의 눈은 딸의 모습을 분명하게 포착했다.

복숭아꽃과 같은 색의 두건을 쓰고, 역시 복숭아꽃 무늬의 옷을 입고, 손님 앞에서 주저하지도 않고 겁내지도 않고 춤추고 있는 자기 딸의 모습을, 아버지는 분명히 보았다. 야에코 쪽 또한, 손놀림도 선명하게 춤추면서, 돛단배와, 그 돛대를 붙들고 한껏 발돋움하고 있는 아버지의 모습을, 확실히 보았다.

야에코가 던진 눈초리는, 아버지 발밑까지 다가오고 있던 적막함을 순식간에 내몰고, 그리고, 이 나를 순식간에 이끌어당긴다. 나는, 아버지 배의 적어도 세 배는 되는 커다란 놀잇배와 함께, 자식을 위해서 열심히 일하고 있는 야에코와 함께, 물망천을 느릿느릿 내려간다.

여전히 발돋움을 하고 있던 아버지는, 반은 꿈꾸듯, 어머니가 된 지 아직 일천한 딸을 전송하고 있다. 아버지가 가족 중의 누구에게 손을 흔들거나 한 것은, 아마 이번이 처음이 아닐까.

야에코는 복숭아꽃이 되어서 춤춘다.

야에코는 이제는, 집과 가족들에게 기댈 줄밖에 모르는, 그런 여자가 아니다. 야에코는 남에게 보일 만한 가치가 있는 춤을 익혔고, 그 기술을 살려 살아가고 있다.

그녀는, 방석 한 장 정도의 좁은 장소를 충분히 활용하여 천천히 크게 춤추고, 때로는, 인형 같은 몸놀림으로 춤을 추어 보인다. 야에코가 손짓을 한번 할 때마다 뜨거운 갈채가 터져나오고, 그리고 손님들은, 교대로 마담에게 무희의 신원을 묻는다. "어디서 주워온 아이지?"라고 누군가가 묻고, "빨리 선녀 옷을 돌려주면 어때." 하고 놀린다.

그러나 마담은, 포동포동한 이중 턱을 흔들면서 웃을 뿐, 제대로 상대를 하지 않는다. 예를 들자면, 대개 이런 식이다. 이 아이는 진짜 인형이기 때문에, 이름도 없고, 집도 없고, 가족도 없어요,라고 말하고, 키득키득 웃는다. 야에코 또한 마담에게 보조를 맞추어, 인형과 똑같은 몸짓으로, 깜박깜박 크게 눈을 떴다감았다 하고, 붕 뜬 듯한 발걸음으로 걸어 보여, 손님을 웃게 만든다.

그렇다고 해서, 모든 사람이 야에코를 모른다는 것은 아니다. 좁은 마을이다. 손님 중에는 무희의 출신 성분을 아는 자가 셋 섞여 있지만, 셋 다, 아무리 술이 취해도, 그것을 자랑이랍시고 발설해서 모처럼의 연회의 흥을 깨는 그런 촌놈들은 아니다. 그들은 뱃놀이를 진심으로 즐기고 있다.

야에코는 일을 즐기고 있다.

술자리 같은 곳에서의 좌흥의 영역을 넘어선 그녀의 요염한 춤은, 손님은 말할 것도 없고, 익히 보아왔을 터인 마담이라든가, 요리사라든가, 뱃사공이라든가, 기생들까지 취하게 만든다.

그 중에서도 넋을 잃고 황홀하게 바라보고 있는 것은, 잔심부름을 하기 위해서 올해 '풍월'에 고용된 소년이다. 농아聾啞 특유의 아름다운 그의 눈은, 부지런히 일하면서도, 끊임없이 야에코에게 쏟아지고, 그녀의 매끄럽고 요염한 몸놀림을 가슴 가득히 받아들인다.

소년의 가슴에는 한 마리 새가 그려져 있다.

예전의 쿠사바 마을회에서 무슨 행사인가를 위해서 대량으로 제작하여 주민에게 배포한 티셔츠, 이제는 이 소년밖에 입고 있는 사람이 없는, 그 티셔츠 가슴에 프린트되어 있는 것은, 새끼 학이다. 새끼 학은 지금, 소년이 태어난 지 얼마 안 되어 가난한 절 문 앞에 버려졌던 비 오는 날처럼, 혹은, 그를 키워준 주지 스님이 병을 앓다 돌아가셨던 눈보라치던 날처럼, 맥없이 늘어져 있다.
그러나 그 셔츠를 입고 있는 소년은, 항상 의연한 얼굴을 하고 있고, 마담이랑 주방장이랑 뱃사공의 손짓이나 눈초리에 민첩하게 반응하고, 손짓 발짓으로 시키는 일을 금방 이해하고, 기꺼이 움직이고 있다. 그것은 오로지 같은 직장에, 같은 배 안에, 같은 물 위에, 야에코가 있기 때문이다.

야에코를 희롱하는 취객은 없다.

술을 억지로 권하거나, 마담을 통하지 않고 이것저것 캐물으려 하거나, 상스러운 말을 던져놓고서 혼자 히히덕거리거나, 가까이 다가와서 손을 잡거나 하는, 그런 패거리는 하나도 없다. 손님은 모두 실컷 먹고, 실컷 마시고, 마음껏 노래 부르고, 손뼉을 치고, 어제를 잊고, 내일을 걱정하지 않고, 깔깔 웃으며 만장의 기염을 토하고 있다. 쿠사바 마을 안에서도 정선된 쌀과 물로 빚어진 향기로운 술은, 마실수록 그 맛이 좋아져, 아무리 마셔도 기분이 나빠지는 일 따위는 없다. 드디어 하구가 가까워져 배가 크게 흔들리기 시작해도, 하늘을 찌를 듯한 그들의 기세는 조금도 꺾이지 않고, 노랫소리랑 웃음소리가 중단되는 일은 없다.

놀잇배 처마에 죽 매달린 제등 빛이 언제까지고 참신한 것도, 어스름한 달밤을 휘젓는 스산한 바람이 오늘밤만은 불지 않는 것도, 그것도 저것도 모두, 쿠사바 마을의 물의 힘과, 술의 힘과, 그리고, 야에코의 춤의 힘에 의한 것이다.

야에코는 봄의 선두에 서서 춤을 춘다.

징과 큰북과 샤미센에 맞추어, 봄 노래에 맞추어, 뱃전을 두드리는 물소리에 맞추어 춤추는 야에코의 온몸은, 화장품 냄새를 훨씬 능가하는 신생아의 달콤한 내음에 차 있다. 자식의 뜨거운 숨결과, 자식의 한없이 나긋나긋한 손발의 활발한 움직임과, 어둠 속에서도 어머니의 젖꼭지를 찾아내는 자식의 근사한 본능… 그러한 가슴 설레임이 야에코의 가슴속을 채우고, 내일을 살아갈 힘의 원류가 되어, 이제는, 놀잇배에 있는 모든 사람들에게 한결같이 파급된다.

그 힘은 동생에게도 확실하게 전달된다.

그래서 동생은 죽지 않을 수 있었던 것이다. 택시로 실려가는 도중에도 숨이 끊어지지 않았고, 이웃 마을 응급병원에 실려갔을 때에도 심장이 멈추지 않았고, 또, 재압再壓 탱크 속에서도 끈질기게 살아 있다. 이 응급환자가 왜 그런 처지에 빠졌는지 이미 눈치챈 당직 의사는, "어떻게 될지는 모른다."를 되풀이한다.

그러나, 나는 이미 안다. 동생이 목숨을 구할 것도, 돌아버릴 정도로 혈액이 거품 일고 있지 않은 것도, 잘 안다. 마디마디의 격심한 통증은 동생의 삶의 태도를 경고하기 위한 채찍이지, 돌이킬 수 없게 만드는 냉혹한 천벌 따위는 아니다.

어쨌건 동생을 병원에 실어나른 꼬마와 뚱보, 그들에게는 아직 그러한 자각이 없는 것 같지만, 그러나, 생전 처음 패거리를 저버리지 않았던 오늘밤을 기점으로, 둘 다 크게 변하려 하고 있다. 텅 빈 대기실 유리창에 얼굴을 납작 갖다댄 뚱보는, 전에는 느껴보지 못했던 강렬한 고향 생각에 사로잡혀, 국도를 밤새 달리는 장거리 운송용 대형 트럭의 무리를 멍하니 바라보고 있다. 그리고 꼬마 쪽은, 손목까지 새긴 문신을 슬쩍슬쩍 내비치면서, 쓸데없는 얘기는 하지 않는 편이 서로에게 좋지 않겠느냐는 뜻의 말을 줄줄이 늘어놓아, 잠수병과 재압치료에 대해 잘 아는 젊은 의사를 위협하고 있다.

그 사이에도 동생은 급속히 쾌유되어 가고 있다.

놀잇배는 방향을 바꾸려고 한다.

덩치는 크지만, 아마노나다 한가운데로 나갈 수 있게 만들어진 배는 아니다. 기껏해야, 강의 놀잇배다. 튀김용 불을 일단 끄고, 끓는 기름은 우선 깡통에 담는다. 야에코는 춤추기를 그만두고, 장식품 인형처럼 구석에 앉아, 한숨 돌린다. 마담은 야에코의 이마에 솟구친 땀방울을 닦은 후 가루분을 가볍게 발라주고, 손님이 준 팁을 가만히 소매 속에 넣어준다.

뱃사공은 신중하게 키를 돌린다. 배는 하구를 느릿느릿 전진하여, 언제라도 망망대해로 나갈 수 있다는, 피가 들끓는 착각을 손님들에게 갖게 하고, 혹은, 쿠사바 마을만이 안주의 땅이 아니라는 사실을 시사하기도 하고, 혹은 또, 이 세상은 결코 폐쇄된 것이 아니라, 열려져 있기 때문에 무한한 것이라는 기분 좋은 설說을 넌지시 비친다.

이제 소년이 나설 차례이다.

그는 뱃전에 똑바로 서서, 이윽고, 가냘프기는 하지만 강인한 허리를 한번 꼬아 상체를 돌리고, 혼신의 힘을 다해, 팔 가득 감고 있던 어망을 활짝 던진다.

일순간이긴 하지만, 야에코의 눈에 소년의 셔츠에 그려진 새끼 학이 분명히 날갯짓을 하는 것처럼 보인다. 그리고 다음 순간, 달빛 가운데 투망의 꽃이 활짝 피었는가 생각되자마자, 순백의 거대한 나팔꽃은 금방 물속으로 잠기고, 쿠사바 마을의 물의 일부와, 봄날 밤의 정수精髓를 움켜쥔다.

그 주홍에 손님들은 손뼉을 치며 좋아한다.

그러자 갑자기, 어망이 물속에서 멋대로 요동치기 시작하고, 소년의 몸은 앞으로 쏠려 바다로 끌려들어갈 뻔한다. 소년의 크게 벌린 입에서, 소리 없는 절규가 터져나온다. 동시에, 손님들도 기생들도 한꺼번에 소리지르고, 마담의 얼굴이 험악해진다.

누구보다도 빨리 일어서서 그쪽으로 뛰어가려고 한 것은, 아에코다. 그러나 실제로 구원의 손길을 뻗친 것은 가까이 있던 요리사로, 그는 순간적으로 소년의 허리를 붙들고, 또 다른 요리사가 소년의 손목을 파고든 투망 끈을 풀려고 한다. 그런데, 잘되지 않는다. "끊어, 끊어버려." 하고 뱃사공이 소리친다. 세 번째 요리사가 부엌칼을 들고 왔지만, 소년의 상체와 팔이 뻗칠 대로 뻗쳐 있기 때문에, 아무래도 칼끝이 끈에 닿지 않는다. 도우려고 엉거주춤 일어서는 손님들에게, 마담이 "움직이지 말아요. 위험하니까!" 하고 일갈한다.

손님들은 그 자리에 굳어버린다.

그러나, 모든 사람의 안색이 변했던 것도 잠시뿐이다. 어망에 걸린 것의 정체가 밝혀지자, 그들의 목소리는 부드러워지고, 소년의 공포 어린 표정도 바뀐다. 그렇다고 해서, 사태가 좋아졌다는 이야기는 아니다.

커다란 바다거북은 꿈틀거리고, 반항하고, 난동을 피고, 그렇게 하면 할수록 어망에 감겨서 꼼짝할 수 없게 되어버린다. 소년의 팔은 떨어져나갈 정도로 늘어나, 금방 혈색을 잃어 무처럼 하얘진다.

격렬한 물보라 사이사이에 잠깐 보였다 안 보였다 하는 거북의 붉은 눈은, '네가 죽은 뒤에도 이런 곳에서 우물쭈물하고 있기 때문이야'라는 원망을 담고, 다름 아닌 이 나에게 향해져 있다.

"거북이라니 봄부터 좋은 징조네."

배짱 좋은 마담은 그렇게 말하여 모든 사람을 진정시키고, 그리고 나서, "여기에 끌어올려서 술이라도 마시게 해주렴." 하고 뱃사공에게 명령한다. 손님들은 그 뜻밖의 좌흥을 크게 기대했지만, 뱃사공의 "윈치winch라도 없으면 무리입니다."라는 한마디에 체념한다.

마담이 "유감이네."라는 말을 끝내기도 전에, 부엌칼을 입에 문 뱃사공이 옷을 입은 채, 날렵하게 바다로 뛰어든다. 그리고 어망을 갈가리 자르고, 그러나 멋진 등껍질에는 흠집 하나 내지 않고 큰 바다거북을 해방시키고, 아울러 소년을 살려낸다. 그런 뱃사공의 옆얼굴은, 젊을 때의 아버지를, 야에코가 태어났을 당시의 아버지를 닮았다.

소년을 간호하는 것은 야에코다.

다른 사람들은 전부 거북에게 정신이 팔려, 야에코가 능숙하게 소년의 응혈된 손을 문질러주고, 피가 배어난 손목에 가만히 입술을 대고, 혀끝으로 핥아준 사실을, 누구 하나 알아차리지 못한다. 또, 소년이 자기 손목에 선명하게 남은 분홍색 연지 위에 재빨리 입술을 갖다댄 것도, 또 소년과 야에코가 나누는, 보통 사이가 아님을 여실히 나타내는 눈초리에도, 소년의 셔츠에 그려진 새끼 학이 한번 울고 날갯짓한 사실도 전혀 알아차리지 못한다.

하물며, 야에코를 어머니로 만들고, 야에코가 아버지로 만든 상대가, 바로 그 소년이라는 사실을 알아차린 자가 있을 턱이 없다. 그것은 마담도 아직 모르는 사실이고, 나조차도 방금 막 알았을 뿐이다.

거북은 공허한 마음을 안고 바닷속으로 가라앉는다.

정말 상서로운 일이야,라고 놀잇배 손님들은 한결같이 말한다. 올해는 틀림없이 무언가 좋은 일이 있을 거야,라고 총무 역을 맡고 있는 복스러운 얼굴의 남자가 말한다. 그러자 일동은 깊이 끄덕이면서, 각자 사실은 별로 이렇다 할 것도 없는 내일부터의 나날에 막연한 꿈과 희망을 걸고, 잔에 그득하게 부어진 정종과 함께, 위엄을 차리며 꿀떡 들이마신다. 그리고 나서 그들은, 대활약을 해서 흠뻑 젖은 뱃사공에게 요란한 갈채와 박수를 보내고, 장쾌한 기분으로 다시 마시기 시작한다.

부엌칼 한 자루로 소년과 큰 바다거북 양쪽을 한꺼번에 살려낸

뱃사공은, 요리사의 사복을 빌려 입고, 다시 키를 잡는다. 그리고 그는, 아무도 듣지 못하는 얕은 목소리로, "상서롭다니 그런 게 아닌데, 저 거북이는…" 하고 중얼거리고, 얼마 있다, 마음속으로 이렇게 중얼거린다.

"틀림없이 이 근처에 변사한 녀석이 있는 게야."

쿠사바 마을의 들뜬 밤이 깊어간다.

놀잇배는 큼직하게 반원을 그리면서 방향을 바꾸어, 다시 바다에서 강으로 이동하고, 물망천의 흐름을 약간 상회하는 속도로, 마치 군함 같은 품격을 되찾고, 당당히 거슬러 올라간다. 악기 소리와 노랫소리는 한층 화려함을 더하고, 아에코의 춤은 세 바퀴 큰 물레방아 저편에 펼쳐진 복숭아꽃을 능가하고, 손님들의 손박자는 내일 따위 아무래도 상관없다고 생각하게 만드는 따뜻하고 노곤한 오월의 바람을 왕성하게 불러들인다.

바로 그때, 저 두루미가 평생의 거주지로 삼던 늪지로부터 떠나간 것을, 주민은 물론, 다른 새들도 전혀 알아차리지 못한다. 봄의 달 속으로 빨려 들어가듯이 사뿐히 날아오른 두루미는, 푸르른 자유의 빛이 쿠사바 마을이 아닌 곳에도 온통 쏟아지고 있다는 사실을 새삼 깨닫고, 그리고 무엇보다도 대해와 대륙을 횡단해야만 하는 자기 운명의 위대함을 새삼스럽게 깨닫고, 갑자기 자기의 날개 힘에 자신감을 되찾고, 눈 깜짝할 사이에 아귀산이 만드는 심야의 상승기류를 탔다 싶자, 그 뒤는 곁눈질도 하지 않고, 아무런 미련도 남기지 않고, 달빛에 의지해서, 곧장 북쪽을 향해 날아간다. 설혹 중간에 힘이 다해, 파도 사이를 떠도는 시체가 되고, 혹은, 침엽수 따위나 자작나무가 지평선까지 이어지는 무한대한 대지의, 흔해빠진 낙하물의 하나가 된다 하더라도, 그 두루미는 어느 날엔가 틀림없이 다시 이곳으로 돌아올 것이다. 나는 그렇게 생각한다. 오 년 뒤는 무리라 할지라도, 오천 년 뒤에는 반드시 다시 날아와, 쿠사바 마을의 물을 마음껏 쏘여, 이 세상에 소생할 것이다. 나로서는 그렇게 생각하고 싶다.

*

피리의 명인이 집으로 돌아간다.

내키지 않는다,라는 단지 그 이유 하나로 오늘밤의 고기잡이를 그만둔 아버지는, 놀잇배가 넉넉하게 뿌려놓은 봄 소리의 여운을 등으로 맛보면서, 갈대숲을 헤치고, 둑을 기어올라가, 밤에도 결코 화려함을 잃지 않는 복숭아밭을 조용하게 가로질러간다. 그리고 자기 집 안마당으로 나왔을 때, 아버지는 연못 앞에 서 있는 대나무처럼 가냘픈 사람 그림자를 보고 발길을 멈춘다.

어머니다.

오랫동안 집 밖으로 한 발자국도 나오지 않았던 어머니가, 지금,

누구의 힘도 빌리지 않고 마당에 나와 있다. 아버지는 무거운 어망을 짊어진 채, 그런 아내를 신기한 듯이 바라보고 있다. 어머니의 입가에 떠 있는 것은, 틀림없는 미소다. 그렇게 해서 둘은, 잠시 동안 잠자코 서로를 바라본다. 이층의 창으로부터는 텔레비전 소리가 흘러나오고 있다. 논 쪽에서는 개구리의 대합창이 이어지고 있다.

이윽고 어머니가 오 년 만에 입을 연다. "오늘밤은 기분이 좋아서." 그것이 어머니의 첫마디이다. 어머니에게 돌려준 아버지의 말은 "무리는 하지 마."이다. 해서 이렇게 오랫동안 끊겼던 아버지와 어머니의 대화가 돌아왔다. 돌아왔다곤 해도, 그 뒤로 쌓인 이야기가 길게 이어진 것은 아니다. 그러나, 아무 말 하지 않아도 둘 사이에는 아무런 어색함이 없고, 오랜 세월의 거리는 단 한 마디의 대화로 깨끗이 메워지고, 오 년 간의 모든 것이 모두 지난 일이 되어버린다.

아버지는 어망을 치우기 위해 광 쪽으로 가고, 어머니는 다시 아무렇지도 않게 눈길을 연못으로 옮긴다. 그런 어머니의 오른손이 쥐고 있는 것은, 먹다 만 조릿대잎에 싸인 떡이다.

아버지는 목욕탕에 들어가 달을 바라본다.

아버지는 조릿대잎에 싸인 떡을 하나 먹고, 하나는 달에게 바친다. 아버지는 어렴풋한 달빛과 함께 잠자리에 들고, 길고 긴 안도의 한숨을 내쉰다. 그리고 나서 아버지는, 여느 때의 밤처럼, 가슴속에도 가로놓인 망망한 대해원으로 영혼의 배를 저어나가, 이윽고 숙면으로 향한다.

어머니는 아직 마당에 있고, 연못가에 쭈그리고 앉아, 오 년간 지켜보기만 했던 금붕어 머리를 가만히 쓰다듬는다. 통통하게 살찐 금붕어는, 수면까지 늘어진 황매화나무 잎사귀에 숨거나, 어머니 손길이 닿지 않는 깊이까지 잠수하거나 하지 않고, 붕 떠서, 가만히 있다.

놀잇배 소리는 어머니 귀에도 들려온다.

이층 방에서는, 밤 열한 시까지라고 하는 약속으로 젖먹이를 맡은 아이 없는 부부가, 조릿대잎 떡을 먹으면서, 온화하게 꿈길을 가고 있는 작은 생명을, 수없는 감회를 품고 싫증낼 줄 모르고 바라보고 있다. 형과 형수는, 어디에서부터인지 차분하게 밀려오는 절묘한 봄의 도취에 느긋하게 몸을 내맡기고, 오월의 어느 날 밤의 열 시 십삼 분을, 순수한 행복감에 듬뿍 잠겨 있다.

그 젖먹이의 진짜 엄마는, 여전히 물망천 위에서, 발랄하게 춤을 추고 있다. 툭하면 야에코 주변에 떠도는 적막한 기운을 내모는 것은, 징이랑 큰북이랑 샤미센 소리, 그리고 그 배를 탄 사람들의 맞장구 소리랑 노랫소리다.

놀잇배에서 터져나오는 유쾌한 소음은, 이웃 마을에 도달하여 응급병원에까지 이르고, 유리창을 꿰뚫고, 재압탱크의 두꺼운 철판을 간단하게 뚫고 들어가, 거기 누워 있는 젊은 건달을, 죽음의 못에서 시시각각 멀어지게 한다. 그의 얼굴에는 화색이 돌기 시작하고, 입술 가에는 득의만면한 엷은 비웃음조차 떠오르고 있다. 또 하나의 아귀산 따위를 알아볼 수 있게 되거나, 큰 바다거북 따위가 귀찮게 따라다니는 처지가 되지 않을 수 있었던 동생은, 지금은 나에게 구원을 청하며 바닷속에서 소리친 일 따위는 완전히 잊고 있다.

적막한 아귀산이 달빛을 빨아먹고 있다.

지하에 냉수와 열수를 비축하고, 마그마 덩어리에 엄청난 파괴력을 천천히 모으고 있는 화산은, 오늘밤도 여전히 아무렇지도 않은 척, 조용히 가라앉아 있다. 도깨비 형상의 눈은 오늘 하루로 흔적도 없이 녹아버렸다. 그리고, 살아 있는 자는 결코 식별할 수 없는 또 하나의 아귀산도 또한, 생살여탈의 권한을 쥔 채, 무거운 침묵을 지키고 있다.

산록의 오두막에서 서른 마리 용마龍馬와 자기 영혼의 파수꾼 노릇을 하고 있는 고령의 사나이는, 호롱불 아래에서, 네 발로 기는 원숭이 모양의 의자에 걸터앉아, 멍하니 있다. 스토브 속에서 기세 좋게 타고 있는 것은 만들다 만 연이지만, 조부는 그 연이 실패했거나 잘못되었기 때문에 태우고 있는 것이 아니다.

조부라고 하는 사나이는, 오늘밤 갑자기 돌변한 것이다. 오두막 지붕에 매단 잉어기치가 밤바람에 휘날리고, 바람개비가 한번 울리고, 물망천 쪽에서 놀잇배의 노랫소리가 들려왔을 때, 조부는 변했다.

 조부는 이제 용연 따위는 필요로 하지 않는다.

 조부는, 용이 발하는 폭력과 부정의 독기를 일일이 받아먹지 않아도 살아나갈 수 있는 사나이가 되었다. 손으로 쓴 경문으로 안감이 메워진, 까마귀처럼 새까만 망토는, 판자벽에 단단하게 박은 굵은 못에 걸려 있고, 지금은 단순한 넝마조각이 되어버려 있다. 조부는 이제, 자기자신을 단속하기 위해서 그런 어마어마한 것을 걸치지 않아도 된다.
 그 탓에, 조부의 마음은 완전히 노출되어 있다. 그렇지만 거기에는 한 방울의 피도, 한 점의 살점도 튀어 있지 않고, 사람을 죽인 적은 물론, 벌레 한 마리 죽인 적이 없는 자처럼, 혹은 신생아처럼 새하얗고, 손자와 증손자가 돌아올 것만을 오로지 기다리는, 사람 좋은 노인네의 담배냄새 나는 훈기만이 차 있을 뿐이다.

 여든세 살에 이르러 조부는 겨우 변했다.

 그러나, 아귀산에 사는 자 가운데서 크게 변한 것은, 조부만이 아니다. 오늘밤, 조부가 완성이 가까운 용연을 갑자기 스토브에 집어던져, 되다 만 용이 몸을 꿈틀거리면서 단말마의 비명을 올렸을 때, 야생 원숭이떼에게도 중대한 전환기가 찾아왔다.
 그러나, 그렇게 심했던 소동도, 이제는 완전히 가라앉았다. 온몸을 직속 부하의 이빨에 찢기고, 살이 뜯기고, 남아 있던 한쪽 귀마저 뜯겨서 떨어질 뻔하고, 겨우 3분 만에 3년 간 지켜온 독재자의 권좌에서 끌어내려져, 무리로부터 추방당한 큰 원숭이는, 계곡 바닥에 솟는 온천에 들어가 피를 멈추게 하고, 외톨이가 된 원숭이로서의 비애와 자유를 짓씹고, 그리고 나서 붉은 얼굴을 시뻘겋게 하면서, 오랜 숙원을 바야흐로 실천하려고 결심한다.

큰 원숭이는 사람을 흉내내어 서서 걷고, 힘들어지면 손도 쓰면서, 산꼭대기를 향해 천천히 올라간다. 아귀산이 생긴 이래 어느 원숭이도 시도하지 않았고, 생각조차 안 해본, 즉, 가장 높은 곳에서 이 세상의 전경을 확실하게 보아두려고 하는 그러한 주제넘은 꿈에, 큰 원숭이는 도전하려 하고 있다.

그리고 큰 원숭이는 드디어 분화구 가장자리에 선다.

큰 원숭이는 우선, 발밑에 시커멓게 입을 벌리고, 천체의 빛을 빨아먹고 있는 거친 거대한 구덩이를 쭈뼛쭈뼛 들여다보고, 여기저기의 땅 틈새에서 솟아오르는 대량의 수증기가 구름의 씨일 것이라고 생각하고, 그 다음, 목을 천천히 돌려, 달빛이 비추고 있는 현세를 구석구석 돌아본다. 그리고, 쿠사바 마을의 전경을 바라보고, 뱀처럼 굽이굽이 흐르는 물망천과, 물 위에 떠 있는 놀잇배와, 그 놀잇배를 장식하고 있는 복숭아빛 제등 빛을 물끄러미 바라본다.

그렇게 해서 번민의 한 시간이 지나간다. 그러나, 큰 원숭이는 결국 무엇 하나 깨우치지 못하고, 혼미는 오히려 늘어가기만 할 뿐, 점차 숨소리가 거칠어지고, 고독이 금세 깊어진다. 고독은 더욱 깊어져 큰 원숭이는 견딜 수가 없어져서, 구름에 가려진 달을 향해 포효한다.

　전신의 털을 거꾸로 곤추세우고, 얼굴과 엉덩이를 한층 더 붉히고, 목청껏 발한 포효는, 사발 모양의 분화구를 가득 메우며 공허하게 울리고, 그 울림은 이윽고 "아아아, 에에에, 고오고오!"라고 울리며, 아에코와 나에게 부딪쳐 와서, 끝내 "야아, 에에, 코오!"라고 확실히 그렇게 들리는 절규로 변해 하늘까지 도달한 뒤에, 큰 우박처럼 후드득 떨어져온다. 그러는 도중에 큰 원숭이의 절규는 우레소리로 바뀌어 대지를 압도하고, 뭉글뭉글 울리면서 쿠사바 마을의 반석을 뒤흔들고, 육체를 잃어도 여전히 태어난 고장에 머무르려고 하는 자를, 곧장 아귀산에서부터 내몰아버린다.

　나는 대나무숲 속의 오두막으로 돌아갈 수밖에 없다.

　나는 물망천 수면에서 뿌옇게 솟아오르는 박애의 정에 찬 수증기와 함께, 야밤에도 눈부신 성장을 계속하는 맹종죽 틈을 누비고, '나'에게로 돌아간다. 주위에는 여느 때와 같은 보편적인 밤기운이 확고하게 떠돌고, 소리라고는, 중력에 따라 흐르는 물소리와, 세 바퀴 큰 물레방아가 삐거덕거리는 소리일 뿐— 아니, 그렇지 않다. 그밖에도 있다. 오늘밤 급속히 죽음을 향해 가고 있는 녹나무, 그 고목이 희미하게 내고 있는 헐떡거리는 소리가 섞여 있다.

나는 황폐해질 대로 황폐해진 오두막 속으로 빨려 들어간다.

책상에 엎드린 채 미동조차 하지 않는 '나'는, 아직 들쥐에게도 식육 곤충에게도 피해 입지 않았고, 적어도 외견상으로는 생존시의 형태를 그대로 유지하고 있다. 어깨를 한번만 흔들어주면, 다시 글씨를 쓰기 시작하고, 물색 노트를 쿠사바 마을의 물과 가족들의 이야기로 차례차례 메꾸어 나갈지도 모른다.

나의 삼십 년, 그것은 간단히 죽기 위해서만 있었던 삼십 년은 아니었다. 나는 마음껏 사는 것밖에 모르는 가족과 동등하게, 아니면, 그들 이상으로 살았던 것이다. 이것은 결코 억지소리가 아니다. 가냘프고 약한 열두 쌍의 늑골에 감싸인 내 가슴은, 결핵균 따위에게 좀먹힌 것이 아니라, 쿠사바 마을 바깥의 물과, 하찮은 윤리라든가 이 세상의 정도라든가 하는 것에 침범당했던 것에 지나지 않는다.

다만 그뿐이다.

나는 가족한테서 배척당한 것도 아니고, 아는 이들한테서 빈축을 산 것도 아니다. 나를 소외시키고, 객사하게 만든 것은, 시를 쓰지 않고는 견딜 수 없는 그러한 사나이로 태어난 나 자신이었지, 그 밖의 아무도 아니다.

그러나— 그러나, 그래도 나라고 하는 인간은 충분히 살았다고 할 수 있다. 통한이라든가 회한이 거의 없다는 사실이, 무엇보다도 좋은 증거이다. 설혹 한 조각 정도의 통한이 있다 하더라도, 체념하지 못할 정도는 아니다. 넓은 세상에는, 서른 살은커녕 세 살까지도 살지 못하고, 이야깃거리도 못되는 어처구니없는 비명횡사를 맞이한 예가 수두룩하게 있다.

나는 정말 나다운 생애를 보냈던 것이다.

조부랑 아버지, 어머니랑 누이, 형이랑 동생, 그들이 정말 그들다운 나날을 보내고 있듯이, 나 또한 나에게 합당한 나날을, 그 밖의 다른 길은 절대로 있을 수 없는 나날을 보냈고, 그리고 모든 것이 끝난 뒤에도 나답게 행동하고 있다. 사람의 길이라고 하는 것에 저촉되는 짓을 했다는, 그런 이유로 나를 비난할 수 있는 자격이 있는 자는 아무데에도 없다.

인간이라는 생물은, 빛과 어둠 사이를 빙글빙글 도는 별 표면에, 아무 의미도 없이, 난잡하게 내던져지고, 수많은 신들의 소일거리로 만들어진, 아니면, 구더기처럼 생겨나버린, 그런 저주스런 암울한 존재는 아닌 것이다. 인간이란 모두, 하나 남김없이, 황금벌레나 야생 붕어나 반달곰과 똑같이, 찔레나 해초나 맹종죽과 똑같이, 인동초라든가 복숭아라든가 오오야마벚꽃과 똑같이, 혹은 해변의 모래라든가 강가의 돌멩이나 거대한 운석이 가져오는 이리듐iridium과 똑같이, 혹은 또, 쿠사바 마을을 한시도 쉬지 않고 흘러가는 물이나 세월의 흐름과 똑같이, 누구나가 처음부터 끝까지, 살아 있는 동안은 물론, 죽고 나서도 완벽하게 해방되어 있고, 그 누구라도 그 사실을 막을 수는 없다.

나는 이제 곧 두 번째 죽음을 맞이할 것이다.

'나'의 뒤를 쫓아, 녹나무 고목을 쫓아, 이 나까지 오늘밤 안에 죽으려고 하고 있다. 그런 예감이 든다. 아마 이제 삼 분 뒤에, '나'와 함께 삼천 년이라고 하는 세월에 간단하게 유린될 것이다. 그러면 되는 것이다. 삶이 그랬듯이, 죽음 또한 영원한 것이 아니다. 그런 생각이 든다.

아직 피지도 않은, 아니, 단 한 개 피어 있는 인동꽃의 정욕 그 자체인 향내가, 여기저기에 가득 차서, 나를 감싸려고 한다. 야에코가 알몸이 되어 물망천을 헤엄쳐 건너오는 소리가 난다. 그리고, 야에코의 따뜻한 자궁을 뛰쳐나온 지 며칠 안 되는 갓난아이의 훈기가, 대나무숲 속까지 확실하게 도달해 있다.

아귀산이 비구름을 착실하게 모으고 있다.

쿠사바 마을의 오월을 채색하는 무수한 숲과 산림이, 온갖 곳에서 물의 올바른 순환 기능을 확고하게 형성하고 있다. 물줄기를 통해서 풀잎사귀 끝까지 빨려 오르는 물소리가, 분명히 들린다. 내가 문장으로 포착한 쿠사바 마을의 물은, 극히 일부에 지나지 않는다. 다 못 쓴 물에 대해서는, 언젠가 야에코의 아이가 써줄 것이다. 설혹 그 아이가 안 쓴다 해도, 틀림없이 그 다음에 태어날 아이가 써줄 것이다. 아니면, 삼천 년 뒤에 자손이 쓸지도 모른다. 어쩌면, 농아인 그 소년이 나 대신 써나갈지도 모른다.

그는 지금, '풍월'의 멋진 잔교에 묶인 놀잇배를 혼자 청소하고 있다. 걸레를 헹구면서 소년이 흥얼거리는 봄노래는, 물망천 흐름에 실려가지만, 대나무숲에 끌려들어오는 일은 없고, 모두 복숭아밭 속으로 빨려들어간다. 꿀벌에 의해 꽃가루받이를 마친 복숭아꽃은, 죽음의 기적 따위 결코 다가오지 못하게 하고, 풍요로운 결실로 향하고 있다.

쿠사바 마을이 자랑하는 세 바퀴 큰 물레방아가 돌고 있다.

물레방아 중의 하나는 혹성처럼 돌고, 또 하나는 은하처럼 돌고, 나머지 하나는 대우주처럼 돌고, 전체적으로는 인간의 운명처럼 돌며, 맑은 물을 왕성하게 퍼올리고 있다.

갈대숲 가 낡은 잔교에 매인 아버지의 돛단배는, 내일의 만 번째 되는 출항을 기다리며, 물망천과 함께 굽이치며 흔들리고 있다. 통근에도 일에도 쓰이는 형의 스쿠터는, 반짝반짝 빛이 나도록 닦여져, 사십 와트짜리 현관 불빛에 애절하고도 아름답게 반사되고 있다.

우리 가족, 그들은 오늘밤에도 살아 있다.

병하고는 거의 무관한 어머니의 규칙적인 코고는 소리는, 별채에 있는 불단을 단순한 쓰레기로 여기게 할 정도의 기세로 여덟 칸짜리 방 가득히 울려퍼지고, 마당의 연못에도 도달하여 금붕어를 황홀하게 만든다. 어머니는, 내일 아침 일찍, 해뜸과 동시에 이부자리를 걷고, 별채에서의 생활을 그만둘 생각이다. 그녀는 지금 막 잠들었다.

목욕으로 충분히 데워진 형수의 살집 좋은 양다리는, 남편의 가는 허리를 꼭꼭 조이고 있고, 형은 모든 것을 잊어버리고, 집안 일도, 사무실 일도, 아내의 옛 남자 일도, 비가 쏟아지던 밤에 복숭아꽃이 수놓여진 손수건을 준 외국 여자 일도 잊어버리고, 이를 악물고 쾌감을 찾는다.

문득 잠이 깬 아버지는, 궐련을 태우면서, 창문 너머로 물망천을 멍하니 바라보며, 바다의 조수 소리에 귀를 기울인다. 그런 아버지에게는 여전히, 가슴에 넘쳐 누구에게라도 털어놓지 않고는 못 배길 그런 고민은 없다. 우리 가족은 전부, 될 대로 되었고, 있어야 할 곳에 있다.

동생을 삼킨 은빛 탱크의 내부 압력은, 벌써 지상의 그것과 별 차이가 없는 곳까지 낮추어졌다. 의식을 회복한 동생은, 심한 두통에 엄습당하고 있지만, 날이 샐 때까지는 그전 상태로 회복할 것을 확신하고 있다. 재압탱크의 두꺼운 유리로 된 둥근 창을 교대로 들여다보는 꼬마와 뚱보를 향해서, 동생은 일일이 고개를 끄덕여 보인다.

아귀산 기슭의 오두막에서는 조금 아까까지 형수가 안고 있었던 젖먹이가, 오르골이 붙어 있는 모빌 아래에서, 성장을 위한, 이 세상을 살아나갈 힘을 갖추기 위한, 극히 건강한 잠을 탐닉하고 있다. 야에코는 그런 아이의 잠자는 얼굴을 바라보면서, 따뜻한 밤참을 게걸스럽게 먹고, 손님이 준 팁을 곁눈질로 세고, 춤추어 노곤해진 몸을 쉬게 하고 있다.

조부는, 갑자기 산기를 보이는 말 때문에 마구간에 틀어박혀, 그 준비에 여념이 없다. 새 짚을 준비하고, 뜨거운 물을 넉넉히 데우고, 얼마 있으면 나올 망아지 다리를 꽉 잡으려고 팔을 걷어붙인 조부의 눈은, 램프 빛보다도 형형하다.

그리고, 물망천 둑 위의 길을, 혼자 터벅터벅 걷고 있는 것은, 형한테 손수건을 준 그 여자다. 그녀는 이제부터 가자키리 다리를 건너, 다음 도시로 가려고 하고 있다. 그러나 그 마음은 여느 때와 달리 흔들리고, 한숨을 쉬는 횟수가 늘고 있다. 어쩌면, 그녀는 이대로 자기 나라로 돌아가버릴지도 모른다.

녹나무 고목이 드디어 숨이 끊어지려고 하고 있다.

삐걱, 삐걱,이라고 하는 심각하지만 듣기 좋은 소리가 점차 강해지고, 거기에 보조를 맞추듯이 오두막의 진동이 심해진다. 봄날 이렇게 온화한 밤에, 낙뢰도, 강풍도, 지진도, 홍수도 없는 이러한 고요한 밤에, 조부보다 몇 배나 더 오래 산 거목이, 천천히, 장수의 최후에 어울리는 당당한 몸짓으로, 황폐해진 오두막과 '나'를 향해서 쓰러져온다. 내 죽음을 아무도 막지 못했듯이, 녹나무의 죽음을 아무도 멈추게 할 수 없다.

이때까지 풍족한 물을 빨아올리며 연륜을 쌓아온 위대한 노목은, 우선 노송나무 지붕을 가루로 만들고 나자, 황천길의 동반자로

삼기 위해 오두막을 반쪽으로 쪼개고, 벽이라는 벽, 창이라는 창을 모두 난폭하게 부수고, 기둥이라는 기둥은 온통 분지르고, 또 자기 자신도 부러져, 그리고 쾅 하고 쓰러져 오랜 세월의 무게를 간직하고 있는 울퉁불퉁한 나무줄기를 '나' 바로 위로 던져온다.

땅울림은 맹종죽 한그루 한그루에게 강렬한 충격을 주면서 사방팔방으로 전달되어, 대나무숲 전체와 물망천의 일부를 뒤흔든다. '내' 두개골이랑 늑골이랑 등뼈랑 그런 것이 순식간에 가루가 되고, 썩은 살점이랑, 시커멓게 변색한 혈액이랑, 대략 삼십 년이 되는 우둔했던 과거 따위가 화려하게 날리고, 자욱하게 일어나는 먼지와 함께 물색 노트랑 지폐 등이 하늘로 날아오르고, 사방이 녹나무의 향기로 뒤덮인다.

녹나무가 사라진 공간은 수많은 별로 메워져 있다.

휑하니 빈 공허하고도 아름다운 그 구멍을 향해서, 녹나무의 품위 있는 향내와, 오두막집의 먼지와, 죽은 자의 무참한 기척이 빨려들어가고, 잇따라 나도 빨려 올라간다.

나는 높이높이 상승한다.

바야흐로, 쿠사바 마을의 모든 것이 내 아래에 있다. 물망천 하구 부근을 아직 헤매고 있는 바다거북의 등딱지가 금세 작아져서 파도 사이로 사라지고, 아귀산 꼭대기에 홀로 초연하게 서 있는 한쪽 귀의 큰 원숭이의 심장고동은 약해져만 가고, 달빛과 자기 힘에 의지해서 북쪽으로 향하는 두루미와 쿠사바 마을과의 거리는 멀어져가기만 한다.

그리고, 단 한 개이기는 하지만, 삼십 일이나 빨리 피어버린 제정신이 아닌 인동꽃의 달콤한 향기가 널리 퍼져, 이지적이고, 금욕적이고, 염세적인 녹나무 냄새를 밀어제끼고, 지워지게 하고 있다.

두 번 죽었다고도 할 수 있는 나는 여전히 상승한다.

내가 이십오 년을 보냈던, 작은, 그러나 내게는 다시없는 시골 마을은, 이미 반도 한쪽 귀퉁이에 삼켜져 있다. 내가 사 년 반을 보내어 수명을 단축시킨 대도시의 차갑고 잡다한 불빛의 소용돌이도 순식간에 멀어져 점이 되고, 길게 뻗친 수평선이 사실은 곡선이라는 것이 점점 명확해진다. 나를 거기로 끌어들이려고 하는 힘은, 이제 전혀 없다.

나를 살게 했고, 나를 죽게 해준 둥근 대지, 물투성이, 모순투성이, 생명투성이의 별, 그것은 지금, 소용돌이치는 저편의 빛과 어두움, 기쁨과 슬픔이 짜내는 거대한 소용돌이 가운데에, 한 개 좁쌀이 되어 떠 있다. 그러나 그 좁쌀은 이윽고 소립자가 되고, 소립자는 무無가 되어 소멸한다.

나는 아마 구원받은 것 같다.

이런 것이 구제된 것이라고 하는 건지도 모르겠다. 만일 나를 구원해준 자가 있다면, 쿠사바 마을의 물과 가족이지, 그 외의 아무도 아니다. 아니면, 내 자신이 나를 구했는지도 모른다.

속속들이 만족한 내가, 빛을 초월한 속도로, 유한이라고도 무한이라고도 단언할 수 없는 시공간을 정처 없이 돌진해가고 있다. 위성과 혹성과 항성, 우리의 은하, 그 주위에 흩어져 있는 3억 광년에 이르는 범위 내의 별들의 무리무리, 그리고 그밖에 또 얼마든지 흩어져 있는 색색가지 별들이라든가, 별 하나하나가 끌어안고 있는 삶과 죽음, 그것들은 마치 물과 같은 흐름을 만들어, 왜 그런지 남십자성 방향으로 정연하게 이동하고 있다.

나한테 행방을 가르쳐주는 자는 없다.

나는 내가 어디로 가고 있는지를 모르고, 또, 알고 싶다고도 생각하지 않는다. 내가 알고 있는 것은, 어디에 가든 복숭아꽃 색과 인동꽃 냄새가 따라다닌다는 사실, 그리고, 만일 살아 있었다면, 오늘이 내 서른 번째 되는 생일날이라고 하는 사실, 두 가지뿐이다.

어디를 가든지, 나는 쿠사바 마을을 잊지 않는다. 어디에 있든지, 나는 쿠사바 마을의 모든 것을 선명하게 감지할 수가 있다. 한창인 봄에 잠겨 있는 나의 쿠사바 마을은 지금, 막 태어난 아기처럼 따뜻한 비에 덮여 있고, 첫출산을 마친 지 얼마 안 되는 산모처럼 부드러운 물소리에 싸여 있다. 모든 빗물은 강으로 모여, 빨간

다리 밑을 빠져나와, 세 바퀴 큰 물레방아를 돌리고, 깊은 대나무숲 곁을 천천히 흘러간다. 모든 물은 잠자고 있는 사람들의 가슴속을 흘러, 악몽과 슬픔의 잔재를 씻어내고, 그리고 망망한 바다를 향해 조용히 조용히 내려간다.

물망천은 울면서 흘러간다.

옮긴이의 말

영상보다 더 시각적인 이미지에의 지향

김춘미

　월간 발행부수 1억 8천만 부를 자랑하는 만화가 총 출판물의 3분의 1을 점하고, 순문학의 위기설(1950년대)이 순문학의 쇠락과 그 자리를 대신 차지하게 된 중간소설中間小說 인지론으로 기울어진 (1970년대), 일본문학계의 현황은, 한마디로 압축한다면, 다양성의 혼재라 할 수 있다. SF소설, 추리소설, 난센스 문학, 기록문학(다큐멘터리물) 등이 ≪현대문학사─ 전후의 문학편≫(有斐閣)에서 비중 있게 다루어지고, 감성을 잣대로 하는 감성의 작가들이 베스트셀러 작가로 각광을 받고 있는 일본 문학계에서 "정서가 아니라 논리로 살아나가려는 사나이"(<자살새의 새조롱> 1988.1)로 자기규정을 내리는 마루야마 겐지는 그 다양성의 확보에 기여하고 있다고 할 수 있다.

적어도 외부세계의 정확한 포착과 묘사를 시도하는 그의 문학세계는, 단단한 리얼리즘적 표현을 지향하고 있다는 점에서 감성의 작가(무라카미 하루키, 요시모토 바나나 등)와는 무관한 공간을 구축한다. 동시에, 사유에 의한 체계 정리를 거부하고, 일상적인 삶 속에서 획득한 감각을 주관에 의거하여 그려내는 후루이 요시기치古井由吉의 세계하고도 또 다르다.

마루야마라는 작가를 논하려면 어떤 잣대를 손에 쥐어야 할 것인가? 그의 저서 뒤에 붙어 있는 저자 소개란에는 이렇게 씌어 있다.

"1943년 나가노長野에서 태어나다. 센다이仙台 전파電波고고 졸업. 1966년 <여름의 흐름>으로 제23회 ≪문학계文學界≫ 신인상 수상. 같은 작품으로 1967년 제56회 아쿠타가와芥川상을 받다. 아쿠타가와 상 사상 최연소 수상 작가이다. 현재, 북알프스(일본판 알프스이다 _옮긴이)의 산록, 나가노 현 오마치大町에 살며, 왕성한 집필활동을 계속하고 있다. 타협을 거부하고, 엄격한 삶의 의식에서 나오는 독자적 시점과 문제로, 현대 일본 문예계에서 가장 자극적인 작가이다."

≪마루야마 겐지 자선단편집丸山健二自選短篇集≫(1989) 표지에 둘려진 띠지에는 좀더 자극적인 문구가 인쇄되어 있다.

"용솟음치는 재기. 선명하고 강렬한 인상. 현란한 소설세계. 사상 최연소로 아쿠타가와 상을 수상한 이래 20여 년 간, 참신하고 탁월한 기법으로 현대 일본문학의 새 국면을 개척한 작가……운운."

그런데 이런 문구가 도대체 무슨 소용이 있겠는가? 매상을 올리려는 출판업자의 상업주의에 놀아나보았자 불모스러운 말잔치에의 귀착밖에 얻을 게 없다는 것을 익히 알고 있는데 말이다. 하물며 마루야마 자신도 평론가의 감상 따윈 안중에 없다고 공언하고 있는데 말이다.

"하루분의 일을 겨우 마쳐도, 내일의 작업을 생각하면 한숨이 절로 나온다. 내일 엉뚱한 벽에 부딪혀 꼼짝 못하게 되는 게 아닐까 불안해지고, 걱정에 휩싸인다. 매일 매일이 위태로운 공중 줄타기이다. 한 작품이 완성돼서 활자가 되어도 쳐다보기도 싫을 만큼 지친다. 하물며 비평가의 감상 따위 전혀 관심이 없다."(<일인칭을 위한 1다스>, 1978.1)

그의 문학세계는 작품이 말해줄 것이다. 그러나 한 작가가 지니는, 혹은 지키는 삶의 자세는 가시적이다. 개중에는 투명하다 할 정도로 단순한 선으로 획이 그어지는 존재 양식이 있다. 마루야마가 바로 그런 작가이다. 단선 철로 같은 궤적을 반복 운동으로 채운다.

여섯 시에는 반드시 일어난다. 여덟 시부터 열두 시까지는 책상 앞에 앉아 집필한다. 밤 열 시에는 잔다. 이 생활을 지키기 위해 가급적 사람 만나는 일은 피한다. 독자가 편지를 보내와도 어지간해서는 답장을 안 한다. 전화도 안 받는다. 찾아와도(도쿄에서 기차로 네 시간 걸린다) 얘기 상대 노릇은 안 한다. "나는 작가이고, 그들은 독자이다. 둘 사이에는 소설만이 존재한다"(<사인회에서의 사인펜>, 1988.2)고 생각하기 때문이다. 술도 담배도 끊었다. 해로운 줄 알면서 술을 마시고, 자학적이며 퇴폐적인 미학에 매달리다가는 결국 무기

력한 작품밖에 생산 못한다고 믿기 때문이다.(<우유 대 술의 문학>, 1987.1)

　오후에는 러닝을 하거나 오토바이로 산길을 달린다. "한 작품마다 소설에서 거의 완벽하게 멀어지거나, 몸을 싱싱하게 만드는 일이 얼마나 중요한 의미를 지니는가 하는 것은 해본 사람 아니면 이해하지 못할 거다. 이렇게까지 신경을 혹사해야 하는 작업에는 절제가 필요하다. 한 작품을 써낸 후 확실하게 소설에서 멀어지기 위해 나는 육체를 격렬하게 혹사하는 방법을 선택하고 있다. 개와 함께 산길을 달리고, 기진맥진해서 돌아와, 샤워를 하고 식사를 하고, 그리고 푹 잔다. 이 짓을 매일 되풀이한다."(<시골생활의 효용>, 1972.8)

　"정신만이 아니라 육체까지 포함해서 '나'라는 작가는 단순히 이미지의 수신기고 발신기면 된다"(<이미지의 발신기>, 1976.1)고 말하는 마루야마가 몸 전체를 예리한 레이더로 만들기 위해 의식적으로 채택한 컨디션 조절법이다. 육체가 포착하는 것만을 믿고, 거기에서 출발하는 문학만을 고집하는 한 작가의 논리이기도 하다.

　마루야마가 전폭적으로 신뢰하는 것은 이미지의 세계이다. 이미지 그 자체가 사상이고, 철학이라고 단언하는 그가 지향하는 것은, 문장으로 영상보다 더 영상적인 표현방법을 획득하는 일이다. 철학성이나 사상성까지도 문장으로 이루어진 영상적 이미지로 곧장 독자의 마음에 와닿게 하고 싶다는 바람이기도 하다. 가와무라 지로川村二郞는 마루야마의 작품을 "언어에 의한 서술이 극히 구체적이고, 윤곽이 뚜렷하며, 애매한 정서에 흔들리지 않고 한결같이 선명한 영상을 제시한다. 독자의 기억 속에서 그 서술은 언어의 리듬이라든가 멜로디 같은, 들려오는 존재에 그치지 않고, 시각적 이미지로 정착한다"고 지적하고 있다. "억제된 문장으로 시각적인 소설을 지향하는 것─ 그것뿐이다"(<이미지의 발신가>)라고 하는 마루야마에게 이는 무척 고무적인 평이 될 것이다. 그가 말하는 이미지의 세계는 육체가 구체적으로 획득한 것이어야 한다.

"돈이 필요해서 막노동판에서 일을 했다. 뜨거운 강가에서 달구어진 자갈을 덤프트럭에 싣는 일이었다. 그렇게 지친 적도, 그렇게 한 대의 담배가 맛있었던 적도 없었다. 너무 지치면 물보다 소금덩어리가 빨고 싶어진다. 햇볕에 탄 피부는 수영했을 때의 네 배 두께로 홀랑 까지고, 얼굴에 뿜어나온 땀은 금방 증발하고, 노랗게 말라붙은 염분이 살갗을 파고들어 아리게 한다. 이야기하면 그만큼 지치기 때문에 모두 말이 없다. 아무데서나 서서 소변을 본다. 둑을 걸어가는 여자에게, 그때까지 한번도 입에 담아보지 않았던 상소리를 큰소리로 던진다. 뚜렷한 이유도 없이 다리를 건너는 사람들이 죽이고 싶도록 미워진다. 싸움이라도 벌어지면 불문곡직하고 상대방을 두들겨 팬다. …… 눈앞에 있는 투명한 세계도 실제로 거기에 몸을 던져넣으면, 생각하고는 완전히 다른 이미지와 자신을 발견하게 된다. 그 이미지는 뚜렷해서, 사물을 생각하는 데 큰 영향을 준 것 같다. 그 증거로 그럴싸한 고상한 말이 입에서 나오려고 하면 언제나 그때의 이미지가 떠오른다."(<이미지의 세계>, 1968.4)

애시당초 마루야마는 작가 지망생이 아니었다. 소설이라고는 멜빌의 〈백경Moby Dick〉밖에 안 읽었다. 소설은 〈백경〉에서 시작되어 〈백경〉에서 끝난다,고 믿고 〈백경〉의 주인공처럼 망망대해에서 지내고 싶어 통신사 양성학교에 진학했다. 수업을 빼먹고 시내에 나가 하루에 영화를 두서너 편씩 보고 다녔다. 〈처녀의 샘〉 〈피와 장미〉 〈알 카포네〉 〈사형대의 엘리베이터〉 〈U보트〉, 그가 감동한 영화의 일부분이다. 엘비스 프레슬리를 가치관의 꼭대기에 두고 중요한 잣대로 삼았다. 그의 노래는 장래가 장밋빛일지도 모른다는 예감을 갖게 해주었고, 인생을 긍정하게 만들어주었다. 바흐를 들을 때도 있지만, 집필할 때는 여전히 록뮤직을 최대한 볼륨을 올려 틀어놓는다. 당연히 졸업 가망이 없는 낙제생이었다.

　졸업반이 되었을 때 해양계에 불어닥친 불황 때문에 도쿄에 있는 작은 회사에 통신사로 취직하게 되었다. 취직이 내정된 학생을 졸업시키지 않을 수 없어서 세 번째 추가시험 때에는 감독교사가 칠판에 답을 다 써주었다. 그것을 베껴서 졸업을 했다. 회사에서 하는 일은 텔렉스와 전보 정리가 전부였다. 최하급 사원이었다. 그 회사가 경영 부진에 빠져 큰 회사에 합병당하게 되었을 때, 감원 대상자가 7백 명이었다. 월남전 반대 투쟁이나, 미·일 안보조약 자동연장 반대 데모로 소란스러운 사회상에서 괴리된 채, "살벌한 소설을 써서 주위에 넘치고 있는 살벌함을 무시하려고" 소설을 썼다. ≪문학계≫라는 읽은 적도 없는 문예지 신인상 모집에 내보았다. 상금이 5만 엔이라는 것만 기억하고 있다. 신인상을 받았다. 원고지 한 장에 5백 엔이었다.

　그 다음해 같은 작품으로 아쿠타가와 상을 받았다. 상금은 10만

엔. 원고지 한 장에 1천 엔으로 올랐다. 처음 단행본은 8천 부 찍었다. 420엔 정가의 10퍼센트가 작가의 몫이다. 50만 부 팔리면 2,100만 엔이 된다. 혼자 이리저리 계산해보고 어지럼증을 느꼈다. 그러나 두 달이 지나도 증판 소식은 없었다. 결국 4천 부가 재고로 남았다. 이번에는 악몽을 꾸는 것 같았다. 그러다 겨우 정신을 차렸다. "아, 순수문학이란 이런 것이구나"고. 그리고 각오를 했다. 책이 안 팔리면 원고를 많이 쓰면 된다,고 생각한 것이 아니라, 쓰고 싶을 때만 쓰고, 수입에 맞추어 살기로 결정한 것이다.(<돈 궁리의 피안>, 1979.3)

다작을 할 수도, 인기에 영합할 생각도 없으니까 수입원이 뻔하다. 일년 내지 이 년에 작품 한 편을 써낼 계획이니까, 생활은 가능한 데까지 검소하게 한다. 결혼은 했지만, 장래가 불안정하니까, 아이는 안 갖는다. 집도 시골로 옮겼다. 생활비가 적게 들기 때문이다. 이왕 소설을 쓰는 이상 자신이 소설이라고 믿는 것만을 쓰겠다,고 결심했다. 그런 자세를 유지하지 못하게 되거나, 소설에의 정열이 식으면 작가를 그만두겠다고 공언해두었다.('고독과의 대치 속에서' 인터뷰 기사, 1988.10)

우연치 않게 작가의 길을 걷게 되었지만, 20여 년이 지난 뒤 다행히도 마루야마는 이렇게 술회할 수 있었다.

"소설에의 그칠 줄 모르는 나의 정열에 대해 생각해본다. 나이를 먹을수록 점점 더 진지해지고, 소설에 몰두하게 만드는 힘의 원천은 무엇일까, 하고. 알 수 없다. 한 가지 분명한 것은 내가 원하는 것은 소설을 쓰는 것이지, 그 외의 아무것도 아니라는 사실이다.

"⋯⋯ 나의 유일한 관심사는 소설이라는 것이 소설언어라는 가장 인간적인 도구를 마음껏 구사하여, 이 세상과 이 세상에 몸담고 있는 인간이라는 생물의 핵심에 얼마만큼 다가갈 수 있느냐 하는 것이다. 소설을 써서 내가 받는 것은 원고료와 인세, 그리고 사념邪念에 오염되지 않은 독자의 감상이다."(<또다시 집필을>, 1988.10)

그 외의 것, 예컨대 문학상 등은 사양한다. 두어 번 문학상을 주겠다는 제의가 있은 후(다니자키 준이치로谷崎潤一郎 상, 요미우리 문학상 등) 마루야마는 문학상은 받지 않겠다는 뜻과, 심사위원이라든가 문예가협회나 펜클럽에서 의뢰해오는 앤솔러지의 작품 게재 등은 이제 일체 맡지 않겠다는 생각을 분명히 해두었다.(<일의 주변>, 아사히신문, 1989.12)

"가능한 한 자유로운 입장에 서서 말을 발하고 싶다. 그것이 소설가의 기본 자세이어야 한다고 믿는다. ⋯⋯ 모든 예술이 다 그렇겠지만, 문학도 얼마만큼 개인으로 돌아갈 수 있느냐로 결정된다. ⋯⋯ 불안과 고독이 작가의 보물인 것이다."(위의 글)

스토리보다 소설은 우선 문장으로 독자를 압도해야 하고, 영화는 화면으로 관객을 굴복시켜야 한다고 믿는 이 작가는, 그러므로 화가가 캔버스 앞에서 여러 종류의 붓을 쓰듯이, 여러 종류의 문체를 구사하고 싶다는 유혹에 이끌린다,고 말한다.

"소설 내용에 따라, 등장인물의 성격에 따라, 그날의 기분에 따라, 혹은 아무 뜻도 없이. 그리고 그것을 실현해보려고 이 몇 년 간 거의 날마다 노력했고, 1천 시간 가까이 소비하고, 꿈속에서도 눈에 번쩍 띄는 문장을 쫓아다녔다. 하지만 여전히 한 종류, 잘

봐주어 두 종류 정도의 문체밖에 못 지니고 있다."

본인의 의향은 어떻든 간에 그의 문체는 정확하고 스피디한 송신이 목숨인 통신사의 문장을 연상케 한다. 그의 라이벌은 그러므로 영화이다. 워낙 문학보다 영화를 더 좋아하던 마루야마가 소설을 써 보려고 생각했을 때, 그는 너무 긴장된 시와 너무 이완된 소설 사이에 자리매김해 두었던, 영화를 대체하는 동시에 영화와는 다른 맛을 지니는 작품을 쓰고 싶다고 생각했다.(<나의 문체>, 1970.4)

언어로는 표현이 불가능한 것을 가능하게 하는 장르인 영상에 대한 관심은, 불가능한 줄 알면서도 영상을 능가하는 시각적 이미지를 언어로 짜내고 싶다는 갈구로 그를 목마르게 한다. 열혈 독자들을 확보하고 있지만, 한번도 베스트셀러 작가가 못 되었던 마루야마의 작가로서의 삶은 그러므로 극히 절제되어 있다.

"소설만으로 살아나가려고 결심한 이래, 생활비는 줄일 수 있는 데까지 줄였다. 출판사에서 가불하는 짓도 그만두었다. 그리고 3년 정도 걸리는 작품을 쓰기 위해, 필요한 생활비를 조금씩 저축하기 시작했다. 그런데 예상보다 빨리 좋은 기회가 주어져, '지금 못 쓰는 자는 다음에도 못 쓴다'는 자계自戒에 의지하여 쓰기 시작하였다."(<작가의 생계>, 1991.10)

문예춘추사가 창립 70주년 기념사업으로 기획한 현대작가선집 첫 번째 권인 ≪천일의 유리千日の 琉璃≫(상·하)이다. 만 3년이 걸렸고, 1,500매짜리(일본은 원고지 1매가 400자이다) 장편이다. 한 작품을 창출하기 위해 마루야마가 영위하는 삶은 극히 단조롭다. <바라던 대로의 단조로운 생활>(1986.11)부터 <또 다시 집필을>(1988.10)까지

의 일련의 에세이는 그 궤적을 극명하게 그려내고 있다.

"3백 매가 넘는 소설의 집필을 시작했다. 실제로 쓰기 시작한 것은 2월이었다. 소설의 이미지는 이미 확실하게 잡혀 있었고, 스토리화하는 세세한 작업도 거의 끝나 있었다. 사용할 세 종류의 문체도 결정해두었다. 이것을 내가 목표로 하는 작품으로 만드는 데에는 적어도 7개월이라는 시간이 필요했다. 그러나 연재 형식을 취하기는 싫었다. 다른 소설, 예컨대 단편소설과 병행해서 쓴다든가 하는 짓은 언어도단이라고 생각했다. 밀도가 있으면서도, 깊이와 매끄러움과 광택을 지니는 문장을 쓰고, 읽으면서 동시에 문장이 영상화하여 영혼에 곧장 와 닿는 작품을 만들기 위해서는, 길지도 짧지도 않은 이 기간 내내 에너지를 집중시켜야 한다. 그렇지 않으면 전체의 톤이 흐트러진다. …… 톤이 흐트러지지 않게 하기 위해서는 우선 생활이 단순해야 한다. 지루하고 재미없는 나날을 보내려고 노력한다. 특히 사람 만나는 일은 조심한다. 이상론으로는 작품이 완성될 때까지 아무도 안 만나는 것이 좋다. 기분 전환 같은 것도 삼간다. 사소설私小說 작가라면 상관없겠지만, 상상과 창조를 기조로 하여 언어의 한계에 도전하려는 작가는 그럴 수가 없는 것이다. 단조롭고 조용한 생활을 계속하면서 주인공에게 다가가고, 소설적인 변화를 가슴속에서 폭발시키고, 그것을 문장으로 정확하게 포착해야 한다."(<바라던 대로의 단조로운 나날>, 1986.11)

"쓰기 위해 먹고, 쓰기 위해 자고, 쓰기 위해 살고, 다행히 시작할 때의 기백이 유지되고, 컨디션도 무너지지 않고, 3백 장하고도 열다섯 장의 원고지를 들고 정신 차리고 보니, 나는 여름의 치장을

한 북알프스 앞에 얼이 빠져 서 있었다."(<산과 소설>, 1987.8)

"일년이 꼬박 걸린 4백 매짜리 소설을 완성하고, 일년이라는 세월이 길다면 길고, 짧다면 짧다는 사실을 새삼 재인식하며, 나는 이 여름을 느긋하게 보냈다. 봄에 심은 너도밤나무에 아침저녁 물을 주고, 낮에는 개와 들로 산으로 뛰어다니고, 밤에는 푹 잤다. 그러면 원래의 나로 되돌아오고 있는 것이 느껴지고, 마음이 막 끝낸 소설에서 하루하루 멀어지는 것을 자각하게 된다. 원고가 편집자의 손으로 넘어간 날에는 언제나 보아오던 모든 광경이 지독히 신선하게 느껴진다. …… 여름이 지났지만 아직 펜을 잡을 생각이 안 든다. 다음에는 무엇을, 어떻게 쓸 건지, 계획은 서 있지만 아직 12개월 동안 계속했던 생활로 되돌아가기에는 빠른 것처럼 느껴진다. '서둘지 마.' 나는 나에게 말한다. '바싹 당겼다가 발사해야 한다'고."

그러다 다시 새로운 작품을 쓰고 싶다는 강렬한 욕구가 치밀어 오르면 그는 "이제 슬슬 시작해볼까?"고 생각하며 아내에게 말한다. "이번 작품도 오래 걸릴 거야. 1년치 아니 열네 달치의 생활비가 있나?"고. "빠듯하기는 하지만 어떻게 될 거예요." 아내가 대답한다. 결정된 것이다.(<또다시 집필을>, 1988.10)

그의 작품은 견고한 시각적·조형적 표현기법으로 형상화되고 있다. 내적 독백이 끝없이 이어지지만, 그것은 결코 심리분석으로 나가지 않는다. 인간의 심층 심리를 더듬는 것이 아니라, 그 안에서 떠오르는 심상의 표면적 기록만이 나열된다. 단단한 리얼리즘 수법이 지탱하는 심상心象의 물상화物像化는, 원래 가시적일 수 없는 인간의 내면심리를 시각적 이미지로 다가오게 한다. 그의 작품에 두드러지는 시간과 공간 질서의 해체라는 방향성은, 적어도 현대문학에서는 특이한 것이 아니다. 그러나 현실이기에는 지나치게 환상적인 세계가, 밀도 있게 그려지는 현실세계와 교차하면서, 현존감이 보장되고 있다. 마루야마 겐지가 지향하는, 영상보다 더 시각적인 이미지로의 비상은 어느 지점까지 나아가게 될까. 관심사가 아닐 수 없다.

≪물의 가족≫은 1988년 ≪문학계文學界≫ 8월호에 발표되었다가 1989년 1월에 단행본으로 간행되었다. 마루야마가 계속 다루어 온 생과 죽음의 테마가 또다시 다루어지고 있으나 이 작품은 죽음 쪽에 비중이 놓인다. 고향의 온갖 물에 대해 쓰고 싶다고 원하던 시혼詩魂에 찬 젊은 문학가 지망생은 서른 번째 생일을 한달 여 남겨두고 죽는다. 그러나 죽으면 모든 것이 끝난다는 생각은 틀렸다. 청년의 영혼은 사랑하던 가족과 고향의 강과 바다와 산 언저리를 맴돈다. 죽음으로써 비로소 핏줄이 끝없이 이어진다는 사실을 확인한다. 별볼일 없는 삶도 대체불가능한 소중한 것임을 확인한다. 인생은 아름답고, 산다는 것은 더 아름다우며, 죽는다는 것은 자연의 대운행에 결부되는 자연스러운 추이임을 인식한다. 실재하는 모든 것은 존재한다는 사실만으로 아름답다. 근친상간을 범한 자는 처벌되고, 무구한 영혼의 소유자는 살아남는다. 하늘은 다소 비루한 인간도, 세속적인 인간의 에고이즘도 포용하지만, 자의식에 찬 오만한 인간은 용납하지 않는다. 그러나 죽음은 모든 것을 정화한다. 그리하여 이 고독한 청년은 구원받았다.

이 이야기는 웅대한 구원의 이야기이다. 한없이 시적인 문체를 지향하는 작가는 영혼의 구원이라는 테마로 한 편의 대서사시를 그려냈다. 분절된 산문시의 고리가 연결되어 하나의 이야기를 떠올린다. 여명 속의 물이, 어스름 달밤의 물이, 한낮의 물이 빛을 반사시키고 흡수하며 흘러간다. 물은 영원히 흐르고 청년도 한없이 윤회한다. 정념情念과 시간의, 인간과 자연의 대결과 융합이 하나의 이미저리imagery로 화하고, 팽팽하게 긴장된 언어의 세계를 조형해 낸다. 신화의 세계와 현실세계가 교차하며 꿈꾸는 메르헨이 된다. 절망과 무력감으로 사는 현대인은 궁극적으로 메르헨의 세계로 향하는 것일까?

1994년에 《물의 가족》을 처음 한국에 소개하면서 "몇몇 작가 밖에 소개되어 있지 않은 우리 문학계에 일본문학의 현주소를 가늠할 수 있는 작은 계기가 되었으면 한다."고 조촐한 희망을 적었었다. 그러나 조촐한 희망은 보다 크게 현실화되었다. 《물의 가족》은 첫출간 이후, 문체의 미학을 추구하는 국내의 많은 소설가, 시인들로부터 열렬한 찬사를 받는 데 그치지 않고, 그들 스스로 자신들의 문학에 있어서 중요한 영향을 준 작가로 마루야마 겐지를 꼽는 데 주저하지 않았다.

요 근래 일본문학은 가히 홍수라는 말을 떠오르게 할 만큼 질적으로나 양적으로나 팽창했다. 그러나 가벼운 트랜디한 소설과 공포물 등이 주류를 이루는 것도 사실이다. 그럼에도 불구하고 《물의 가족》이 독자들에게 여전히 꾸준히 읽히는 데 그치지 않고, 영원히 소장하고 싶은 책으로 남아 있는 것은 순전히 작가의 문학적 역량 때문일 것이다.

　오랜 동안 절판 상태여서 독자들을 애타게 했던 ≪물의 가족≫이 다시 재출간되어서 아주 반갑고, 또 마루야마 겐지의 '언어로 표현된 최고의 영상미학'을 보여주는 문체를 신세대 새로운 독자들에게 소개할 수 있게 된 것을 기쁘게 생각한다.

2012년 6월, 재출간에 부쳐
옮긴이